LE CORPS DU DÉLIT

DANS LA MÊME SÉRIE

1. *Double jeu*
2. *La Disparue de Las Vegas*
3. *Le Linceul de glace*
4. *Le Corps du délit*

À PARAÎTRE

5. *La Tangente*

MAX ALLAN COLLINS

LE CORPS DU DÉLIT

Fleuve Noir

Titre original :
CSI : Crime Scene Investigation™
Body of Evidence

Traduit de l'américain
par Isabelle St. Martin

This edition published by arrangement with the original publisher Pocket Books, a division of Simon and Schuster, New York.

ISBN : 2-265-07783-6

Pour Paul Van Steenhuyse, le roi de l'ordinateur

M.A.C. et M.V.C.

Un ranch dans le désert… c'est ainsi que commença Las Vegas. Les années passèrent, les habitudes évoluèrent et le ranch devint un village qui s'étendit rapidement. Même si le temps passait avec une lenteur voulue par le climat aride, il finissait par suivre l'évolution du monde, voitures, cars et trains remplaçant peu à peu le cheval, conduits sur les chemins creux par des visionnaires qui regardaient non le présent mais ce qui pourrait advenir…

Parmi ces voyageurs se trouvait un gangster légendaire venu de Los Angeles (via New York), un petit malin aux allures de star de cinéma qui détestait son méchant surnom – Bugsy – rappel par trop appuyé, dans l'argot de l'époque, de son sale caractère.

A la place de ce hameau, Ben Siegel voyait déjà une ville scintillante comme un mirage avec des salles de jeu à la place des granges, des hôtels au lieu de cambuses. Il fit part de ses projets à d'autres – investisseurs qui lui servaient de prête-noms dans les affaires – et ces hommes d'affaires avisés eurent tôt fait de se fier à la bonne parole de Bugsy, ce qui les conduisit à la construction du célèbre Flamingo d'où allait partir le Strip, l'artère principale, peuplée de palaces et de rutilants casinos.

Mais l'espoir est souvent tempéré par la déconvenue et ce fut le cas de Ben Siegel. Les membres de la pègre qui assuraient ses arrières, n'ayant pas la patience pour principale vertu, ne pouvaient comprendre que, telle une plante, l'espoir avait besoin de temps pour croître et se développer. Aussi l'impatience grandit-elle, alors que la ville poussait lentement mais sûrement, absorbant de gigantesques retards et dépassements de budget, tandis que l'humeur de Bugsy s'accordait de plus en plus à son surnom.

Finalement, l'impatience l'emporta et le rêve de Bugsy s'écroula dans une mare de sang ; il succomba sous les balles, dans son salon de Beverly Hills, avant d'avoir vu s'épanouir la fleur qu'il avait plantée dans le désert du Nevada.

Aujourd'hui encore, les néons en sont les pétales et le Strip la tige ; mais, ainsi que Ben Siegel l'a toujours su, les racines en ont toujours été et seront à jamais les tables de jeu. Bien que la fleur se soit transformée, mille fois agrandie, bien qu'elle ait produit des fruits tels que le Caesar Palace, le Venetian, et le MGM Grand, elle se nourrit toujours du même espoir... encore un tour de roue, encore un coup de dés, encore une partie de cartes et la fortune viendra combler les abeilles qui ne cessent de la butiner, la fertilisant d'un flot incessant de dollars.

Cependant, toujours tapie dans un coin sombre, prête à endiguer la manne verte, veille l'éternelle compagne de Ben Siegel, l'amertume. Les perdants qui s'éloignent, quand ils ne se tournent pas vers de plus obscures sources d'espoir, pourraient menacer d'alté-

rer la beauté de la fleur ; mais sans jamais la flétrir, car l'espoir (ainsi que Ben Siegel le savait sans jamais le reconnaître) ne se réalise qu'à travers l'amertume… et Las Vegas est une ville où l'espoir fleurit sans cesse, même si c'est l'amertume qui en récolte les fruits.

1

Catherine Willows s'avouait rarement son amertume. Cela faisait tellement partie de sa vie qu'elle serait devenue folle si elle y avait accordé la moindre attention. Mais, en ce moment, elle devait le reconnaître : elle sentait la moutarde lui monter au nez.

Elle arrivait à la fin d'une nouvelle nuit de garde et, accompagnée du criminaliste Nick Stokes, de la police scientifique de Las Vegas, au volant du tout-terrain Tahoe, elle devait encore répondre à un 404 – incident indéterminé – au sud du Strip. Incident indéterminé… cela pouvait signifier tout et n'importe quoi, du vol à l'étalage au meurtre de masse.

En revanche, cela signifiait qu'un nouveau lundi allait commencer sans qu'elle puisse relever à temps Mme Goodwin, la baby-sitter ; ce ne serait pas encore sa mère qui réveillerait Lindsey et l'emmènerait à l'école. Catherine avait connu une enfance semblable, trop souvent obligée d'attendre le retour de sa mère, aussi avait-elle espéré pouvoir mieux s'occuper de sa propre fille. Mais elle avait trop de responsabilités. Une fois encore, elle aurait dû en parler, juste pour se sentir un tout petit peu moins énervée.

L'agence de publicité Newcombe-Gold, leur destination, occupait un petit immeuble en verre, sur West Robindale, à la sortie de Las Vegas.

C'était un complexe industriel récent dans lequel l'agence venait d'établir ses nouveaux bureaux. Les vitres teintées donnaient à l'ensemble une nébulosité quelque peu menaçante qui tranchait sur la lumière du petit matin.

Le parking pouvait accueillir une trentaine de voitures mais, à part une Taurus bleue (dans laquelle Catherine reconnut un véhicule banalisé de la police municipale) et deux voitures de patrouille, seules trois places étaient occupées.

Nick Stokes gara le Tahoe dans un espace visiteurs, devant l'entrée principale, et Catherine se glissa au-dehors tandis que son collègue sautait à terre – Nick était assez jeune pour ne pas ressentir les effets de la longue nuit de labeur qui venait de s'achever.

Elle vit son écharpe de soie – dernier cadeau de fête des mères offert par Lindsey – lui voleter devant le visage, tel un reproche réitéré, et ses cheveux blond cendré s'ébouriffèrent dans le brusque courant d'air qui les accueillit. La jeune femme fit la grimace en se disant qu'elle devrait arriver chez elle, à l'heure qu'il était. Elle resta un instant sur place tandis que Nick ouvrait le hayon.

Grand et musclé, comme tout ex-athlète qui se respecte, il lui sourit par-dessus son épaule, sans raison particulière, content comme un jeune chiot. Au moins ses courts cheveux bruns n'avaient-ils pas à souffrir du vent. Catherine se demandait parfois s'il n'aimait pas trop son métier.

— On dirait qu'on se lève tard dans la publicité,

observa-t-elle en désignant le parking aux trois quarts vide.

— Attends, il n'est pas huit heures ! Les cadres ne vont pas se pointer avant une bonne heure, les autres ne devraient plus tarder.

— Dans ce cas, je me demande ce qu'on fait là.

— Incident indéterminé, répéta Nick, l'œil malicieux.

— Ce n'est pas le moment de plaisanter.

— Je ne me permettrais pas, Catherine. J'ai trop de respect pour toi.

— Va te faire…

Au bord du fou rire, elle s'interrompit. Ce comique avait la bonne humeur contagieuse.

Elle attrapa sa mallette métallique, qui tenait à la fois de la boîte à outils et de la trousse médicale, et se dirigea vers l'entrée. Un agent à l'air presque adolescent lui ouvrit la porte. Grand et tout en muscles, il s'appelait McDonald, à en croire son badge, et sentait son néophyte aussi sûr qu'une voiture neuve, avec ses cheveux presque ras et son sourire trop avenant pour une heure aussi matinale.

— C'est par ici ! lança-t-il.

Cette familiarité pouvait sembler d'autant plus déplacée qu'aucun des membres du CSI ne le connaissait.

— Merci, dit Catherine.

Elle lui rendit un sourire qui n'avait rien de chaleureux.

Lorsqu'ils furent assez loin pour ne pas être entendus, elle demanda à Nick :

— Qu'est-ce qui lui prend ?

— C'est bon, Catherine ! Il est content de vivre,

voilà tout. Tu sais ce que c'est, avec ces jeunes. Ils n'ont pas le temps de jouer les blasés.

Toi non plus. Réflexion qu'elle garda pour elle avant d'ajouter :

— Je me demande combien de temps encore il ouvrira les portes aux enquêteurs du CSI.

— Aux enquêteurs comme toi, peut-être toujours... Ne t'inquiète pas, vous allez vous réconcilier.

Catherine dressa l'oreille devant ce discours sans queue ni tête :

— Pardon ?

Nick eut un mince sourire, comme pour s'excuser :

— Avec Lindsey. Elle est équilibrée. Elle ne t'en voudra pas. On fait notre travail... et peut-être même que je t'inviterai ensuite à petit-déjeuner.

Elle baissa les bras.

— Peut-être même que j'accepterai.

Ils se trouvaient dans un spacieux hall d'entrée inondé de soleil malgré les vitres teintées, meublé de quatre chaises, trois canapés et deux tables jonchées de magazines. Au fond, une desserte offrait des gobelets de plastique et une cafetière odorante. Du Colombie, sans doute. En tout cas, cela sentait nettement meilleur que le jus de chaussette du QG.

Un comptoir, genre réception d'hôtel, se dressait en face, équipé d'un registre et d'un standard digne de la NASA. Personne n'en occupait encore la chaise. Au-dessus s'alignaient sur une étagère les innombrables prix remportés par l'agence.

Sur la gauche, un autre policier gardait les corridors menant aux bureaux.

Outre l'arôme exquis du café, une autre odeur parvint aux narines de Catherine.

La plaisante impression laissée par l'accueil du jeune bleu de l'entrée fit soudain place à un sentiment glacial qui n'avait rien à voir avec la climatisation. Catherine se tourna vers Nick ; lui aussi semblait sur ses gardes.

Ils traversèrent le hall sans rien toucher. L'appel qui les avait amenés ici ne donnait aucune précision. L'« incident indéterminé » pouvait provenir du fait que le requérant était trop hystérique pour parvenir à fournir le moindre détail.

Cependant, il arrivait que la cause du crime en question soit considérée comme trop sensible pour être ébruitée au téléphone.

Etait-ce le cas, ici ?

En l'occurrence, ils faisaient leur possible pour ne pas contaminer des lieux qu'il leur faudrait peut-être par la suite examiner sous tous leurs angles.

Et c'était raté pour la tasse de café.

— L'inspecteur O'Riley vous attend dans la salle de conférences au bout du couloir, annonça l'agent.

Il devait avoir cinq ans de plus que celui de l'extérieur et se montrait carrément renfrogné. Cinq ans de métier et adieu l'amabilité.

Catherine le remercia et s'engagea dans le corridor tapissé de publicités encadrées, qu'elle reconnut toutes, pour filer vers les doubles portes grandes ouvertes.

Lâchant le corridor qui tournait à angle droit vers les profondeurs des bureaux, elle pénétra dans la salle à peu près entièrement occupée par une énorme table d'ébène encerclée de chaises à hauts dossiers. Rien ne semblait indiquer un lieu du crime, aussi ni elle ni son compagnon n'enfilèrent-ils leurs gants de caoutchouc. A l'autre bout, l'inspecteur O'Riley se penchait sur une femme blonde assise, la tête baissée, en train de se frotter le front de la main gauche.

— Mme Denard ! lança le policier de sa voix claire.

Catherine ne sut trop s'il la présentait ainsi aux nouveaux venus ou voulait seulement l'interpeller.

L'intéressée parut sursauter et se redressa sur son siège, regarda son interlocuteur puis Catherine et Nick qui arrivaient dans leur direction.

— Ne vous inquiétez pas, madame, reprit O'Riley en lui posant une main sur l'épaule. Ces personnes viennent nous aider.

Elle parut se détendre et, une fois de plus, Catherine s'avisa que l'inspecteur se bonifiait avec les années ; même si elle l'avait entendu un jour traiter le CSI d'« équipe d'abrutis », elle devait reconnaître que cette époque était révolue. Désormais, ils s'entendaient tous à merveille.

Comme toujours, le costume de l'inspecteur donnait l'impression qu'il dormait avec. Sans doute n'avait-il pas d'autre pyjama.

— Madame, reprit O'Riley, voici les experts de notre service scientifique, Catherine Willows et son coéquipier, Nick Stokes.

La femme voulut se lever mais il lui effleura de nouveau l'épaule, tandis que Catherine protestait :

— Non, non, ne bougez pas !

Elle lui tendit la main que Mme Denard prit délicatement avant de faire de même avec Nick.

— Je vous présente Janice Denard, dit O'Riley. L'assistante particulière de Ruben Gold.

La jeune femme semblait ne pas trop savoir que dire quand elle se ressaisit :

— Voulez-vous du café ?

— Non, merci, dit Nick. Ne vous dérangez pas.

Catherine répondit de même.

Leur interlocutrice portait une robe noire à pois blancs sans manches, qui dévoilait ses minces épaules bronzées ; son col roulé, au lieu de lui raccourcir le cou, semblait encore l'allonger et soulignait sa grâce de cygne. Pour tous bijoux, elle arborait une petite croix, une montre au poignet gauche et un anneau à la main droite, le tout en argent. Agée d'une trentaine d'années, elle était tout simplement ravissante avec ses immenses yeux bleus aux longs cils – à faire baver d'envie n'importe quelle femme.

— Ça ne me dérange pas, assura-t-elle. Si vous changez d'avis…

Cependant, Catherine et Nick avaient pris place à sa droite et à sa gauche. Elle commença son récit :

— Je suis venue tôt, ce matin.

— Est-ce courant ? demanda Catherine.

— Oui, ça m'arrive souvent, surtout le lundi. J'aime que tout soit en ordre de marche… vous savez, avant l'arrivée de M. Gold.

— A quelle heure, en général ?

— L'arrivée de M. Gold ? Un peu avant neuf heures.

— Et vous ?

— La plupart du temps entre sept heures et sept heures et demie, le lundi à six heures et demie.

— C'est donc à cette heure-là que vous êtes arrivée ce matin ?

— Non, je dirais plutôt… sept heures moins le quart. Il y avait un embouteillage à cause d'un accident de la circulation sur Maryland Parkway.

Sans cesser de prendre des notes, Nick demanda :

— Où habitez-vous ?

— Tout au bout de Charleston Boulevard. Il y a des maisons au pied des montagnes…

— Oui, dit Catherine. Je connais ce lotissement. Très joli.

Pas mal pour une secrétaire.

Nick ne se gêna pas pour insister lourdement :

— Si je comprends bien, vous êtes la secrétaire de M. Gold ?

La jeune femme parut se braquer :

— Assistante de direction. C'est un poste de cadre et je gagne très bien ma vie, merci. Encore que je ne voie pas en quoi ceci vous concerne.

Catherine bouillait intérieurement. Ni cette péronnelle ni O'Riley n'avaient encore indiqué de quoi relevait l'« incident indéterminé » qui leur valait ces heures supplémentaires.

— Je ne voulais pas vous blesser, s'excusa Nick.

Il décocha à la jeune femme une de ses risettes enfantines qui en avaient dégelé de plus coincées que ça.

— N'empêche que ce sont de belles maisons, ajouta-t-il.

Aussi bizarre que cela paraisse, Janice Denard se détendit instantanément et lui rendit un large sourire découvrant deux rangées de dents immaculées. *Refaites ?* ne put s'empêcher de se demander Catherine.

— Mon ex, commenta l'assistante, était avocat spécialisé dans les divorces… mais finalement pas aussi bon que le mien.

Cela se termina dans un concert de petits rires satisfaits. *Prédatrice.*

— Bien, reprit poliment Catherine. Ainsi vous êtes arrivée vers sept heures moins le quart. Ensuite ?

— Je me suis mise au travail.

Comme personne ne disait plus rien, l'assistante poursuivit :

— J'ai débranché l'alarme, puis je me suis installée à mon bureau après avoir accroché ma veste au portemanteau, et j'ai allumé mon ordinateur.

Catherine avait l'impression de voir le film qui se déroulait dans l'esprit de Janice Denard.

— Le temps qu'il se mette en route, j'ai jeté un coup d'œil au courrier de samedi qui attendait sur mon bureau.

— Comment est-il arrivé là ? intervint O'Riley, les yeux fixés sur ses pieds.

— Qui ça ? demanda la jeune femme sans comprendre.

— Le courrier.

— Oh ! C'est un stagiaire qui l'a apporté.

— Quand ?

— Samedi.

— Alors vous n'étiez pas là, samedi ?

— Si, le matin, mais je suis partie avant l'arrivée du courrier. L'agence fonctionne le samedi…

— C'est normal, ça ? coupa Catherine.

— Dans un secteur aussi compétitif que le nôtre, oui. On doit respecter des délais très stricts et, croyez-moi, personne ne chôme ici, pas même les stagiaires. L'un ou l'une d'entre eux doit être chargé de déposer le courrier sur mon bureau avant de partir.

— Vous savez qui est ce stagiaire ? interrogea Nick.

— Non. Mais je pourrais me renseigner. Je peux vous donner la liste de tous ceux que nous employons si ça vous intéresse.

— Ce serait bien.

— Mais pas tout de suite, coupa O'Riley, légèrement impatienté. Continuez votre récit, je vous prie.

Elle poussa un soupir avant de reprendre :

— Quand mon ordinateur a été prêt, je me suis connectée et j'ai vérifié mes e-mails ainsi que ceux de M. Gold. Ensuite, je suis allée relever les fax, celui de mon bureau et celui de l'antichambre. Et puis j'ai préparé le café.

— *Vous* préparez le café ? s'étonna Catherine. Ce n'est pas le travail d'un stagiaire, ça ?

— Les stagiaires arrivent à peine à cette heure-là. Je suis sur place la première, j'aime me charger du café. Enfin… c'est à ce moment-là que j'ai découvert… ce… ces *choses*.

Catherine et Nick échangèrent un regard.

— Montrez-nous ça, dit O'Riley.

Elle prit le temps de respirer, comme si elle s'apprêtait à faire quelque chose de très difficile.

— Venez, dit-elle enfin.

Tous trois la suivirent dans le couloir qui débouchait sur un immense plateau aménagé en bureaux paysagers. Les parois extérieures formaient un mur de vitres.

En fin de compte, Catherine eut davantage l'impression de se trouver dans une compagnie d'assurances que dans une agence de publicité, du moins jusqu'à ce qu'ils contournent une alcôve où trônait une voiture-jouet géante et, dans l'espace voisin, toute une gamme de poupées à l'effigie de héros de BD encerclant un poste de travail.

Deux portes plus loin, Janice Denard leur ouvrit un bureau spacieux, aux élégants meubles modernes, aux murs ornés de toiles abstraites aux couleurs vives. Un bureau genre vaisseau spatial – grand, gris, coulé dans une matière indéterminée – occupait l'angle gauche, surmonté de trois tas de papiers bien nets et d'un téléphone qui tenait du lance-missiles ; à côté, une petite table recevait l'ordinateur et l'imprimante.

— Voici mon bureau.

D'un ample geste empreint de fierté, elle désigna les classeurs et les fauteuils, tel un guide devant son groupe de touristes affamés de découvertes, avant de les introduire dans le saint des saints, le bureau de Ruben Gold.

L'antre du président mesurait à peine la moitié de la surface de celui de son assistante et paraissait nettement plus masculin – trois couvertures de magazines encadrées sur les murs, arborant une photo de Gold ; le grand bureau d'acajou occupait à peu près toute la place, doté d'un improbable téléphone et d'une maquette d'avion sur un socle argenté.

L'ordinateur se cachait sous une ouverture pratiquée dans le plateau, et on devinait l'unité centrale reliée à l'imprimante laser installée derrière le fauteuil de cuir, sous une étagère pleine de livres.

— Tout semblait aller pour le mieux, ce matin, commenta Janice d'un ton désenchanté, jusqu'à ce que je jette un coup d'œil sur l'imprimante de M. Gold.

Enfilant ses gants de latex, Catherine se dirigea vers le chargeur de papier.

— Voyons ce qui a retenu votre attention.

En soulevant la liasse du plateau, Catherine comprit ce qui avait dégoûté Janice Denard.

En général, elle avait l'estomac plutôt bien accroché.

Combien de fois était-elle entrée dans des pièces où gisaient des cadavres dans un état de décomposition avancée dont seule l'odeur avait fini par alerter les voisins ? Combien de fois avait-elle examiné des restes humains liquéfiés ? Ou manipulé des membres détachés de leurs troncs ?

Cependant, elle ne put réprimer un sentiment de répulsion mêlé de colère et recula instinctivement avant de laisser son instinct professionnel reprendre le dessus.

Sur le plateau s'étalait une photo pornographique représentant une fillette d'à peu près l'âge de Lindsey en train de se faire violer par un adulte d'une trentaine d'années. Catherine ferma les yeux puis les rouvrit en direction de Janice :

— Vous avez trouvé ça ce matin sur l'imprimante ?

L'assistante hocha péniblement la tête et recula d'un pas, comme effarouchée par les manières impavides de Catherine.

Celle-ci déposa la photo sur le bureau et vit Nick blêmir. Il produisit un effort visible pour la contempler avant de détourner les yeux.

— Nick, lança-t-elle doucement.

Ils échangèrent un regard entendu. Tous deux savaient comment réagir dans ces circonstances… il s'agissait de rester détaché.

Catherine examina la photo suivante.

C'était encore pire, et l'horreur grandissait de cliché en cliché. Il devait y en avoir une dizaine, décrivant chacun les sévices, plus obscènes les uns que les autres, imposés à des mineurs, garçons et filles. Espérant que personne ne la voyait, elle écrasa une larme. Néanmoins, toutes les photos finirent par s'étaler sur le bureau et, lorsque s'acheva cette pénible séance, elle les emballa, aidée de Nick, une par une dans des pochettes en plastique ; ensuite, il les entassa et les emporta, à l'envers.

De nouveau, elle lui décocha un vague sourire pour le soutenir mais son coéquipier déglutit sans émettre un commentaire.

Au moins les photos n'étaient-elles plus en vue. Catherine put reprendre son interrogatoire :

— Est-ce que M. Gold s'intéresse de près ou de loin à ce genre de chose ? Du moins à votre connaissance ?

— Mon Dieu, non !

Janice Denard semblait choquée qu'on puisse seulement envisager une telle monstruosité.

— Jamais de la vie ! jura-t-elle. Il... Ce n'est pas son genre.

— A neuf heures, dès qu'il arrivera, nous l'interrogerons assura Nick.

Elle ouvrit la bouche, comme si elle se rappelait soudain un détail essentiel :

— Il... il est en déplacement.

— En déplacement ! s'écria O'Riley. Où ça ?

— Il est parti pour Los Angeles, assister à un congrès qui ouvrait ce matin. Il s'est envolé vendredi et ne devrait rentrer qu'à la fin de la semaine.

S'efforçant de masquer sa stupéfaction, Catherine demanda :

— Et vous aviez *oublié* ce petit détail ?

— Non, non, non, bien sûr que non ! Ce... avec cette *chose*... vous êtes arrivés et... je ne m'y attendais pas, c'est tout.

— Si M. Gold ne devait pas venir, pourquoi êtes-vous arrivée si tôt ?

— Je... j'ai fait comme d'habitude le lundi.

Elle semblait de plus en plus troublée.

— Si vous connaissiez M. Gold, ajouta-t-elle, vous ne pourriez même pas *imaginer*…

— Alors là ! objecta Nick. On croit connaître les gens mais on ne sait jamais ce qui se passe en réalité.

— Pourquoi ne pourrait-on pas soupçonner M. Gold ? reprit Catherine.

— Parce que c'est *impossible*. Il est honnête, loyal et il travaille beaucoup. Sans compter qu'il fréquente énormément de femmes… des adultes. Enfin, pas des vieilles, mais des femmes de son âge.

— Quel âge a-t-il ?

— Une quarantaine d'années. Je peux vous trouver sa date de naissance, si vous voulez.

Sachant d'expérience que l'âge d'un pédophile n'avait que peu d'importance, Catherine changea de sujet :

— Qui d'autre a accès à son ordinateur ?

— Personne.

— Personne d'autre que lui ? insista-t-elle.

— Non.

— Même pas vous, son assistante ?

La jeune femme se vexa de nouveau :

— Un ordinateur est un outil personnel !

— Ça dépend, intervint Nick.

Et Catherine d'énoncer, en détachant chaque mot :

— M. Gold est parti pour une semaine à Los Angeles… pourtant vous n'avez aucune idée de la personne qui aurait pu imprimer ces photos ?

Ce qui eut le don de calmer immédiatement Janice Denard :

— Je *veux dire* que personne n'aurait pu se servir du PC de M. Gold pour imprimer ces trucs. Nous utilisons tous un mot de passe différent et, à moins qu'il n'ait accidentellement confié le sien à quelqu'un, ce qui m'étonnerait fort...

— Pourquoi ? coupa Nick. Il tient *tant que ça* à ne pas le divulguer ?

Janice se froissa :

— Qu'est-ce que ça a de si extraordinaire ? *Vous* ne gardez pas secret *votre* mot de passe, peut-être ?

Sentant de nouveau la conversation dévier, Catherine adressa un regard en coin à son collègue avant d'intervenir :

— Nous parlons de son imprimante, en l'occurrence.

— Tous nos ordinateurs sont en réseau, ainsi que tous les périphériques. Donc n'importe qui, de n'importe quel bureau, peut accéder à l'imprimante de M. Gold.

— C'est voulu, je suppose ?

— Oui... encore qu'une simple erreur de frappe aurait pu mener au même résultat.

— Attendez... si je comprends bien, on peut accuser tous les gens qui se trouvaient dans cet immeuble vendredi soir ?

— Presque. Nous travaillons régulièrement six jours par semaine – Newcombe-Gold est la deuxième agence publicitaire de Las Vegas, vous savez.

— Combien d'employés ?

— Avec accès à l'ordinateur ?

— Oui.

La jeune femme n'hésita pas une seconde. Elle connaissait son sujet.

— Vingt-sept.

Echange de regards dépités entre Catherine et Nick.

— Vingt-sept ?

— Plus M. Gold, évidemment, et M. Newcombe. Et sans accès à l'ordinateur ? Il y a cinq stagiaires et cinq ou six gardiens.

Catherine s'adressa à O'Riley :

— Il va nous falloir un mandat de perquisition pour tous les ordinateurs, toutes les disquettes, tous les CD, etc.

L'inspecteur poussa un soupir, sortit son téléphone portable et composa un numéro avant de s'isoler dans un coin du bureau.

Janice Denard écarquilla les yeux et blêmit, ni plus ni moins que Nick devant les photos.

— Oh non ! Ne me dites pas que...

— C'est un délit sérieux, coupa Catherine.

Puis elle se tourna vers Nick :

— Appelle aussi Tomas Nunez, s'il te plaît. Dis-lui de rappliquer vite fait.

— D'accord.

Il ouvrit son propre téléphone et se réfugia dans le coin opposé.

Tomas Nunez, l'un des meilleurs spécialistes en informatique auquel le service avait parfois recours, allait venir surveiller les opérations de déménagement du matériel de Newcombe-Gold. L'intervention de Catherine allait sérieusement handicaper la bonne marche de l'agence mais il n'y avait pas d'autre moyen.

— Vous... allez fouiller tout l'immeuble ? demanda faiblement Janice Denard.

— Nous allons saisir tout votre matériel, ordinateurs et autres, ainsi que tous vos dossiers, afin que notre expert nous dise d'où proviennent ces photos. Nous n'avons pas affaire à un simple employé qui se connecte sur un site adulte pendant la pause-café – mais à un amateur de pornographie impliquant des mineurs. C'est très grave.

— Quatre-vingts pour cent de nos études sont sur ordinateur !

— Nous ne faisons pas ça de gaieté de cœur. Et nous sommes navrés des désagréments que cela pourrait vous occasionner.

— M. Newcombe est dans les parages ? demanda O'Riley.

Déroutée, n'osant protester, Janice consulta sa montre.

— Oui, il devrait arriver d'une minute à l'autre.

— Bon.

L'inspecteur retourna à son coup de fil puis raccrocha et se tourna vers eux.

— Le mandat arrive dans dix minutes. C'est le juge Madsen qui nous le délivre.

Dès qu'il était question d'enfants, le juge Andrew Madsen se mettait sur le pied de guerre et, avec ce genre d'argument, on n'avait jamais de mal à obtenir son autorisation pour tous les mandats nécessaires à une enquête.

— A quelle heure, exactement, arrive M. Newcombe ? reprit O'Riley.

Comme par hasard, un homme de haute taille, aux joues creuses, apparut sur le seuil, un ordinateur portable en bandoulière. La cinquantaine élégante, il aurait pu passer pour une gravure de mode dans son complet gris visiblement coupé sur mesure. Les cheveux blancs, les sourcils noirs, il semblait à la fois sûr de lui et surpris en entrant dans le bureau de Ruben Gold.

Ignorant O'Riley et les membres du CSI, il demanda à Janice :

— Qu'est-ce qui se passe ?

— Monsieur… je… j'ai trouvé quelque chose… de terrible, ce matin, et malheureusement…

O'Riley s'interposa en lui brandissant son badge sous le nez :

— Inspecteur principal O'Riley. Vous *êtes* M. Newcombe ? Voici les criminalistes que j'ai fait venir – Catherine Willows et Nick Stokes.

— Criminalistes…

Le publicitaire semblait peu à peu prendre conscience de la situation. Il répéta ce qu'il avait dit en arrivant mais d'un ton presque contrit :

— Qu'est-ce qui se passe ?

Tout d'un coup, il tendit la main à O'Riley :

— Ian Newcombe, inspecteur, excusez-moi.

Le policier lui serra la main avant d'expliquer :

— Mme Denard a découvert quelque chose sur l'imprimante de M. Gold, ce matin. Elle a bien fait de nous avertir.

— Il y avait sur l'imprimante quelque chose d'assez sérieux pour faire appel à la police ? insista Newcombe, l'air de plus en plus stupéfait.

Nick vint déposer sur le bureau l'une des photos enveloppées dans sa pochette de plastique. Newcombe jeta un coup d'œil dessus, regarda autour de lui et, comme s'il s'approchait d'une bête fauve, vint la prendre pour l'examiner de plus près.

— Oh… mon… *Dieu*…

— J'imagine, dit O'Riley, que vous n'aviez jamais vu ça ?

Le publicitaire lâcha la photo comme si elle était en

feu, faisant claquer la sacoche de son portable sur sa hanche alors qu'il reculait involontairement.

Impitoyable, Nick étala les autres photos, tel un lugubre jeu de cartes.

Bouche bée, les poings serrés, Newcombe les observa une à une, sans s'attarder plus d'une seconde sur chacune.

— Franchement, je n'ai jamais rien vu de pareil, articula-t-il d'une voix qu'il avait du mal à contrôler. On… entend tellement de choses. Mais là… c'est… révoltant.

Mais O'Riley avait déjà repris la direction des opérations :

— Vous n'avez aucune idée de ce qu'elles peuvent faire ici ?

— Aucune. Je… je ne reconnais aucun de ces enfants… désolé.

— Donc, intervint Catherine, vous êtes aussi surpris que Mme Denard de trouver ces photos sur l'imprimante de M. Gold ?

— Je tombe des nues… qu'a-t-il bien pu se passer ?

— C'est ce que nous devons découvrir, conclut Nick.

— Et ce ne sera pas sans dommages pour votre agence, ajouta Catherine. Vous pouvez avertir vos avocats si vous le désirez, mais nous allons bientôt recevoir un mandat et…

Newcombe leva la main pour la faire taire :

— Tout ce que vous voudrez, si ça peut vous aider.

— Cette attitude ne peut que nous aider, en effet, parce que nous allons devoir emporter tous vos ordinateurs.

Il ne devait pas s'y attendre car il parut se pétrifier sur pied. Puis l'inquiétude l'emporta :

— Pourquoi ?

— Mme Willows a raison, intervint O'Riley, impassible. Nous allons emporter tout ce que nos experts pourraient considérer comme une pièce à conviction, afin de remonter à la source de ces photos.

— C'est ce que je voulais vous dire, expliqua Janice d'un air apitoyé. Ils veulent nous faire fermer boutique.

Le publicitaire se redressa soudain :

— Vraiment ? Il est donc temps que j'appelle mes avocats.

— Vous disiez que vous étiez d'accord pour nous aider, fit observer Catherine.

— De là à priver de leur source de revenus trente personnes... Je vous jure que je vais m'y opposer de toutes mes forces.

Catherine lui décocha son plus large sourire :

— Justement, monsieur, je crains que vos forces n'y suffisent pas.

Un agent se présenta, un papier à la main.

— Merci, dit O'Riley en prenant le mandat.

Il le lut puis le tendit à Newcombe.

Celui-ci ouvrit son téléphone portable avant d'arriver au bout de la page.

— Vous appelez votre avocat ? demanda Catherine.

— Plutôt deux fois qu'une.

— Je suppose qu'il se charge de vos affaires commerciales.

— Certes, mais ça ne vous regarde pas, que je sache ?

— Non, mais je vous conseille de vous adresser plutôt à un spécialiste du droit pénal.

— En fait, renchérit O'Riley, ne vous gênez pas pour lui raconter vos malheurs si ça peut vous aider à vous sentir mieux… Ça ne vous coûtera jamais que… quoi ? Cinq cents dollars de l'heure ? Il ira consulter un de ses confrères et tous les deux vous diront ce que je vais vous raconter maintenant… gratis.

Newcombe ne parut pas apprécier. Cependant, il lança dans le combiné :

— Un instant, Wayne.

Bouchant l'orifice, il demanda à l'inspecteur :

— Alors, ces conseils ? J'écoute.

— Ça se résume à une phrase : vous ne pouvez strictement rien faire.

Le publicitaire grogna dans le récepteur :

— Je vous rappelle de mon bureau.

Alors qu'il se dirigeait vers la porte, Catherine intervint :

— Il y a pourtant une question que vous pourriez poser à votre avocat.

L'homme s'arrêta sur le seuil, l'air morose, tandis qu'elle poursuivait :

— Pour le cas où vous auriez *l'intention* de résister : vous risquez de vous causer beaucoup plus d'ennuis qu'une simple fermeture d'un ou deux jours.

Les yeux de Newcombe se réduisirent à une simple fente mais il n'y avait aucune hostilité dans sa voix lorsqu'il demanda :

— Quel genre d'ennuis ?

Catherine s'approcha de lui, parfaitement résolue, professionnelle.

— Tâchons plutôt d'examiner la solution qui vous apportera le moins d'ennuis. Si vous ne nous compliquez pas la tâche, nous emporterons votre matériel et trouverons l'auteur de ces photos. Ainsi, dès que la presse en parlera – croyez-moi, elle ne se gênera pas –, nous pourrons déclarer que vous nous avez aidés à capturer ce dangereux individu.

Newcombe ne paraissait pas convaincu.

— Ou alors, ajouta Nick, on ne dit rien du tout.

Le publicitaire revint sur ses pas.

— D'après vous, combien de temps durera cette fermeture ?

— Avec un peu de chance, quelques jours, répondit Catherine. Je vous conseille d'avertir votre compagnie d'assurances – c'est le genre de circonstance qui doit être couverte.

— Sans doute. Que pouvons-nous faire d'autre pour vous aider ?

O'Riley sortit un carnet de notes :

— Par exemple nous parler du congrès auquel assiste votre associé.

— Miss Agaga et ses potes ?

O'Riley parut soudain affecté de strabisme.

— Pardon ?

Son interlocuteur épela :

— MISS AGAGA et ses POTES.

L'inspecteur jeta un regard éperdu à ses collègues du CSI qui n'avaient pas l'air de comprendre davantage.

Newcombe leur décocha un sourire purement commercial, susceptible d'éclairer à peu près tout le Strip. Ou presque.

— Pardon, nous vivons dans un monde de slogans.

Les Membres Institutionnels des Société de Services, MISS, font partie de l'Association Générale d'Agences de Gestion Américaine, l'AGAGA, et regroupent les métiers de la Publicité et Opérations de Transmissions Evénementielles.

O'Riley tâcha de prendre sous la dictée mais l'explication allait trop vite pour lui.

— C'est donc là que se trouve M. Gold ? demanda Nick.

— Oui, depuis vendredi.

Il se tourna vers Janice :

— Quelle ligne a-t-il empruntée ?

— Quelle ligne ? répéta-t-elle étonnée.

Puis elle se reprit :

— Oh, excusez-moi ! M. Gold n'utilise pas les vols commerciaux mais son propre avion.

Catherine comprit ce que faisait la maquette argentée sur le bureau.

— Il est pilote ? demanda-t-elle.

— Oui, répondit Newcombe. Et moi aussi. L'appareil appartient à l'agence mais nous nous en servons tous les deux. Selon nos besoins.

Tomas Nunez arriva sur ces entrefaites.

Le petit génie de la micro avait davantage l'air d'un motard délinquant que du meilleur informaticien de l'Etat. Grand et mince, la face grêlée, les yeux sombres profondément enfoncés dans leurs orbites, il portait de longs cheveux noirs et plats, une fine moustache, une veste de cuir, un jean noir et un T-shirt à la gloire de Los Fabulosos Cadillacs.

Newcombe et Janice le dévisagèrent comme s'il venait pour les cambrioler.

Quant à lui, il souriait de toutes ses dents, parfaitement à l'aise :

— *Holà*, Catherine, Nick ! C'est vous qui m'avez sonné ? Une chance que j'aie été dans les parages, à prendre mon petit déj.

Catherine eut tôt fait de le mettre au courant, en commençant par les photos. Son visage ne trahit aucune émotion, ce qu'elle lui envia.

— Tu veux qu'on traite tous les ordinateurs ? demanda-t-il.

— Oui, jusqu'au dernier.

— C'est bon. Il va me falloir un merlan avec un Polaroïd. Peut-être deux.

Malgré l'air perplexe de Newcombe et Janice, elle ne se donna pas la peine de leur expliquer qu'un « merlan » était un de ces agents qui traînaient sur les scènes de crime, à bayer aux corneilles avec des yeux de merlan frit. Il s'agissait d'en charger un de prendre des photos du matériel informatique sur place, branchements compris, avant de déménager le tout.

— Il va nous falloir encore du monde, soupira Nick, et un camion pour tout emporter.

O'Riley leva la main pour demander le silence. Il convoquait déjà ses équipes.

Nunez s'approcha de Newcombe qui recula.

— Autant commencer par le vôtre, suggéra l'informaticien.

Son interlocuteur se raidit et resserra son étreinte sur la bandoulière de la sacoche renfermant son ordinateur portable.

— Là, je suis désolé, mais je m'y oppose formellement. C'est un ordinateur personnel que j'ai apporté de chez moi !

— Le mandat spécifie tous les ordinateurs qu'on trouvera sur les lieux, dit Nunez. Ceci est un ordinateur et nous sommes sur les lieux.

Newcombe posa sur lui un de ces regards qui avaient le don de faire taire n'importe quel adversaire – du moins dans le monde des affaires, parce que avec des gens comme Nunez, la cause était perdue d'avance. Il restait de marbre et se contentait de tendre le bras. Finalement, Newcombe y accrocha son sac.

— *Gracias*, dit Nunez. Nicky, tu peux le photographier sous tous les angles et le sortir pendant qu'on s'occupe du reste avec Catherine ?

— Pas de problème, Tomas.

— *Gracias*.

L'agent Leary entra, un Polaroïd à la main, la bouche bée, l'œil morne.

— J'espère qu'il est chargé, observa Nunez.

Leary parut surpris mais il eut le bon sens de suivre l'informaticien alors que celui-ci quittait le bureau de Gold pour s'installer dans celui de Janice Denard.

Catherine les regarda faire : sous la direction de Nunez, l'agent photographia le clavier, l'écran, l'unité centrale, les branchements, le lecteur Zip et l'imprimante.

— On continue avec les autres, dit Nunez à Catherine. Après je commence le déménagement.

Il se tourna vers Leary :

— Pigé le topo ?

— Pigé.

Tous trois débouchèrent sur le plateau paysager où les employés achevaient de s'installer pour la journée. Portant deux doigts à ses lèvres, Nunez leur balança un sifflement strident. Toutes les têtes se levèrent à la fois tandis qu'il criait à la cantonade :

— Police de Los Angeles ! Ce bâtiment est désormais la scène d'un crime. Veuillez quitter les lieux sans toucher à vos ordinateurs. Si j'en vois un qui effleure son clavier, je lui casse les doigts.

Plusieurs employés voulurent demander ce qui se passait mais Nunez les poussa vers la sortie sous l'œil vigilant de Catherine qui veilla à ce que personne ne revienne en arrière.

— C'est bon, dit Nunez dans l'entrée. Merci pour votre coopération. M. Newcombe sera bientôt là pour vous expliquer ce qui se passe.

Puis il revint vers Catherine :

— On y va ?

— Tu sais que mon patron adorerait tes qualités de meneur d'hommes ?

Ils partirent retrouver Nick qui prenait toujours ses photos dans le bureau de Gold.

— Ça se passe bien ?

— Oui, bien, bien.

Le trouvant un peu crispé, elle lui toucha l'épaule :

— Je ne me sens pas mieux que toi, si ça peut te rassurer… Je crois que je vais sauter le petit déjeuner.

Il fit la grimace et se remit au travail.

2

Plus tôt, ce matin-là, les trois autres membres de l'équipe de nuit du CSI avaient répondu à un 419, c'est-à-dire la découverte d'un cadavre.

Assis dans la voiture à sa place habituelle, passager avant, le patron du CSI, Gil Grissom, laissa échapper un petit ouf de soulagement lorsque Warrick Brown gara le Tahoe noir le long de Las Vegas Boulevard. Grissom prenait rarement les commandes quand il s'agissait de se rendre sur les lieux d'un crime ou d'en revenir car il était alors distrait, préoccupé, au point de ne pas se souvenir s'il avait jeté un seul coup d'œil dans son rétroviseur.

Cependant, la conduite cyclothymique de Warrick n'avait rien non plus d'une promenade de santé et ne favorisait pas vraiment la concentration.

Le gyrophare bleu se mélangea aux flashs rouges de deux voitures de patrouille pour peindre en mauve leur destination finale ; l'aube n'allait pas se lever avant trois bonnes heures. Ils se trouvaient bien loin du Strip, au nord de la ville, là où aucun immeuble ne venait arrêter le vent et les bourrasques surgissaient des collines tels des esprits en colère qui se réuniraient de l'autre côté du circuit de course de Las Vegas, dans la ville fantôme que les mineurs avaient abandonnée un siècle auparavant après avoir vidé la montagne de son or. Quelques semaines plus tôt, des dizaines de milliers de fans s'étaient rassemblés pour y suivre des grands prix.

De ce côté-ci de l'autoroute on repérait à des lieues à la ronde les lumières de la prison fédérale ainsi que la base aérienne de Nellis. Mais si le poste de garde se trouvait à deux kilomètres de là, on pouvait estimer que le lieu du crime se situait quasiment dans l'arrière-cour de la base.

L'étonnant étant que les militaires n'aient pas encore montré le bout de leur nez alors qu'un cadavre gisait à quelques mètres de leur territoire. En attendant, Grissom et son équipe disposaient des lieux pour eux seuls.

Sara Sidle ouvrit la portière et posa un pied sur le sol en frissonnant. En principe, on était au printemps, mais une vague de froid vous blanchissait l'haleine. Sans dire un mot, elle se dirigea vers le hayon du tout-terrain derrière lequel ils avaient entassé leur matériel.

— Vous seriez d'accord pour conduire au retour ? lui demanda Grissom mine de rien.

— Oh que oui ! lança-t-elle en levant les yeux au ciel.

Deux voitures de patrouille bloquaient la route le long de la scène du crime. La circulation était déviée vers Craig Road.

Deux autres véhicules s'étaient garés sur le bas-côté (Warrick avait glissé le Tahoe entre les deux). Devant eux, stationnait la vieille Taurus du capitaine Jim Brass, derrière, une Toyota Corolla de couleur sombre qu'on distinguait mal dans la semi-obscurité. Grissom enfila ses gants de latex tout en dévisageant Brass et les deux agents qui l'accompagnaient, nimbés de lumière violette. Il s'avança vers eux, suivi de Sara et Warrick qui avaient récupéré leur matériel.

Le capitaine adressa un signe de la tête à un civil qui tournait le dos à Grissom – vraisemblablement le conducteur de la Corolla. Il n'entendit pas ce que celui-ci racontait à Brass mais le regard triste du policier en disait assez long sur la teneur de leur conversation.

Les enquêteurs se joignirent aux policiers, adressèrent quelques bonjours tandis que Brass prenait des notes.

Levant la tête, il aperçut le boss du CSI et fit les présentations :

— Monsieur Benson, voici le responsable du labo de la police scientifique, Gil Grissom. Gil, voici David Benson.

L'homme lui tendit la main mais, lui montrant ses gants, Grissom hocha la tête pour le saluer.

Le témoin paraissait assez banal – grand, mince, le cheveu roux clair en brosse ; il semblait énervé mais pas trop inquiet. Il avait les oreilles légèrement décollées, ce qui devait être très pratique pour y accrocher ses lunettes à monture de plastique noir aux verres légèrement teintés, encore que Grissom n'aurait su affirmer ce dernier détail dans la lumière des phares.

Il lui décocha son sourire de bienvenue – à peu près l'unique signe qu'il s'autorisait pour détendre l'atmosphère – et demanda :

— Pourriez-vous me raconter ce qui s'est passé ici ?

Benson, l'air de dire qu'il venait de tout expliquer à

Brass, se tourna vers ce dernier pour en obtenir confirmation.

Mais le capitaine se contenta de commenter :

— Veuillez répéter à M. Grissom ce que vous m'avez communiqué.

— Tout ?

Grissom se fendit d'un deuxième sourire, crispé d'impatience :

— Surtout pas de résumé. Je veux connaître chaque détail.

Soufflant bruyamment, Benson désigna la chaussée d'une main tremblante.

— D'abord, j'ai remarqué une voiture, ici.

Grissom garda le silence mais l'encouragea d'un signe de la tête.

— Précisez quelle voiture, intervint Brass.

— Je vous l'ai déjà dit, rétorqua l'autre d'un ton excédé. Vous auriez aussi vite fait de le répéter au lieu de me poser encore la question.

— C'est vous le témoin, pas moi.

— Oh, excusez-moi ! Je... c'est la première fois que ça m'arrive.

— A la victime aussi, lâcha Grissom avec un sourire matois. Si vous poursuiviez ?

— C'était une Chevrolet blanche... Monte-Carlo, je crois.

— Qu'est-ce qu'elle faisait ?

— Pardon ?

— Qu'est-ce qu'elle faisait pour avoir attiré votre attention ? Elle dérapait, elle allait trop vite, ou trop lentement...

— Trop lentement ! Comme je l'ai dit au capitaine Brass, je n'aurais rien remarqué si ce type ne se traînait pas le long du bas côté… Sur le coup, j'ai pensé qu'il était en panne, qu'il pourrait avoir besoin d'aide. Mais peut-être qu'il cherchait quelque chose… une route secondaire ou je ne sais quoi.

— Il restait toujours à la même vitesse ?

— Je ne comprends pas…

— Est-ce qu'il allait de plus en plus lentement puis repartait, puis ralentissait…

— Oui ! C'est ça. Et finalement, il s'est arrêté et il est sorti de sa voiture.

— Vous étiez juste derrière lui ?

— Non ! Il se trouvait encore loin devant moi. Je ne savais pas trop s'il avait besoin d'aide mais je gardais mes distances… on ne sait jamais. Il y en a qui simulent la panne pour vous voler ou vous tuer. C'est dangereux de jouer les Bons Samaritains, vous ne croyez pas ?

— Certes, approuva Grissom. Alors, quand il s'est arrêté, qu'avez-vous fait ?

— Je me suis arrêté aussi. J'ai éteint mes phares… je ne sais pas trop pourquoi au juste mais j'avais un sale pressentiment. Et j'essayais de voir ce qu'il en était. Vous voyez ?

— Oui.

— Enfin, toujours est-il que je me suis arrêté dans un coin discret, après avoir éteint mes phares. Je l'ai regardé sortir, ouvrir son coffre et sortir ce… cette *chose*.

Frissonnant, il désigna de nouveau la route ou plutôt, cette fois, le bas-côté, où gisait un cadavre enveloppé dans un tapis. A côté, Warrick et Sara s'étaient déjà mis au travail ; la jeune femme prenait des photos dont les flashs déchiraient la nuit. A peine visible, au-delà des voitures, Warrick examinait le sol, sans doute à la recherche d'empreintes. *L'important ce sont les empreintes de pieds*, avait-il l'habitude de dire et Grissom ne pouvait que l'approuver.

— Et alors ? reprit Brass.

Benson gara ses mains tremblantes dans ses poches.

— Alors je l'ai regardé jeter le... colis au bord de la route et j'ai tout de suite compris que c'était un corps. Je n'ai jamais eu aussi peur de ma vie... comme si tout mon sang s'était retiré de mon corps.

— Qu'est-ce qui vous a fait supposer qu'il s'agissait d'un cadavre ? demanda Grissom.

— Pas le... colis en soi, même si la forme laissait deviner ce qu'il contenait, mais le comportement du type. Il avait une attitude... bizarre, vous voyez ? En regagnant sa voiture, il avait l'air d'effacer les empreintes de ses semelles ou je ne sais quoi... avec le bord de ses chaussures. Et puis il a claqué son coffre, il est remonté au volant et il a filé. Et *là*, il n'allait plus lentement du tout !

— Où vous trouviez-vous, à ce moment ? demanda Grissom.

Benson se tourna et désigna l'autre extrémité de la route.

— Vous savez où Hollywood Boulevard rejoint le circuit ?

— Oui.

— J'étais arrivé par l'autoroute.

— Je croyais que cet accès était fermé la nuit.

— Pas toutes les nuits, précisa Brass.

Grissom se retourna vers Benson :

— Ne le prenez pas mal, mais que faisiez-vous sur ce circuit au beau milieu de la nuit ?

— Quoi ? J'ai fait quelque chose ? Je ne suis pas *suspect* quand même !

— Allons, vous savez très bien que le témoin numéro un est toujours le suspect numéro un. C'est pourquoi nous devons vous poser tant de questions.

— C'est la routine, assura Brass.

— En fait… je ne peux pas dormir.

— Juste cette nuit ou vous êtes insomniaque ?

— C'est un problème récurrent. Je prends des cachets mais, si ça ne marche pas, je n'ose pas doubler la dose. Alors parfois je vais conduire un peu pour me détendre. D'habitude, c'est très tranquille, par ici. Et c'est assez… beau, cette impression qu'on a de se trouver sur une autre planète. C'est… comment dire ?

— Ascétique ? suggéra Grissom.

— Je n'aurais pas dit ça, mais ça sonne juste.

— Où habitez-vous ?

— 4642 Roby Grey Way.

Grissom connaissait ce quartier – petites maisons bourgeoises, pas très loin de là, au-delà de Craig Road.

— Quelle est votre profession ? reprit-il.

— Je vends des équipements de vidéo-surveillance – je sais de quoi sont capables les gens et j'ai tendance à voir les choses à travers un angle sécuritaire. J'ai lu quelque part que certaines bandes mettaient en scène des pannes de voiture pour attaquer ceux qui voulaient leur venir en aide. Je ne tenais pas à ce que ça m'arrive.

— Bien sûr, commenta Grissom. Pourriez-vous me décrire l'individu ?

Le témoin jeta de nouveau un coup d'œil à Brass ; visiblement il allait encore devoir se répéter.

— Il est toujours bon de revenir sur ce genre de

détail, assura le capitaine, je vous écoute attentivement moi aussi, si jamais il vous revenait quelque chose de nouveau…

— Il était grand, maugréa Benson résigné, sans doute plus qu'aucun de nous, de race blanche, assez costaud, je dirais dans les cent kilos.

— Et ses vêtements ? demanda Grissom.

— Vous savez, la nuit… ils devaient être sombres. A cette distance, c'est tout ce que je pourrais en dire.

— Il portait un manteau ou une veste ?

— Non, il était en manches courtes.

— Tee-shirt ou chemise ?

— Je ne saurais dire.

— Couleur de cheveux ?

— Foncés je crois, mais comme je vous dis, à cette distance…

Grissom hocha la tête, perplexe.

— Je me suis avancé, ajouta Benson, quand il est rentré dans sa voiture, mais je n'ai aperçu qu'une partie de sa plaque. Ça pourrait vous servir ?

Le regard de Grissom se posa sur celui de Brass qui lui fit signe de son bloc-notes qu'il avait déjà enregistré le numéro ; alors le boss du CSI prit le témoin par le bras :

— Beau travail, monsieur Benson !

— Au fait, son feu arrière droit était cassé.

— Bien. Vous n'avez rien remarqué d'autre à propos de la voiture ?

— Non. Pas vraiment. Désolé de ne pas pouvoir vous être plus utile.

— Vous l'avez déjà été grandement, assura Grissom. Nous avons de la chance d'être tombés sur un témoin qui avait un tel sens de la sécurité.

Benson sourit de toutes ses dents :

— Merci !

Brass le raccompagna à sa Corolla et Grissom les regarda s'éloigner sans cesser de hocher la tête. Auraient-ils eu tout d'un coup la chance d'être tombés sur un bon témoin ? Malgré un émoi parfaitement compréhensible, Benson semblait assez sûr de ce qu'il avait vu et pourrait s'avérer des plus précieux dans un tribunal.

Plus précieuse encore serait une preuve ; fiable ou non, un témoin restait humain et Grissom n'aimait pas se fier aux seuls humains.

Il remonta le circuit pour aller retrouver Sara et Warrick, tous deux maintenant penchés sur le cadavre. Entendant une voiture démarrer, il se retourna pour voir la Corolla de Benson faire demi-tour et filer plein sud, vers Las Vegas Boulevard.

En arrivant à hauteur du cadavre, le criminaliste respira une odeur nauséabonde de mort, de décomposition ; malgré le vent, elle ne semblait cependant pas aussi répugnante et âcre que d'habitude.

Quant à ses collaborateurs, leurs expressions ne laissaient rien paraître. Il chaussa ses lunettes à monture métallique.

— Alors ? demanda-t-il. Où en êtes-vous ?

— Déjà, c'est bien un cadavre humain, commença Sara.

De sa torche, elle éclaire la forme enroulée dans un tapis fermé par du ruban adhésif pour conduit. A une extrémité dépassaient des cheveux noirs, à l'autre, des pieds nus aux talons bleuissants.

— L'odeur est atténuée, expliqua Sara, parce que le

paquet est bien fermé... mais ça ne sent pas la mort très récente.

— Pas du tout, renchérit Warrick.

— Je dirais une femme, suggéra Grissom.

— D'après les petits pieds, oui, approuva Sara. Ou un enfant, mais pas trop jeune – ce corps mesure plus d'un mètre cinquante.

— Bon, dit Grissom. Autre chose ?

— On l'a photographié sous tous les angles.

— J'ai relevé quelques empreintes, ajouta Warrick. Je les moulerai dès qu'on en aura fini ici. Il y avait aussi un débris de plastique rouge sur la chaussée.

— Provenant d'un feu arrière ?

— Peut-être.

De nouveau, Grissom hocha la tête mais, cette fois, de satisfaction.

— Ça pourrait s'avérer intéressant. Notre témoin a mentionné un feu cassé sur la voiture du suspect.

— Il l'aurait cassé en déchargeant le corps ? s'étonna Sara.

— Possible.

Warrick se pencha vers Grissom :

— Ça vous dit quelque chose ?

— Ça me dit beaucoup de choses.

Là-dessus, il échafauda son idée :

Une Chevrolet Monte-Carlo blanche s'arrête à la sortie nord de Las Vegas Boulevard. Il fait nuit et personne ne se manifeste dans les parages. Le chauffeur, en costume sombre, descend de sa voiture, regarde autour de lui, ne voit rien et se précipite vers le coffre, soulève avec peine le cadavre coincé à l'intérieur, finit par le dégager. Ce faisant, il heurte son feu arrière au passage sans voir qu'il en a cassé un morceau qui tombe sur le macadam.

Notre homme n'a pas vu non plus la Corolla de Benson stationnée un peu plus haut dans l'obscurité ; pas de chance : il a affaire à un vendeur de caméras de surveillance qui observe chacun de ses gestes.

Le chauffeur emporte le corps enroulé dans son tapis vers le bord de la route, pose le pied sur le bas-côté, y laissant de belles empreintes, et il abandonne le cadavre sur le sol. En regagnant sa voiture, il aperçoit ses traces et en efface certaines mais, à cause de la nuit, en laisse une partie.

Ensuite, il ferme son coffre, jette un coup d'œil autour de lui, ne voit rien de suspect, remonte dans sa voiture et s'en va.

Désignant le colis, Grissom interrogea Sara :

— Vous alliez le dérouler ?

— En principe… Pourquoi ? Il ne faut pas ?

— On fera ça au labo.

— Vous êtes sûr ? marmonna Warrick. Une fois qu'on l'aura déplacé du lieu du crime, on…

— On a des photos, non ?

Les deux jeunes gens se regardèrent puis acquiescèrent de la tête.

— Parfait, conclut Grissom. Je préfère dépiauter ce paquet dans un environnement aussi propre que possible… c'est-à-dire au labo.

— C'est mieux qu'au bord de la route, approuva Warrick, un rien irrité de ne pas y avoir pensé plus tôt.

Apparemment, Sara n'avait pas encore percuté, car elle insista :

— Vous êtes sûr de ne pas vouloir jeter un coup d'œil maintenant ?

— Vous, je parie que vous n'en pouviez plus d'attendre les matins de Noël. On fera tout ça au labo.

Peu après, l'ambulance arrivait : en descendirent deux infirmiers, l'un aussi grand et sec que l'autre était petit et maigrichon, dans leurs uniformes bleus ; ils attendirent devant leur véhicule que l'équipe du CSI finisse de prélever ses empreintes et l'impatience ne tarda pas à les gagner.

— Vous en avez pour longtemps, les gars ? demanda le petit maigrichon.

Grissom tourna vers lui un regard à vous changer en pierre :

— Les « gars » et moi, autrement dit l'équipe de criminalistes, prendrons tout le temps qu'il nous faudra.

Le petit homme se renfrogna mais ne dit rien.

— Tant que vous y êtes, ajouta Grissom, vous pourriez peut-être nous donner un coup de main.

— Quoi ? demanda le grand sec.

— Trouvez-nous un drap propre – le plus grand que vous ayez, et une housse mortuaire neuve.

— Pas la civière ?

— Pas tout de suite. Juste un drap et une housse mortuaire neuve. *Neuve !*

Ils retournèrent dans leur ambulance et, quelques minutes plus tard, en ressortirent avec les objets demandés qu'ils déposèrent au bord de la route.

— C'est bien, dit Grissom. On va étaler tout ça et y placer notre colis, le plus doucement possible.

— Tel quel ? demanda le grand étonné.

— Oui. On l'emporte tel quel au labo.

— Avec le tapis et tout ?

Grissom lui décocha un sourire peu amène :

— Si on dit « tel quel » c'est avec le tapis et tout. Ça vous dérange ?

— C'est que ça va bousiller…

Sans achever sa phrase, le grand infirmier se contenta de désigner la housse et le drap des yeux.

— Et alors ? s'inquiéta soudain Grissom. Elle n'est pas neuve ?

— C'est la plus neuve qu'on ait.

Contrairement à ce qu'on pouvait croire, les housses mortuaires servaient en général plusieurs fois ; pour la simple raison que cela valait très cher. Cependant, s'il voulait présenter des preuves formelles au tribunal, Grissom avait besoin de matériel immaculé afin de ne pas risquer de contamination croisée.

Certes, tout était parfaitement nettoyé après avoir servi mais il ne pouvait risquer la moindre ambiguïté.

— Warrick ! lança-t-il.

— Papa veut une belle housse toute neuve ?

— Je me fiche de ce qu'on en pense ! Vous allez me faire le plaisir d'aller chercher à la base de Nellis ce qu'il nous faut.

— C'est-à-dire une belle housse toute neuve.

— Oui.

La base aérienne devait forcément en garder quelques-unes pour le cas où.

Sara lança un sourire sarcastique à son collègue :

— C'est toujours toi qui fais les trucs marrants !

— Super ! grommela celui-ci. Ça faisait longtemps que je n'avais pas joué à la course au trésor.

— Nous vous attendons ici, insista Grissom.

Warrick se dirigea d'un pas traînant vers le Tahoe.

Une petite heure plus tard, ils avaient fini de recueillir dans des pochettes en plastique le débris du feu de position et de verser du plâtre dentaire dans les empreintes de pas. L'aube se levait, délavant enfin les lumières rouges et bleues des gyrophares, lorsque Warrick se décida enfin à revenir, une housse mortuaire sous le bras.

— Vous en avez mis un temps ! observa Grissom.

— Vous ne vous rendez pas compte du mal que j'ai eu à les convaincre. Ça a commencé par le poste de garde, qui m'a envoyé au chef de la sécurité, qui m'a confié à la police militaire qui m'a présenté au responsable de service, qui m'a adressé à l'officier de quart et Dieu sait qui d'autre... Encore une chance qu'ils ne m'aient pas fourré en taule ou expédié au Moyen-Orient.

— Bon, mais cette housse est neuve, au moins ?

— Flambant neuve. Il n'en faut pas des masses pour vous satisfaire, Griss !

— Je me contente de peu.

Ce disant, Grissom étalait la housse tandis que Warrick et Sara échangeaient un coup d'œil entendu.

Avec l'aide des infirmiers, ils eurent tôt fait d'enrouler le colis dans le drap puis dans la housse et enfin de le hisser sur une civière. Puis l'ambulance partit en silence. Pas besoin de sirène pour ce client-là.

Sara profita de ce que Warrick achevait de relever ses moulages pour prendre encore quelques photos du sol où avait été déposé le corps, quant à Grissom, il inspecta les alentours à la recherche du moindre détail révélateur, mais il ne trouva rien, ce qui ne l'étonna guère. Il possédait déjà des quantités de pièces à conviction qu'il allait pouvoir examiner à loisir dans son laboratoire.

... pour une fois, le meurtrier avait été assez aimable pour les lui présenter dans un bel emballage-cadeau.

Le Dr Alex Robbins les attendait à la morgue. Il y faisait facilement cinq degrés de moins que dans le reste du laboratoire mais Grissom appréciait le calme qui y régnait, comme si ce changement de température l'apaisait, comme si cette fraîcheur le rassurait. L'atmosphère semblait en quelque sorte... scientifique. Il s'y sentait loin du chaos d'où sortaient ses « patients », ces victimes qui avaient besoin de lui. C'était le dernier endroit où il pouvait les voir, du moins en chair et en os, c'est pourquoi il s'y sentait à sa place. Pour lui, la morgue tenait d'une église, la table d'autopsie d'un autel, toutefois il ne s'agissait pas d'adorer ces victimes ni de les sacrifier. Elles étaient arrivées là, contre leur gré, afin de lui réclamer justice.

Pour elles, contre leurs assassins.

La civière où reposait le corps enveloppé dans son colis et sa housse mortuaire avait été amenée près de la table de métal devant laquelle le Dr Robbins passait le plus clair de son temps. Grissom, Warrick et Sara avaient enfilé une blouse bleue et des gants de latex tandis que le médecin légiste s'entourait de son attirail chirurgical, sa béquille toujours à portée de main.

— Alors, que m'apportez-vous aujourd'hui ? demanda-t-il, intrigué.

— Vous n'avez pas encore regardé ? le taquina Grissom.

— Non, je viens de terminer plusieurs rapports et j'ai trouvé ce paquet qui m'attendait. Je me doutais que vous n'alliez pas tarder à vous manifester.

— Pour tout dire, nous ne savons pas nous-mêmes de quoi il s'agit, si ce n'est d'un cadavre qui n'est pas mort aujourd'hui.

Il raconta au Dr Robbins les circonstances qui les avaient amenés en présence de ce cadavre.

— Pour une fois, vous avez apporté la scène de crime jusqu'ici, commenta-t-il, l'œil gourmand.

— En grande partie, admit Grissom.

— Je dois reconnaître que c'est loin de me déplaire.

— Pourquoi ?

— D'après vous, pourquoi Greg, notre technicien de labo, a-t-il tellement envie d'aller sur le terrain ? Pour découvrir la réalité des choses dès leur origine. Pour se sentir dans la peau d'un Sherlock Holmes, non d'un Dr Watson. Pour éprouver les mêmes sensations que vous, enquêteurs, quand vous mettez la main sur une preuve cruciale.

— Allons donc ! rétorqua Grissom. C'est souvent vous qui trouvez la preuve cruciale sur le cadavre même. Ou dedans.

— Certes. Mais il y a certaines choses, sur les scènes de crimes, qui s'avèrent beaucoup plus palpitantes que dans un labo.

— Je ne suis pas d'accord. Je trouve les deux aussi intéressants.

Ni Grissom ni Robbins ne virent Warrick et Sara échanger des regards exaspérés.

— Bon, reprit le médecin. Voyons cela.

Grissom tira la fermeture à glissière de la housse. Aidé de Warrick, il l'enleva complètement, découvrant le drap blanc qu'il entreprit ensuite d'ouvrir délicatement. Alors le colis apparut, toujours scellé au ruban pour conduit.

— Vous croyez que c'est Cléopâtre qu'on va découvrir là-dedans ? murmura Robbins.

— On va bien voir, dit Grissom.

3

Dans le bureau de Janice Denard, le génie en informatique Tomas Nunez avait pris la place de l'assistante tandis que celle-ci s'était assise sur une chaise contre un mur, à côté de Catherine Willows. Nick Stokes tournait autour de Nunez qui, pour le moment, s'entretenait sur son téléphone portable.

— Réunis toute l'équipe, disait-il. Ouais, Webster et Wolf aussi… tout le monde sauf Bill Gates. On a un sacré truc sur les bras, mon pote. Avertis-moi dès que vous rappliquez – chaque minute compte.

Tout en écoutant la réponse, Nunez se tourna vers Nick et parut lui jeter un regard noir qui n'était en fait destiné qu'à son correspondant.

— Pas question ! s'exclama-t-il. C'est pour avant-hier. Une sale affaire de pédophilie, vu ?

Cette fois la réaction parut lui plaire car il se détendit :

— Je savais que je trouverais les mots pour te convaincre.

Il raccrocha et sourit à Nick :

— La cavalerie arrive… où est votre inspecteur ?

— O'Riley ? dit Catherine. Dans le hall d'entrée avec M. Newcombe.

Quelques minutes auparavant, l'inspecteur et Ian Newcombe étaient partis à la rencontre du personnel pour expliquer la situation. Janice Denard était restée, encore toute secouée. Catherine la prit par la main pour tenter de la calmer.

— Je sais que vous devez vous sentir assiégée, agressée. Mais il faut plutôt vous en prendre à l'auteur de ce délit qui touche la fonction même de votre agence ; on s'est servi de votre réseau informatique pour accomplir un acte qui n'a rien à voir avec la publicité.

— Je sais, souffla l'assistante, sans conviction.

Quant à Nick, il se félicitait d'être tombé sur Catherine pour mener cette enquête plutôt qu'aucun autre membre du CSI. Lorsqu'il était question d'enfants, elle devenait impitoyable... comme la plupart des flics, d'ailleurs, il devait le reconnaître... mais avec sa fille Lindsey à l'esprit, elle donnerait tout ce qu'elle avait pour aboutir le plus vite possible.

Tout comme Nick.

Chaque fois qu'il parvenait à faire arrêter un pédophile, il pensait un peu apaiser son inextinguible soif de justice. Néanmoins, il s'efforçait de ne pas trop en tenir compte afin de demeurer objectif.

Il savait que ses collègues le considéraient comme un obsédé du travail mais cela ne l'empêchait pas d'observer un strict sens de la mesure.

Aussi veillait-il à ne jamais s'impliquer personnellement dans les dossiers qui lui étaient confiés. Celui ou ceux qui étaient derrière cette histoire de photos pornos allaient devoir rendre des comptes à la justice. Point final.

— Qu'est-ce qu'on fait ? demanda-t-il. Je n'ai

jamais mené une grosse enquête qui commence par des ordinateurs.

— Tu vas adorer, promit Nunez.

Assis au bord d'un bureau, ce dernier réfléchissait, l'air soucieux. Tout d'un coup, il adressa un sourire contrit à Janice Denard :

— Malgré ce qu'on a dit à votre patron, annonça-t-il, on va faire notre possible pour ne pas trop vous empêcher de travailler. C'est pour ça que je viens d'appeler les troupes de réserve. Plus j'aurai de gens sur l'affaire, plus vite on aura fini.

— Merci ! dit-elle avec effusion.

— Seulement il va quand même falloir qu'on emporte tout ce matériel au labo pour recopier le contenu des disques durs, ainsi que tout ce qui vous sert de sauvegarde, disquettes, CD, DVD, Zip. Vous avez un système de stockage à ruban ?

— Oui.

— Il nous faudra les bandes.

— Vous… vous nous prenez tous nos outils de travail.

— Eh oui, madame ! On va les dupliquer aussi vite que possible et vous remettre des copies pour que vous puissiez rouvrir très vite.

— Mais pas les ordinateurs ? Comment voulez-vous que nous fassions ?

— Vous devrez en louer d'autres en attendant. C'est une question de quelques jours, alors il faut vite vous décider.

— Je ne suis pas le patron !

— Moi non plus. Mais c'est comme ça. Vous ne pouvez pas vous opposer à une décision de justice. On ne fait que notre travail, rien de plus, et votre agence n'est pas en cause. C'est la faute à pas de chance.

Janice Denard était livide.

— Vous ne nous rendrez que des copies… Qu'allez-vous faire des originaux ?

— On va les garder au poste de police, les enfermer dans une salle prévue à cet effet, jusqu'à ce que l'affaire soit résolue. Je n'inspecterai votre matériel que sous forme de copies. Les originaux seront à l'abri. Je n'y aurai touché que pour en dupliquer le contenu, c'est tout.

L'assistante paraissait de nouveau aussi effondrée que lorsque Catherine et Nick l'avaient trouvée dans la salle de réunion et rien ne semblait plus devoir la rasséréner.

— Voilà, conclut Nunez en se levant.

Il frappa dans ses mains.

— Maintenant, on va commencer le déménagement. Le camion est là ?

— Je vais voir, dit Nick.

Il se faufila à travers les bureaux paysagers, puis les corridors maintenant déserts. A proximité du hall d'entrée, il perçut la voix de Ian Newcombe qui improvisait une conférence à l'adresse des employés :

— Je sais que c'est agaçant et gênant, mais ces experts doivent faire leur travail et nous devons les laisser agir… et les aider autant que possible.

— On court un danger ? demanda une voix de femme.

— Un danger physique ? Non, aucun.

— Monsieur Newcombe, interrogea une autre. Puis-je vous poser une question ?

— Certainement.

— Est-ce qu'on sera quand même payés ?

Quelques rires nerveux s'élevèrent brièvement mais les visages demeuraient graves.

— Oui, assura le directeur.

Un soupir de soulagement parcourut l'assistance. La suite n'en parut que plus douloureuse :

— Du moins pour commencer, ajouta Newcombe. Nous ignorons combien de temps tout ça va durer, combien de temps il faudra aux autorités pour débrouiller cette histoire. Nos ordinateurs ont été saisis, ainsi que tous nos logiciels.

Information qui suscita une vague de protestations.

Le directeur leva la main pour faire taire les mécontents.

— Personne ne sait encore ce qui va en découler. Nous naviguons à vue maintenant. Pourtant, vous pouvez me croire si je vous dis qu'il me tient à cœur de préserver intacte la meilleure équipe publicitaire de Las Vegas.

Nouveau soulagement. Nick n'enviait pas ces employés jamais sûrs du lendemain.

— Nous vous ferons savoir quand nous pourrons reprendre nos activités normales, poursuivait Newcombe.

Il se tourna vers O'Riley, le désignant ainsi comme le seul responsable potentiel des ennuis de l'agence :

— Inspecteur, avez-vous une idée du temps que ça prendra ?

Bon bougre mais pas vraiment doué en communication, l'intéressé haussa les épaules :

— J'en parlerai aux experts mais, là, au débotté, je ne peux rien vous dire.

Nick comprit qu'il n'apprendrait pas grand-chose

ici et se dirigea vers l'entrée quand il vit arriver le camion qui vint stationner à côté du Tahoe.

Alors que le chauffeur en descendait pour aller ouvrir l'arrière, une fourgonnette Dodge bleu marine surgit à l'entrée du parking. Quatre hommes en sortirent et prirent à leur tour la direction de l'immeuble. Sans doute les renforts appelés par Nunez. Soudain, Nick reconnut le chauffeur du camion, un grand blond du nom de Giles qu'il avait dû croiser au cours de ses enquêtes. Puis il identifia un autre visage, un informaticien afro-américain tout droit venu du FBI. Il se souvint subitement de son nom : Carroll ! Ils avaient suivi ensemble une enquête durant les premiers pas de Nick au CSI.

Carroll portait un jean et un T-shirt bleu marine à la poitrine barrée des grosses lettres jaunes du FBI. Nick ne connaissait pas ses trois compagnons, tous vêtus de la même façon, mais il semblait que, lorsque Nunez prenait les choses en main, il fallait que ça saute.

— C'est vous l'expert du CSI ? demanda Giles.

— Nick Stokes.

Il échangea quelques poignées de main avec les nouveaux venus.

— Ma coéquipière, Catherine Willows, est à l'intérieur. Elle est plus jolie que moi.

— Pas très difficile, commenta Giles en souriant. Où se trouve Nunez ?

— Je vais vous conduire à lui. Mais on va devoir d'abord traverser un territoire hostile.

Précision qui ne parut impressionner aucun des nouveaux venus.

Les employés qui traînaient toujours dans le hall d'entrée les suivirent des yeux dans un silence pesant.

O'Riley fit signe à Nick. Celui-ci indiqua aux informaticiens le chemin à suivre, puis leur emboîta le pas en compagnie de l'inspecteur.

— Je fais venir quelques enquêteurs pour prendre les dépositions des employés, annonça le policier. Sinon on va avoir droit à une insurrection.

Et Nick s'avisa que le malheureux ferait une excellente cible s'il venait à ces gens l'idée de lyncher quelqu'un.

— Bonne idée, commenta-t-il. Il faudra également relever leurs empreintes et nous ne sommes que deux, Catherine et moi.

— Voilà combien de temps que vous êtes au travail ? Une semaine ?

— Non, mais je crois qu'on va avoir droit à nos trente-six heures sans sommeil.

— Avec toutes ces heures sup, je saurai chez qui m'adresser si j'ai besoin d'un petit coup de main. Mobley doit vous adorer.

Il faisait allusion au shérif Mobley, chef de la police et du CSI de Las Vegas, qui ne voulait pas entendre parler de dépassements d'horaires.

Arrivés devant le bureau de Janice Denard, ils s'arrêtèrent jusqu'à ce que Nunez, sentant leur présence, levât la tête :

— Salut, les gars !

Tous entrèrent et Nick rejoignit Catherine qui écarquillait les yeux devant l'étendue des renforts.

— Tout le monde sait qui est qui ? demanda Nunez.

— Je connais Giles et Carroll, dit Nick.

— Tu connaîtras tout le monde avant longtemps. Et tu ne pourras bientôt plus les sentir.

Là-dessus, l'informaticien fit les présentations en

commençant par Webster, un grand policier nerveux qui semblait ne pas tenir en place. Les deux autres étaient des amis de ce dernier engagés pour compléter les effectifs : Wolf, petit homme trapu, tout en muscles, et Moes, petit monsieur enveloppé qui avait l'air le plus azimuté du groupe.

Nick et Catherine furent impressionnés par le résumé que Nunez leur fit de la situation ; à croire qu'il avait assisté à l'opération depuis ses débuts, car ils n'eurent pas un détail à ajouter.

— On est lundi, conclut-il. Dans le meilleur des cas, on devrait pouvoir annoncer à ces gens qu'ils reprendront le travail dès mercredi.

— Et dans le pire des cas ? demanda Wolf.

— Jeudi... On ne peut pas bloquer toute une agence à cause d'un employé pervers. Autrement dit, on a un maximum de recherches à faire en un minimum de temps. Au boulot !

Catherine s'avança, un sourire commercial aux lèvres :

— Je tiens à vous remercier pour votre aide. Et, pendant ce temps, Nick et moi allons relever les empreintes des employés.

Jusqu'ici passée inaperçue dans son fauteuil, Janice Denard poussa un petit cri à la fois indigné et résigné :

— Vous avez le *droit* de faire ça ?

— Dans un premier temps, expliqua Nick, nous ne prendrons que celles des volontaires ; mais comme vous n'y couperez pas, autant vous en débarrasser tout de suite.

— Je regrette, mais je ne vous suis pas.

— Nous finirons bien par trouver quel clavier a balancé les photos sur l'imprimante de votre patron. Il ne nous restera qu'à y relever les empreintes et à les confronter avec celles que nous aurons en notre possession…

— Dans ce cas, je vais donner l'exemple en me portant volontaire la première.

— Bravo ! approuva Catherine. Plus vous nous simplifierez la vie, moins nous vous encombrerons.

— Je fais de mon mieux.

Tandis que Nick et Catherine installaient leur matériel, Tomas Nunez surveillait le déménagement des ordinateurs. Ils en avaient pour des heures de travail.

Carroll et Webster s'offrirent à venir en renfort à l'agent Leary qui mitraillait docilement les moindres détails de chaque poste de travail. Ensuite, Nunez se chargeait du débranchement, mettant une étiquette sur chaque fil et chaque pièce détachée. Puis, l'un de ses compagnons emportait ce qui était prêt dans le camion où Giles le réceptionnait en notant à son tour sur une liste ce qu'il rangeait.

Catherine achevait de prendre les empreintes digitales de Janice Denard et lui tendait une serviette en papier pour s'essuyer les mains lorsque O'Riley entra dans la pièce.

— J'ai trois agents qui viennent d'arriver, annonça-t-il. Ils ont déjà commencé à prendre les dépositions du personnel.

— Aucune de vos questions ne laisse entendre ce qui se passe exactement ?

— Non. Bien sûr, les gens savent que c'est en rapport avec leurs ordinateurs et se doutent que nous ne sommes pas à la recherche du petit malin qui joue au solitaire pendant les heures de bureau. De toute façon, j'ai dans l'idée qu'on ne gardera pas longtemps le secret.

— En tout cas, intervint Janice Denard, ce n'est pas *moi* qui le leur dirai !

— J'en suis certaine ! assura Catherine. Mais le sergent O'Riley a raison. La nouvelle risque de vite se propager.

Puis elle s'adressa au policier :

— Pourriez-vous commencer à nous les expédier pour qu'on relève leurs empreintes ?

— Je ne demande pas mieux. Plus vite on aura renvoyé ces gens chez eux, mieux je me sentirai. Ils vont nous faire une révolution quand je vais leur annoncer qu'ils doivent encore passer par cette formalité. Vous ne pourriez pas aller le leur dire vous-même ?

— Si vous voulez, murmura Catherine sans enthousiasme. Mais rien ne vous empêche de me suivre… pour le cas où ils voudraient me faire la peau.

O'Riley releva lourdement sa grande carcasse et suivit la jeune femme vers le hall d'entrée.

Cependant, Nick demandait une liste des employés à Janice Denard.

— Il faut qu'on sache le nom de ceux qui n'auront pas voulu coopérer.

L'assistante poussa un soupir :

— Ça va prendre un certain temps, sans ordinateur.

Dans le hall d'entrée, Catherine faisait face à une foule houleuse tandis que les trois inspecteurs s'arrêtaient au milieu de leurs auditions pour l'écouter. Après s'être présentée, elle commença :

— Comme vous vous en doutez, nous sommes à la recherche d'un suspect, auteur d'un grave délit.

— *Quel* délit ? lança une voix.

— Je n'ai malheureusement pas la possibilité de vous dire ce qu'il en est pour le moment ; mais voici ce que je vous propose – afin de nous permettre d'éliminer chacun de vous le plus vite possible de la liste des suspects, il serait bien que vous acceptiez de déposer vos empreintes digitales.

— Et si on refuse ? demanda un homme rougeaud au premier rang.

Derrière lui, un de ses camarades renchérit :

— Et si on vous envoie aux pelotes ?

Catherine demeura de marbre :

— Il reste une autre possibilité : nous pouvons obtenir une décision judiciaire pour chacun d'entre vous, ce qui risque de prendre un certain temps. A moins que vous ne préfériez partir maintenant et venir faire relever vos empreintes directement au labo. Si ça vous fait plaisir de traverser toute la ville…

— Epargnez-nous vos sarcasmes ! protesta une femme. Nous sommes ici pour faire notre travail.

— Moi de même.

Ce qui eut pour effet de calmer les esprits frondeurs.

— Je vais demander à tous ceux qui acceptent de déposer leurs empreintes sans y être contraints par un juge de lever la main.

Peu à peu, tous les employés levèrent la main, même si le cœur n'y était pas.

Sur ces entrefaites, Nick surgit équipé de son matériel ainsi que de la liste des employés que venait de lui remettre Janice Denard.

— Pas la peine de les faire venir sur le lieu du crime, souffla-t-il à Catherine.

Acquiesçant de la tête, elle lui désigna le comptoir de la réception et il alla s'y installer. Peu à peu, les employés présents apposèrent leurs doigts sur les fiches qu'il avait préparées, tandis qu'O'Riley et ses agents prenaient les dépositions. Pendant ce temps, les informaticiens allaient et venaient entre les bureaux et le camion.

Lorsque Nick et Catherine eurent achevé leur tâche, ils retournèrent une dernière fois voir Janice Denard. Si ni l'un ni l'autre ne lui reprocha son absence de coopération en la circonstance, elle put constater, à leurs physionomies, qu'ils n'étaient guère enchantés de son attitude.

— Qu'est-ce qu'il y a ? demanda-t-elle.

— Vous ne nous aviez pas parlé de vingt-sept personnes ayant accès à l'ordinateur ? répondit Catherine.

— En effet.

— Nous n'avons que vingt-deux empreintes.

— En comptant M. Gold à Los Angeles, ajouta Nick – où sont les quatre derniers ?

— De qui s'agit-il ? interrogea l'assistante. Vous devez avoir leurs noms, en comparant…

Nick reprit sa liste :

— Jermaine Allred, Ben Jackson, Gary Randle et Roxanne Scott.

— Bon, pour commencer, Roxanne Scott est mon homologue.

— Comment ça ? s'étonna Catherine.

— C'est l'assistante particulière de M. Newcombe. Elle est en vacances à partir d'aujourd'hui.

— Attendez : M. Newcombe est en déplacement et c'est Roxanne qui s'en va ? Ce n'est pas très logique. L'agence ne risque pas d'en souffrir ?

— Pas plus que de se voir privée de ses ordinateurs, rétorqua Janice Denard d'un ton aigre.

Cependant, elle se ressaisit :

— Les deux associés ont des responsabilités différentes, ce qui n'a rien d'extraordinaire en soi.

— Continuez.

— M. Gold s'occupe plutôt de la clientèle, pendant que M. Newcombe gère la partie fiduciaire. Ainsi, ils n'ont pas besoin de se trouver toujours là en même temps, ce qui ne les empêche pas de comprendre les activités de l'autre ; un aspect essentiel de leur association dans la mesure où ils prennent à deux toutes les décisions importantes de l'agence.

— Si je comprends bien, Roxanne était là samedi ?

— Oui. Elle est partie un peu plus tôt ce soir-là.

— Vous savez où elle est ?

L'assistante eut un petit sourire las et Nick se demanda s'il ne fallait pas y voir un rien de jalousie.

— Roxanne et son compagnon, énonça-t-elle avec contrariété, sont partis pour Tahiti. J'aimerais pouvoir en dire autant...

— C'est bon, coupa Catherine. Et les trois autres ?

— Donnez-moi quelques minutes pour vérifier. Sans mon ordinateur...

— Je sais, c'est plus difficile.

— Comme vous dites.

Là-dessus, Janice Denard sortit de son bureau.

En attendant son retour, les deux experts rangèrent leur matériel avant de retraverser les couloirs maintenant déserts. Peu à peu, tous les employés, leurs dépositions dûment enregistrées, leurs empreintes relevées, étaient retournés chez eux.

Maintenant, Nick se croyait dans une sorte de film traitant de la fin du monde, où vampires et spectres vous guettaient au détour d'un corridor. Telles les rues désertes des séries B de son enfance, les bureaux de la Newcombe-Gold, vidés de leur équipement informatique, semblaient à la fois étrangement normaux et curieusement insolites, comme si la race humaine avait disparu de la planète en une nuit, encore que Nick aurait juré qu'aucun zombie ne l'épiait, tapi dans un coin sombre. C'est alors qu'il tomba sur O'Riley.

Il sursauta et l'inspecteur parut surpris.

— Qu'est-ce qui vous prend ?

Sur ses talons, Catherine semblait franchement s'amuser.

— Excusez-moi, sergent, bredouilla Nick, vous m'avez fait peur.

— C'est ce qui arrive quand on n'a pas la conscience tranquille, observa Catherine.

N'ayant pas le sens de la repartie, le policier se contenta de faire la grimace et les suivit dans le hall d'entrée où Tomas Nunez surveillait l'embarquement du dernier ordinateur. Vingt-neuf machines, trente avec le portable de Newcombe, des caisses de disquettes, de bandes de stockage, de lecteurs Zip s'entassaient maintenant dans le camion.

— Tout s'est bien passé ? demanda Nick.

— Pour l'instant oui, dit Nunez. A présent on va passer aux choses sérieuses : voir ce que ces petites bêtes ont dans le ventre. On finira bien par trouver comment a procédé le coupable.

— Excellente nouvelle ! commenta Catherine d'une voix cassée par la fatigue.

Janice Denard les rejoignit dans le parking.

— J'ai les informations que vous m'avez demandées.

— Oui ? dit Catherine.

— Ben Jackson a pris son lundi. Il s'est envolé vendredi après le bureau et ne rentrera que ce soir.

Plissant des yeux au grand soleil, Catherine insista :

— Vous savez où il est allé ?

— Il me semble l'avoir entendu parler de l'Idaho – en tout cas c'est là qu'il a grandi.

— Et les autres ?

— Jermaine Allred a téléphoné qu'il était malade.

— Ce n'est pas à vous qu'il a parlé ?

— Non. A ce moment-là, j'étais avec vous. C'est la réceptionniste, Debbie Westin, qui a pris l'appel. Il a la grippe mais espère revenir demain.

— Bon, et le dernier ?

— Gary Randle. Il avait rendez-vous avec un client, ce matin.

Nick consulta sa montre :

— Il n'est pas encore rentré ? A quinze heures trente ?

— La rencontre s'est peut-être prolongée. C'est courant dans la publicité. Il a pu aller déjeuner tard, avec le client ou tout seul. Il est peut-être en route.

— Il ne dit jamais à quelle heure il va rentrer ?

— Depuis le temps qu'il travaille pour l'agence, il a toute latitude pour agir comme il l'entend. Un peu comme M. Newcombe ou M. Gold.

— Il est associé ? interrogea Catherine.

— Non, mais c'est un cadre dirigeant, personne ne lui demandera de comptes sur ses horaires.

— Nous voilà bien avancés !

— Vous pouvez l'attendre, si vous voulez. Je suis sûre qu'il va revenir dans l'après-midi.

Debout depuis vingt-quatre heures, Catherine et

Nick ne rêvaient plus que d'avaler un sandwich et de dormir un peu avant de reprendre leur service le soir même.

— Nous n'avons pas le temps, dit fermement Catherine.

Nick réprima un soupir de soulagement en espérant que son expression ne le trahissait pas trop.

— Est-ce que vous allez laisser un agent ici ? demanda Janice Denard.

— Non, répondit O'Riley. Nous avons recueilli les éléments dont nous avions besoin. Vous pouvez reprendre vos activités.

L'assistante lui jeta un regard noir.

— Avec quel personnel, maintenant que vous avez renvoyé presque tout le monde ? Même M. Newcombe est parti. Je reste seule avec les gardiens.

Sans relever, Catherine revint au sujet qui l'intéressait :

— Ces trois derniers employés, pourriez-vous nous fournir leur adresse et leur numéro de téléphone, je vous prie ? Nous les joindrons dès que possible.

Janice Denard lui tendit une feuille de papier. Regardant par-dessus son épaule, Nick put constater qu'elle avait déjà tout noté.

— Bravo ! s'écria-t-il. Vous êtes extra-lucide ?

— Dans mon métier, répondit-elle doucement, on apprend à anticiper.

— Merci, dit Catherine. La journée a été dure pour nous tous… Je vous promets que nous réglerons cette affaire le plus rapidement possible.

Le sourire de la jeune femme se figea et Nick surprit, non sans émoi, une larme qui coulait des beaux yeux bleus.

— Tout allait trop bien dans cette agence, gémit-elle. Les gens étaient trop gentils… comment aurait-on pu prévoir ?

Il eût aimé pouvoir lui fournir la réponse mais ne sut que murmurer :

— Ça peut arriver partout. En tout cas, celui qui a fait ça ne recommencera pas, du moins pas ici.

Catherine tendit la main à l'assistante qui la serra et les deux experts se dirigèrent vers le Tahoe.

— J'ai changé d'avis, lança-t-elle soudain.

— A quel propos ? demanda Nick.

— Je m'offrirais bien un petit déjeuner. Tu es toujours preneur ?

— Plutôt deux fois qu'une !

4

A la morgue, Warrick Brown aidait Grissom à déposer à même le sol le colis contenant le corps après que Sara eut pris quelques photos.

Warrick comprenait d'autant plus à quoi faisait allusion le Dr Robbins en parlant de Sherlock Holmes qu'il ressentait la même impression. Toute scène de crime offrait la possibilité de piéger le plus roué des criminels. Quand il s'agissait d'obtenir justice, il ne fallait pas se priver des moyens les plus sophistiqués. Au CSI, on jouait le jeu, ni plus ni moins que comme une partie d'échecs.

Bien qu'il n'eût jamais exprimé ces pensées, pas même à d'autres criminalistes (et certainement pas à Grissom), Warrick éprouvait, chaque fois qu'il tombait sur une preuve cruciale susceptible de mettre le coupable hors d'état de nuire, une ardeur qui n'allait pas sans rappeler l'euphorie qu'il avait autrefois connue autour des tables de casino.

— On inaugure, lança Grissom d'un ton flegmatique. Qui veut couper le ruban ?

Sortant un canif de sa poche, Warrick trancha les trois bandes de ruban pour conduit, libérant aussitôt une odeur écœurante de putréfaction.

Avec Sara, ils prirent le temps de se vaporiser les narines d'onguent désodorisant. Le Dr Robbins semblait immunisé, quant à Grissom, personne ne songea à lui passer le pot de Vicks – il n'avait que trop laissé entendre que tout ce qui touchait à la science devait vous mettre au-dessus de ces contingences.

Les trois experts entreprirent alors de détacher soigneusement le ruban adhésif, déposant chaque segment dans une pochette de plastique pour les examiner par la suite. Dieu seul savait quelles fibres révélatrices pouvaient se trouver piégées dans l'adhésif, sans compter, avec un peu de chance, une ou deux empreintes digitales oubliées. Singulièrement, le ruban ou le tapis en diraient davantage sur le meurtrier que le corps de la victime.

Warrick se retint de tout ouvrir sur-le-champ ; il savait que Sara partageait son impatience, et sans doute Grissom aussi, même si ce dernier ne risquait pas de l'avouer. Mais ce serait détruire de précieux indices et cette seule pensée suffisait à le retenir.

Ils commencèrent à dérouler sur une quarantaine de centimètres le rouleau de moquette qui constituait l'épais emballage du colis. C'était ce même travail fastidieux que les flics des séries télé semblaient effectuer le temps d'une coupure de publicité. En fait, le processus pouvait prendre plusieurs heures, en fonction des éléments qu'ils découvraient.

En considérant ce qui s'offrait à ses yeux, puis ce qui restait du rouleau de moquette, Warrick comprit qu'ils allaient accumuler les heures supplémentaires sur le cas Cléopâtre.

Sara ne cessait de prendre des photos pendant que Grissom et lui examinaient le morceau de tapis dans ses moindres détails à l'aide de mini Maglites et de pinces à épiler. Le tour de Robbins allait bientôt arriver, cependant, le légiste guettait leurs moindres gestes, les mains croisées sur son ventre, tel un Bouddha en méditation.

Lorsqu'ils estimèrent avoir achevé cette étape, Warrick changea le sac de son aspirateur à main et le passa sur la partie qu'ils venaient d'examiner. Le contenu de tous les sacs ainsi recueillis serait ensuite soumis à une analyse chimique.

Puis ils déroulèrent une deuxième partie de moquette. Sara en reprit des photos sous tous ses angles avant de rejoindre ses deux compagnons qui, à genoux, avaient repris leur travail de fourmi.

Warrick passa de nouveau son aspirateur. Comme ils n'avaient rien trouvé de spécial, ils déroulèrent une troisième partie, d'une cinquantaine de centimètres, cette fois, et puis une autre, et encore une autre…

Lorsqu'ils aperçurent enfin un peu de chair, ils en étaient à quelque vingt-cinq pochettes de pièces à conviction contenant des cheveux, des fibres, une pièce d'un cent et des fragments de feuilles écrasées.

Il leur fallut encore une heure de travail intensif avant de complètement libérer le corps. La puanteur s'avérait plus puissante que le Vapo-Rub dont Warrick s'imprégnait régulièrement les narines et, bien que son estomac criât famine, il n'avait aucune envie d'avaler quoi que ce soit pour le moment…

— C'est bien ce qu'on pensait, observa Sara. Jeune femme d'une vingtaine d'années.

— Pas de doute, approuva Warrick.

Grissom acquiesça de la tête. Les deux hommes soulevèrent ensemble le corps pour le déposer sur la table d'autopsie. Libérée de son cocon, Cléopâtre dégageait de lourds relents qui semblaient imprégner toute la salle. Grissom reniflait autour de lui, tel un limier suivant une piste.

Et s'il était capable d'évaluer le niveau de décomposition à son seul odorat ? se demanda Warrick. En ce qui le concernait, il espérait n'en être jamais capable.

Robbins se pencha sur sa nouvelle patiente :

— Putréfaction avancée, observa-t-il. Elle est morte depuis un moment.

La femme avait des cheveux noirs et bouclés, en désordre, coupés au-dessus des épaules. Elle était nue et son visage semblait à peu près intact, sauf sur la mâchoire, brisée après sa mort et déboîtée sur plus d'un centimètre, déchirant au passage la chair de sa bouche.

Elle avait les yeux clos et arborait une expression paisible. Néanmoins, un curieux détail les frappa tous : elle était trop fardée, à un point quasi caricatural – rouge à lèvres écarlate, blush de poupée, mascara dégoulinant de ses cils. L'application en avait été grossière, maladroite, sans doute hâtive.

Ce maquillage avait-il également été effectué après la mort ? Il semblait... frais.

— La région autour de l'œil, énonça Sara, est gonflée, même le grimage ne peut cacher qu'elle a été frappée au visage.

— Bien ! apprécia doctement Grissom.

Avec lui, on se sentait toujours un peu étudiant.

— Elle devait être jolie, remarqua-t-il.

Sara leva un regard presque choqué :

— Ce n'est pas très... scientifique ! observa-t-elle.

— Non, admit-il, la beauté est appréciée de façon subjective.

Il ne quittait pas des yeux le visage de la morte. Et n'y avait-il pas de la tristesse dans sa voix ?

— Mais, poursuivit-il, selon les normes de notre culture… ni les atteintes, ni le camouflage, ni ce maquillage sans doute rituel… ne peuvent cacher que c'était une jolie jeune femme.

Warrick était de son avis. La peau mate de la victime avait viré au grisâtre, mais son long nez droit et ses lèvres charnues laissaient deviner ce qu'avait dû être sa beauté.

Tirant doucement sur ses paupières, Robbins révéla de grandes prunelles noires et sans vie que Warrick n'eut aucun mal à imaginer pétillantes de lumière.

— Hémorragie pétéchiale, décréta Grissom.

Robbins approuva :

— Signe d'asphyxie.

— La marque sur son visage révèle qu'elle a été battue avant de mourir. Reste à savoir combien de temps avant.

— L'autopsie nous le dira.

De telles marques bleues et blanches risquaient de leur révéler bien des choses sur sa mort. Son torse et ses membres semblaient en à peu près bon état, contrairement à son cou à la peau noire et tordue qui laissait entendre la cause de la mort – strangulation – et à autre chose de plus inquiétant. La chair cruellement déchirée dans la région vaginale, de même que la mâchoire brisée donnaient à Warrick une pénible vision de ce que ce corps avait eu à subir après le meurtre.

Sara gardait le regard fixe sans laisser rien paraître de ce que lui suggérait cet horrible spectacle. Elle était la première à professer l'indifférence clinique.

— Nécrophilie ?

Grissom hocha la tête.

Elle se pencha pour étudier le visage de la victime, particulièrement la mâchoire déboîtée, qui, avec l'œil enflé et le grimage donnaient à Cléo une apparence quasi surréelle.

— A moi de faire une observation non scientifique, dit Sara.

— Oui ? la pressa Grissom.

Elle pencha la tête de côté et poursuivit :

— J'ai l'impression de l'avoir déjà vue quelque part. C'est difficile de distinguer quelque chose au-delà du maquillage et des déformations dues aux coups et à la mort, mais… je jurerais que je connais cette femme.

A leur tour, Warrick et Grissom y regardèrent de plus près. Jusque-là, ils n'avaient considéré qu'un cadavre objet de recherches scientifiques, maintenant, ils avaient une personne sous les yeux et s'efforçaient de la dévisager à travers les dommages infligés à son visage, coups et maquillage outrancier.

— Mais oui ! s'exclama Warrick. Moi aussi ça me dit quelque chose. Pourtant, bon sang… impossible de me rappeler…

Gil Grissom sentit son cœur se serrer : maintenant, il reconnaissait cette femme :

— C'est Candace Lewis.

Ses deux collaborateurs écarquillèrent les yeux.

— La vache… souffla Warrick.

— L'assistante du maire ? Je ne suis pas sûre… Non… vous avez raison. C'est bien elle !

Il ne manquait plus que ça ! songea Grissom.

Depuis trois semaines que Candace Lewis avait disparu, elle était devenue la star des médias, faisant la une de tous les journaux et magazines de Las Vegas.

Jolie brune de vingt-huit ans, l'assistante particulière du maire Darryl Harrison avait disparu au début du même mois, après une réunion politique suivie d'un dîner.

Sa voiture, une Lexus de trois ans, avait été retrouvée devant chez elle, au cœur d'un lotissement privé au carrefour de Green Valley et de Wigwam Parkways. On y avait relevé ses empreintes digitales ainsi que celles du maire, mais aucune autre, ni à l'intérieur ni à l'extérieur du véhicule.

Etant donné la nature aride qui entourait Las Vegas, Grissom n'en avait pas été autrement surpris. Exposées au vent et à la poussière, les empreintes ne duraient pas longtemps, même à l'intérieur ou sous un auvent.

Pour sa part, le maire s'était expliqué :

— Le jour de sa disparition, nous sommes allés déjeuner ensemble… c'était la première fois que je mettais les pieds dans sa voiture.

Argument confirmé par Jill Ganine, une paparazzi qui ne le quittait pas d'une semelle. Elle se présenta au QG du CSI armée d'une bande vidéo montrant le maire qui sortait de la voiture de Candace le jour en question. Cependant, dès l'instant où ce reportage avait été diffusé, la ville s'était mise à jaser, laissant entendre, entre autres, que ce « déjeuner » n'était qu'un doux euphémisme. Si bien que cette cassette pouvait aussi bien exonérer le maire que lui fournir un mobile. Du moins aux yeux de Gil Grissom.

Cependant, la presse, à commencer par Jill Ganine, n'avait pas l'esprit rigoureux d'un Grissom.

Si bien que le malheureux maire s'était vu accuser

des pires turpitudes, dont l'aspect sexuel autant que sensationnel n'avait fait qu'enfler dans l'atmosphère clinquante de la capitale du jeu. En quelques semaines, sa carrière si prometteuse – résultat d'années de travail acharné – avait été réduite à un sujet de plaisanteries salaces à travers toute la nation.

— Quels sont les risques que ça nous retombe sur le nez ? demanda Warrick.

— On ne possède pas l'équipement pour mesurer ce genre de chose, railla Grissom.

Sara réfléchit à haute voix :

— C'est un crime médiatique. En quoi est-ce que ça nous concerne ? On ne peut pas se baisser pour éviter les spots ? Dans ces cas-là, il vaut quand même mieux faire partie de l'équipe de nuit, non ?

— Attendez, dit Grissom. Reprenons tout point par point.

Il leva un doigt :

— D'abord, jusqu'à maintenant, Candace Lewis est recherchée par le FBI comme personne disparue ou enlevée ; à présent, son cas va nous revenir officiellement.

— Ce n'est pas bon pour nous ? demanda Sara.

Il leva un deuxième doigt :

— Ensuite, n'oublions pas que nous avons récupéré son cadavre à proximité d'une installation fédérale et que nous baignons dans un scandale hautement médiatisé. Autrement dit, le FBI risque de ne pas s'en détourner aussi facilement que ça.

— Donc, ce n'est pas bon pour nous.

Grissom leva un troisième doigt :

— La défunte Mlle Lewis était l'assistante particulière du maire et, selon la rumeur, sa maîtresse.

Un quatrième doigt se leva :

— Sans compter que le principal rival politique du maire va sûrement se présenter aux prochaines élections…

— Ouuuuhhh ! gémit Sara.

Warrick avait l'air déconfit d'une carpe prise à l'hameçon.

— … notre patron.

— Eh oui, dit suavement Grissom. Le shérif Brian Mobley.

Ce fut l'instant que choisit le capitaine Jim Brass pour entrer dans la morgue. Il remarqua aussitôt le corps dénudé sur la table métallique.

— Jim, lança Grissom, permettez-moi de vous présenter Candace Lewis.

— La vache ! s'exclama le policier.

C'était bien la première fois que l'imperturbable Brass manifestait un tel ébahissement.

— La presse est au courant ? ajouta-t-il.

— Non. Nous venons juste de l'identifier. Inutile d'ébruiter la nouvelle tant qu'on n'aura pas vérifié ses empreintes digitales.

Brass s'était rapproché et, après un bref coup d'œil sur le cadavre, il marmonna :

— C'est sûr que c'est elle. Purée !

Il reposa son regard de chien battu sur Grissom :

— Si j'ai un conseil à vous donner, c'est de m'accompagner au plus vite chez Mobley – ça va péter, je vous le dis.

Pas trop convaincu, son interlocuteur fit la grimace :

— Vous croyez ? Ça ne peut pas passer par une voie plus… administrative ?

S'il fallait un cliché pour décrire les relations de

Mobley et Grissom, on pourrait parler de chien et chat ; quant au patron du CSI, il les voyait plutôt comme la mèche et la poudre. Non qu'il ne l'aimât pas – en ce qui le concernait, Grissom n'avait pas assez de considération à l'égard du shérif pour éprouver le moindre sentiment envers lui.

En fait, Mobley était politicien avant d'être shérif et c'était le principal reproche que Grissom pouvait lui faire. Leurs constants affrontements au sujet du budget du CSI avaient pris un tour si aigre qu'il avait un jour envisagé de démissionner pour se consacrer entièrement à ses chères recherches ; en fin de compte, il était resté parce qu'il avait compris que si lui n'obtenait pas ce budget, personne d'autre ne le pourrait.

Seul le taux important d'arrestations consécutives à son activité avait pu convaincre Mobley (et autres politiciens) de ne pas lui couper les cordons de la bourse. Avec le tourisme pour principale industrie, il était indispensable d'assurer une sécurité maximale à Las Vegas. Tant que le CSI obtiendrait de bons résultats, il pouvait compter sur un matériel de la dernière technologie. Néanmoins, cela signifiait que Gil Grissom devrait rencontrer de plus en plus souvent Brian Mobley. Et cela ne l'enchantait guère.

— Avec cette histoire, on va tous les deux devoir nous y frotter, poursuivait Brass. Aussi je vous conseille de me suivre. Mais je ne peux pas vous y forcer.

— Allons-y.

S'adressant à Sara et Warrick, Grissom ajouta :

— Vous pouvez relever les indices sans moi – je reviens dès que possible.

— On commence par les empreintes digitales ? demanda Warrick.

— Oui, et avertissez-moi quand vous aurez la preuve formelle que c'est bien Candace. Je sais, je sais… c'est elle. Mais faites-moi savoir quand ce sera *officiel*. Ne serait-ce que pour prévenir la famille.

Un instant de recueillement suivit cette observation.

Puis Grissom reprit :

— L'ADN attendra. D'accord ?

— D'accord, dit Sara.

Le Dr Robbins interpella Grissom :

— Je vous bipe si je trouve quelque chose de spécial pendant l'autopsie.

— Merci.

Cependant, Brass discutait déjà avec Mobley sur son portable.

— Brian, croyez-moi, c'est important. Et je préfère vous le dire de vive voix… D'accord. Un quart d'heure… Non, le bureau de Grissom… c'est ça. Le bureau de Grissom.

Tout politicien qu'il fût, le shérif n'en était pas moins homme de parole. Il savait ne pas arriver en retard à ses rendez-vous. Une des rares qualités que Grissom lui reconnût volontiers. En l'occurrence, il se présenta exactement un quart d'heure plus tard au lieu dit.

Dans son bureau, Grissom se sentait comme un animal dans sa tanière. Il ne se rendait absolument pas compte de l'effet que son désordre produisait sur des collaborateurs censés le considérer comme un homme de science ainsi qu'un chef de groupe.

Des rayons de métal gris s'alignaient à droite et à gauche de la porte, où il gardait ses bocaux contenant des cochons d'Inde à deux têtes, et autres produits d'obscures expériences, ainsi que des revues et des livres parfois vieux de plusieurs siècles. Au milieu de la pièce, la table disparaissait sous des monceaux de papiers, un téléphone et une lampe art-déco. Quant au mur du fond, il n'abritait qu'une bibliothèque. A l'avant de la grande pièce, Grissom s'était aménagé un coin travail équipé comme un petit laboratoire.

En entrant, Mobley l'aperçut dans son fauteuil, Brass debout à côté de lui, bien droit pour ne pas heurter quelque bocal au contenu occulte.

Il s'avança jusqu'à la table, suivi de son directeur de campagne et homme à tout faire, Ed Anthony, un petit personnage grassouillet à l'air flagorneur.

— Vous n'avez pas intérêt à m'avoir dérangé pour rien, Jim ! commença-t-il. J'ai du travail par-dessus la tête.

Et des électeurs à séduire, songea Grissom.

— Le shérif n'a pas le temps de s'amuser, renchérit Anthony.

Avec sa figure plate, son nez busqué et ses petits yeux de fouine, il avait l'air d'un masque sur pattes.

— Qu'est-ce que vous aviez de si important à me dire ? continuait Mobley sans paraître seulement voir son hôte assis face à lui.

Silencieux et solennel, Brass sortit une photo de la poche intérieure de sa veste de sport et la tendit à Mobley.

Le shérif examina le cliché pris par Sara sur la table d'autopsie et Anthony se hissa sur la pointe des pieds pour tenter de distinguer quelque chose.

Ni l'un ni l'autre ne sembla reconnaître la femme dont le portrait ornait les premières pages des journaux depuis près de trois semaines. *Evidemment*, se dit Grissom, *elle n'avait pas exactement cette tête-là quand elle était vivante et pouvait encore se maquiller elle-même…*

Le policier laissa passer un certain temps, histoire d'appuyer ses effets, puis :

— En direct de la morgue, shérif, voici… Candace Lewis.

— Oh, mon Dieu !

Mobley regarda de nouveau la photo et, à côté de lui, son factotum restait médusé.

— Vous voyez où je voulais en venir, conclut Brass.

Anthony s'était vite repris :

— Et alors ? A quoi ça rime de convoquer le shérif au CSI pour autant ?

Brass répondit mais directement à Mobley :

— C'était pour vous donner une longueur d'avance, shérif. La presse sera bientôt mise au courant, d'ici à la fin de la journée, c'est sûr… peut-être avant… et il vous faudra bien leur répondre quelque chose.

— En effet, Jim, merci. Nous allons immédiatement préparer une déclaration.

— Brian, répondit doucement Brass, vous vous rendez compte que vous allez devoir vous mettre en retrait de cette affaire. Il serait peut-être préférable de le faire dès le début.

Anthony s'avança si près de la table qu'il faillit la heurter :

— Et pour quelle raison, je vous prie ? C'est un dossier considérable qui doit demeurer sous son égide.

Dire que ce même personnage, quelques minutes auparavant, s'indignait qu'on dérangeât le shérif pour des broutilles…

Cette fois, Brass s'emporta :

— C'est vous, son conseiller en communication, qui

posez cette question ? Votre client veut se présenter contre Harrison pour la mairie, oui ou non ?

— Nous ne l'avons pas encore annoncé. Et c'est précisément pour cette raison que le shérif doit coiffer l'enquête ! Afin de prouver qu'il est le seul homme susceptible de maintenir l'ordre à Las Vegas.

Il fallait reconnaître que Mobley ne l'approuvait visiblement pas, lui faisant signe de se calmer.

— Enfin, protesta Anthony, vous n'allez pas *avaler* ça !

Intervenant pour la première fois, Grissom lâcha :

— Ça vous ennuierait bien.

Tous les yeux se tournèrent vers le criminaliste qui venait de se lever et se rapprochait de Brass.

— Sans vouloir vous offenser, monsieur Anthony, poursuivit-il, vous ne pourriez donner pires conseils à votre candidat.

Le petit homme parut enfin remarquer la présence de Grissom.

— Je… vous… *connais*, vous, grommela-t-il. Ce n'est pas la première fois que vous faites des histoires.

Son interlocuteur se fendit d'un mince sourire condescendant :

— Votre point de vue est faux pour deux raisons.

— Lesquelles ?

— Premièrement : votre client, le shérif, a quelque chose à gagner dans la mort de cette femme – la déroute et peut-être la chute de son opposant dans la course à la mairie –, autrement dit, il ne peut en aucun cas diriger cette enquête.

— Je vous ai dit qu'on n'avait pas encore annoncé sa candidature ! s'emporta Anthony. De toute façon, on peut contourner…

Grissom et Mobley se regardèrent.

— Du calme, Ed, souffla ce dernier.

Encouragé, le boss du CSI poursuivit :

— Deuxièmement : dans la mesure où le shérif a quelque chose à gagner, ça fait de lui un suspect.

On aurait cru voir la fumée sortir des oreilles d'Anthony, mais le shérif le retint :

— Notre ami a raison, Ed.

— Un suspect ! éructa quand même le conseiller. Le shérif ne peut pas être suspect… personne ne peut vous suspecter, shérif…

— Ed, coupa Mobley. Vous avez le choix : ou vous la fermez ou vous sortez m'attendre dans la voiture.

Médusé, Anthony recula d'un pas.

Sur quoi, le shérif retourna son attention vers Grissom :

— Gil, Jim et vous avez carte blanche sur cette enquête. Tous les moyens dont dispose la police de Las Vegas sont à votre disposition.

Puis, s'adressant à Brass :

— Je peux le coucher par écrit, si vous le jugez utile.

Une syllabe qui pouvait signifier « non » échappa de la gorge d'Anthony.

— Etant donné que nous ne comptons pas sortir de la procédure standard, répondit le capitaine, je ne crois pas que ce soit nécessaire. Mais si vous considérez que certains éléments pourraient se dresser contre vous… il serait peut-être bon que vous répétiez en public ce que vous venez de dire.

— Fort bien, convint Mobley.

Il avait tout de même l'air un rien éberlué.

Lassé de ces circonvolutions politiques, Grissom changea de sujet :

— Si on parlait d'ADN ?

— Vous en avez déjà ? s'étonna Mobley.

— Pas encore, admit Grissom en brandissant un coton-tige. Toutefois, je parie que vous aimeriez vous voir éliminé le plus vite possible de la liste de nos suspects.

Le shérif ouvrit la bouche mais, sans lui laisser le temps de répondre s'il acceptait ou refusait, Grissom saisit l'occasion pour faire un petit prélèvement le long de ses gencives.

— Merci, Brian !

Incapable de se contenir davantage, Anthony revint à la charge :

— C'est tout simplement scandaleux ! Votre conduite…

A l'aide d'un autre coton-tige, Grissom en profita pour faire un prélèvement dans sa joue.

— Vous êtes également suspect, monsieur Anthony. Vous aussi avez tout à gagner du décès de cette personne. Et je suis certain que vous tenez à vous disculper le plus vite possible.

Pour une fois sans voix, l'intéressé en resta bouche bée.

De son côté, Mobley n'avait pas perdu sa dignité.

— Nous n'avons pas toujours été d'accord sur tout, déclara-t-il, mais j'apprécie ce que vous faites, tous les deux. Je ne vous demande qu'une chose, c'est de mettre la main sur le coupable.

— Nous sommes là pour ça ! assura Grissom.

— Nous avons déjà quelques indices, renchérit Brass. Nous allons nous y consacrer à plein temps.

Un court instant, le regard de Mobley sembla errer dans le vague ; puis il demanda d'un ton morne :

— L'un d'entre vous a-t-il connu ou rencontré cette Candace Lewis ?

Brass et Grissom répondirent que non. Quant à Anthony, il battait prudemment en retraite, dépassé par les événements.

— C'était une jeune fille extraordinaire, poursuivait tristement le shérif. Brillante. Energique. Je l'aimais beaucoup, même si elle travaillait pour Harrison.

A quoi Anthony joignit une petite voix :

— On a eu parfois affaire à Candace… Mlle Lewis… enfin, plus souvent qu'au maire…

— Jim, Gil… reprit Mobley. Même si je n'ai pas encore annoncé ma candidature, je ne vais pas vous mentir… je compte briguer le poste de maire. Outre ma famille, ma carrière tient la première place dans ma vie et ceci sera le geste le plus important de toute ma carrière. Pourtant, je ne tiens pas à l'emporter grâce aux malheurs de mon rival, encore moins de Candace Lewis. Je veux gagner, mais pas comme ça.

Grissom ne put qu'admirer cette dignité.

Quant à Brass, cet assaut de sincérité le mettait mal à l'aise.

— Je n'ai rencontré le maire qu'une ou deux fois, avoua-t-il. Pourriez-vous nous parler un peu de lui ?

Le shérif réfléchit un instant et partit soudain d'un petit rire :

— Je ne suis peut-être pas le mieux habilité pour vous répondre !

— Laissez-moi tout de même vous poser la question.

Grissom considérait l'échange avec intérêt : il ignorait si Brass cherchait quelque chose de précis ou sautait seulement sur l'occasion pour déstabiliser Mobley.

Ce dernier finit par répondre :

— Je peux vous dire ceci : Darryl Harrison est quelqu'un de bien. Nous n'avons pas les mêmes opinions politiques mais je n'ai rien à lui reprocher au plan personnel. Cependant, j'estime qu'il n'est pas le mieux placé pour diriger Las Vegas durant les quatre années à venir.

— Donc, il est honnête ? insista Brass.

— Pour autant que je sache.

— Pas de cadavre dans le placard ?

De nouveau, le shérif se mit à rire :

— Posez-moi carrément la question, Jim : *est-ce qu'il couchait avec elle* ?

Le sourire de Brass fut tellement furtif que Grissom se demanda s'il l'avait réellement vu ou seulement imaginé.

— Et alors… demanda l'inspecteur. Oui ou non ?

— Je l'ignore. Comme vous le savez, ce n'est pas nous qui avons mené l'enquête sur sa disparition mais le FBI. Si les fédéraux ont trouvé une preuve de liaison entre Harrison et cette fille, ils ne m'en ont pas informé.

— Les tabloïds affirment que oui.

— Parce que vous les croyez ?

Brass marqua un semblant d'hésitation avant de poser la question suivante :

— Vous n'aviez pas l'intention d'en faire état durant votre campagne ?

— Je mentirais si j'affirmais qu'on n'en a pas parlé. Pour tout dire, l'idée venait d'Ed, alors demandez-le-lui vous-même : j'ai répondu qu'il n'en était pas question.

Tous les regards se reportèrent sur Anthony qui confirma l'assertion de son client. *Mais que ne ferait-il pour lui ?* songea Grissom.

— Ce n'est donc pas le moment de changer votre fusil d'épaule, insista Brass.

— Bien sûr que non ! Est-ce tout ce que vous vouliez savoir ?

Mine de rien, Grissom posa une autre question, apparemment sans rapport avec les précédentes :

— Avez-vous de la moquette chez vous ?

Le shérif écarquilla les yeux :

— Heu... oui, en effet. Dans le living, dans ma chambre...

— Elle est neuve ?

— Alors là... aucune idée.

— Il nous en faut un échantillon.

— Envoyez quelqu'un quand vous voudrez, concéda Mobley. Je vous demande juste d'attendre que j'en aie touché un mot à ma famille.

Le portable de Grissom sonna, faisant sursauter Anthony. La conversation s'interrompit le temps qu'il réponde :

— Grissom.

— C'est Sara. On a vérifié auprès du service du personnel de la mairie... Les empreintes digitales correspondent.

— Merci.

Il coupa la communication et revint au shérif :

— Les empreintes digitales confirment qu'il s'agit bien de Candace Lewis. Vous pouvez préparer votre déclaration. La presse ne va pas tarder à débouler.

Sans demander s'ils en avaient terminé, Mobley se dirigea vers la sortie, bousculant au passage Anthony qui démarra pour lui emboîter le pas.

Resté seul dans le bureau avec Grissom, Brass laissa échapper un rire mauvais :

— Voilà comment je comprends le travail avec ce type – il est tellement motivant !

— Pour tout dire, je trouve qu'il a été très bien.

— Ouais. Bon. Vous avez raison. Mais son sherpa, c'est une autre paire de manches !

— Je vais voir où ils en sont à la morgue, ça vous dit ?

— Je vous suis.

Le Dr Robbins n'avait pas terminé son autopsie tandis que Warrick et Sara continuaient d'examiner divers éléments recueillis sur la moquette. Apparemment, ils n'avaient pas besoin de Grissom, aussi celui-ci regagna-t-il son bureau en compagnie de Brass et alluma-t-il la télévision. La nouvelle n'allait pas tarder à éclater.

Ils n'eurent pas une heure à attendre – au cours de laquelle ils discutèrent des différentes ramifications politiques de l'affaire – pour voir apparaître le portrait de Candace Lewis sur toutes les chaînes.

On interrompit la diffusion d'un feuilleton pour annoncer la prochaine tenue d'une conférence de presse du shérif Mobley. Peu après, on vit celui-ci s'approcher d'un pupitre hâtivement dressé à proximité de Stewart Avenue. Le soleil à son zénith baignait le groupe de journalistes assemblés en demi-cercle.

— J'ai une petite déclaration à faire, commença-t-il en dépliant une feuille de papier. Ensuite, je prendrai quelques questions.

Mouvements divers dans l'assistance mais personne ne l'interrompit :

— La plupart d'entre vous êtes déjà au courant de la découverte du corps au nord de Las Vegas Boulevard ; c'était bien celui de Candace Lewis, l'assistante particulière du maire, Darryl Harrison. Le bureau du shérif, ainsi que ma famille et moi-même tenons à présenter toutes nos condoléances à la famille Lewis. Je leur promets et j'affirme que la police de Las Vegas fera tout ce qui est en son pouvoir pour traîner son assassin devant la justice. Avez-vous des questions ?

— Allez-vous diriger personnellement l'enquête ? demanda un journaliste.

— Non.

Aussitôt jaillit la réaction :

— Comptez-vous vous présenter à la mairie ?

— Ce sujet n'est pas de mise dans ces circonstances. Mais je dirai que j'ai déjà envisagé de poser ma candidature.

— Est-ce pour ça que vous ne voulez pas participer à l'enquête ? Question de conflit d'intérêts ?

Le maire répondit lentement, choisissant chacun de ses mots :

— Jusqu'à aujourd'hui, l'enquête fédérale était menée par le bureau des personnes disparues. Maintenant qu'il s'agit d'un homicide, la police de Las Vegas va prendre la relève. Ce n'est pas moi qui dirige la brigade criminelle : comme vous le savez, je supervise à la fois la police et le bureau du shérif. Mes responsabilités s'arrêtent là.

— Alors *qui* sera chargé de l'enquête ?

— Deux de nos meilleurs éléments, ceux-là mêmes à qui vous devrez désormais poser vos questions : le capitaine Jim Brass et le directeur du CSI, Gil Grissom. Merci.

Devant leur écran, les deux intéressés se regardèrent et ce fut Grissom qui prit le premier la parole :

— A *vous* de gérer les médias. Moi, je ne veux pas en entendre parler.

— C'est sûr que vous n'êtes pas qualifié, admit Brass en souriant.

Cependant, son interlocuteur n'avait aucune envie de rire : Mobley venait de purement et simplement leur laisser sur les bras l'épineuse controverse politique. Il éteignit la télévision en pestant contre une journée qui commençait si mal.

Brass ne l'avait pas quitté depuis cinq minutes que ses craintes se matérialisaient. Une voix mielleuse retentit :

— Gil Grissom ! Au travail vingt-quatre heures sur vingt-quatre – comment faites-vous ?

L'intéressé virevolta sur son fauteuil pour découvrir, dans l'encadrement de sa porte, ses cheveux blonds ramenés en arrière, un souriant Rick Culpepper.

Il portait un costume gris bien coupé et une cravate anthracite sur une chemise gris perle. Les bras croisés, il semblait trop décontracté pour être honnête. La dernière fois que cet aimable personnage avait croisé son chemin, tous deux s'étaient tellement opposés sur un prisonnier que l'homme du FBI avait fini par brandir une arme contre son collègue du CSI.

Aux yeux de Grissom, Culpepper représentait le flic dans tout ce qu'il pouvait avoir de plus vil et c'était certainement la dernière personne qu'il avait envie de voir aujourd'hui.

— Je peux vous aider ? demanda-t-il d'un ton glacial.

L'agent du FBI entra tranquillement dans le bureau, s'installa dans un fauteuil, croisa les jambes sans cesser de sourire de toutes ses dents.

— Il paraît que vous avez découvert un cadavre sur la base de Nellis, ce matin.

— Non.

Haussement de sourcils.

— Vous n'avez pas découvert un cadavre sur la base de Nellis ?

— Non, *à l'extérieur* de la base.

— Ah bon ! Toujours aussi précis à ce que je vois ! C'est une qualité que j'admire en vous.

— Merci.

— Il paraît aussi que la victime fait l'objet d'une enquête chez nous.

Grissom ne put s'en empêcher :

— La personne disparue que vous n'avez pas retrouvée ? En effet.

— Eh bien, il va falloir nous tenir informés de toutes vos découvertes.

— Et puis quoi encore ?

— Pas la peine de la ramener, mon vieux. Ne me dites pas que vous m'en voulez encore ! Vous meniez votre enquête, moi la mienne – il y a parfois des conflits d'intérêts, même entre amis… si vous voyez ce que je veux dire.

Grissom ne répondit pas.

— Après tout, on est du même bord, tous les deux, dans différentes équipes, c'est tout. On court tous pour la même cause, n'est-ce pas ? La justice.

Culpepper avait le don de hérisser Grissom comme peu de personnes au monde. Cependant, le patron du CSI déclara d'un ton calme :

— Nous cherchons la vérité dans certaines affaires criminelles, d'où la justice peut éventuellement découler. Quant à moi, j'ignore après quoi vous courez – si ce n'est un bureau de chef et la paie qui va avec.

Culpepper se leva d'un mouvement qui se voulait mesuré et passa la main sur son costume puis jeta un regard circulaire sur le désordre.

— Ce n'est pas possible, un bureau pareil... Bon, vous nous tenez au courant ?

— C'est ça, maugréa Grissom.

— Et n'oubliez pas, on est du même bord.

En guise d'au revoir, il tendit le pouce et l'index vers Grissom, faisant mine de lui tirer dessus.

Demeuré seul, celui-ci décida de le tenir effectivement informé de ses découvertes – aussitôt que le meurtrier serait arrêté, jugé, condamné, et attendrait son exécution dans le couloir de la mort. Et encore, Culpepper trouverait peut-être le moyen de tirer de nouveau la couverture à lui.

Penché sur quelques paperasses, Grissom s'efforça de se concentrer ; jamais il ne laisserait cet agent troubler son travail. Il ne put s'empêcher de tressaillir quand il entendit frapper au chambranle. Si Culpepper s'avisait de revenir, il se sentait capable de l'envoyer carrément sur les roses. Heureusement, il s'agissait de Greg Sanders, une liasse de papiers à la main.

Le jeune chercheur, dont les coupes au pétard faisaient la joie de ses collègues du labo, entra de sa démarche nonchalante, un petit sourire excité aux lèvres. Grand amateur de café, il semblait toujours en avoir avalé une tasse de trop.

S'efforçant de ne pas faire retomber sur lui l'irritation provoquée par Culpepper, Grissom adopta un ton d'autant plus lénifiant qu'il savait intimider le jeune homme :

— Oui, Greg ?

— Les résultats des tests sur la victime de la base aérienne.

— Vous avez fait vite ! répondit-il, agréablement surpris.

— On avait l'ADN récupéré sur une brosse dans l'appartement de Candace Lewis au moment de sa disparition. Il a suffi d'y comparer celui du cadavre.

— Bien. Et alors ?

— Alors quoi ?

Comme toujours, Greg laissait son attention se dissiper avant la fin de l'entretien, parfois même au milieu d'une phrase… si bien qu'il en avait oublié la raison de sa visite.

Impatienté, Grissom se racla la gorge :

— Et alors, qu'avez-vous trouvé ?

— Ah oui ! Les deux ADN correspondaient. Le cadavre de la morgue est bien celui de Candace Lewis.

— Merci, Greg.

— De rien. C'est quand vous voulez. Pas de problème.

— Vous me le donnez, ce rapport ?

— Oui.

Greg le lui tendit, esquissa trois ou quatre sourires hâtifs et s'en alla.

Grissom se mit à feuilleter distraitement les pages imprimées qui ne faisaient que confirmer ce qu'il savait déjà : cette retentissante affaire de disparition tournait à l'homicide tapageur touchant quelques-unes des plus hautes personnalités de la ville.

Dont le maire et le shérif, chef de la police locale.

Le directeur du CSI sourit intérieurement. Heureusement qu'il avait pris pour habitude de s'en tenir aux faits, rien qu'aux faits, parce que s'il s'amusait à suivre son intuition – comme son ami Brass, par exemple –, Gil Grissom aurait en ce moment un assez mauvais pressentiment sur la suite des événements.

5

Après un petit somme et quelques heures à traîner devant la chaîne sports, Nick Stokes se sentait un autre homme. Et il trouvait Catherine de nettement meilleure humeur – une sieste et un peu de temps avec sa fille semblaient toujours opérer des merveilles sur elle.

Avec l'autorisation de Grissom, ils avaient décalé leurs heures de travail – en commençant à trois heures du matin – de façon à se réserver la matinée pour pouvoir interroger témoins et suspects mais aussi discuter avec Nunez et son équipe qui entamaient leur journée à sept heures.

C'est ainsi que les deux experts rejoignirent les informaticiens dans leur repaire qui tenait un peu du garage, d'autant qu'il était situé à l'arrière de l'établissement.

Le camion stationnait au beau milieu de la pièce et les agents le vidaient peu à peu de ses ordinateurs qu'ils allaient placer sur des établis disposés comme pour un banquet autour du véhicule. Ensuite, ils dupliquaient deux fois chaque disque dur, plaçaient une copie dans l'ordinateur destiné à être retourné à la Newcombe-Gold puis marquaient l'autre, assignée aux recherches de Nunez. Quant aux originaux, dûment étiquetés, il s'en allaient rejoindre la chambre des scellés.

« Chambre des scellés », ce terme avait quelque chose d'impropre puisque les locaux de la police avaient dû être agrandis pour accueillir le trop-plein de pièces à conviction provenant de tous les services. En guise de chambre, il s'agissait d'une enfilade de pièces occupant tout le rez-de-chaussée et le sous-sol, surveillées vingt-quatre heures sur vingt-quatre par une impressionnante équipe de gardiens.

S'y accumulaient d'innombrables objets en souffrance qui attendaient que la lourde machine de la justice veuille bien se mettre en marche. Dans une pièce on rangeait le matériel informatique, dans l'autre le son et la hi-fi, dans une troisième les outils et autres objets se rapportant aux voitures, et ainsi de suite. Seules les matières dangereuses, armes, drogues, se retrouvaient au sous-sol où il était plus difficile d'accéder que dans le cœur d'un silo nucléaire.

Mais Nick s'intéressait davantage aux manipulations de Tomas Nunez sur le disque dur de Ruben Gold qu'il venait d'introduire dans une impressionnante machine avant de mettre en route le programme ILOOK.

Développé par un Anglais, Elliot Spencer, c'était le meilleur logiciel d'analyse accessible aux flics de Las Vegas. Nick se pencha sur une épaule de Nunez, Catherine sur l'autre pour regarder le spécialiste taper sur son clavier afin d'examiner la liste des fichiers d'impression, à la recherche des différentes stations de travail qui avaient récemment envoyé des ordres vers l'imprimante aux photos pornographiques.

— Figurez-vous, observa-t-il, qu'en 1995, cinq

pour cent seulement des délits impliquaient l'informatique. Aujourd'hui, on en serait plutôt à quatre-vingt-cinq pour cent.

Nick ne voyait pas ce qui lui permettait de dire cela. Sans doute Nunez ne considérait-il le monde du crime qu'à travers son unité centrale.

— Toujours rien ? demanda-t-il.

Nunez désigna une ligne sur son écran :

— Si. Quelque chose de crucial : l'ordre n'est *pas* venu de l'ordinateur de Gold.

— Mais on ne sait pas d'où ? demanda Catherine.

— Ce serait trop beau, marmonna Nick.

— Poste de travail numéro dix-huit ! lança triomphalement Nunez.

— Lequel est-ce ?

Nick consulta la liste que Janice Denard lui avait remise.

— Ben Jackson.

Catherine leva les yeux au ciel.

— Il *fallait* que ça tombe sur l'un de ceux dont on n'a pas les empreintes !

— *De toute façon*, lui rappela Nick, Janice Denard nous a bien dit qu'il avait pris un week-end prolongé, non ?

— Oui. On peut quand même aller voir s'il n'est pas venu travailler tôt, ce matin. Il nous montrera peut-être ses photos de plage.

— Minute, intervint Nick en sortant son téléphone. Je vais d'abord prévenir O'Riley et lui dire de nous retrouver devant la Newcombe-Gold.

— Tu nous appelles si tu as du nouveau ? demanda Catherine à Nunez.

— En une nanoseconde.

Vingt et une minutes plus tard, Nick Stokes garait le Tahoe dans le parking de l'agence de publicité. En ce matin ensoleillé, seules quelques voitures y stationnaient déjà. Les experts sortaient leurs mallettes du coffre lorsque le sergent O'Riley vint ranger sa Taurus à côté de leur véhicule.

Le policier en descendit de son pas lourd. Il avait de telles poches sous les yeux qu'elles lui donnaient un air de zombie.

— Vous, au moins, vous avez pu dormir ! maugréa-t-il.

— Trois heures et nous voilà frais comme des gardons ! persifla Nick.

— Profites-en, ça ne va pas durer, déplora Catherine.

— Vous êtes encore très belle ! assura O'Riley.

— Je considère ceci comme un compliment.

Ils se dirigèrent vers le bâtiment et trouvèrent la porte d'entrée ouverte. La jolie hôtesse brune était à sa place et il ne fallut pas plus d'une minute à Janice Denard pour répondre à son appel. Les deux experts et le policier s'enfermèrent ave elle dans un bureau vide.

L'assistante avait changé sa robe à pois de la veille pour un confortable jean et un chemisier de soie rouge au col ouvert.

— Tenue décontractée en l'absence du patron ? observa Catherine.

— Tenue décontractée en l'absence des ordinateurs, rétorqua la jeune femme.

Catherine ne réagit pas, mais Nick eut du mal à réprimer sa colère.

Cette attitude, il ne la connaissait que trop. Les gens exigeaient d'être protégés par une police toujours plus attentive mais sans rien déranger dans leur petit confort quotidien.

Ce qui expliquait sans doute pourquoi plus les policiers vieillissaient plus ils devenaient aigris. En ce qui le concernait, Nick faisait son possible pour s'interdire tout cynisme, aussi conclut-il que leur interlocutrice s'était déjà montrée plutôt obligeante mais qu'elle s'inquiétait pour son job.

— Est-ce que Ben Jackson est arrivé ? demanda Catherine. Nous voulons lui parler.

— Oh, mon Dieu ! murmura Janice Denard en portant une main à sa bouche. Pas Ben !

— Ne nous emballons pas ! C'est de son ordinateur qu'est venu l'ordre d'imprimer ces photos, ça ne signifie pas que ce soit lui qui l'ait donné.

La jeune femme se redressa, s'efforçant de se calmer.

— Non, c'est vrai. J'espère que non. Je ne peux pas *croire* que Ben…

— Quelle est sa fonction ? coupa O'Riley.

— Il est tellement adorable ! Un adorable jeune homme !

— Mais encore ? insista Nick en souriant.

— Pardon. Il a été engagé cet été… c'est son premier emploi.

— Il est là ? insista Catherine.

— Oui, je crois bien l'avoir vu arriver il n'y a pas longtemps. Une demi-heure, peut-être ? Avec Jermaine, M. Randle et sans doute M. Newcombe sont les seuls qui vont venir aujourd'hui. Ils vont se débrouiller, travailler par téléphone. Le reste du personnel attend que nous leur fassions signe.

— M. Allred et M. Randle sont arrivés ? interrogea O'Riley.

— Jermaine, oui. Je lui ai dit que les unités centrales avaient été déménagées et que l'agence était fermée. Bien entendu, il a voulu savoir ce qui se passait.

— Que lui avez-vous raconté ?

— Que c'était dans le cadre d'une enquête. Je... j'ai dû lui mentir.

— Ah bon ?

— Je... je lui ai assuré que je ne savais pas sur quoi portait cette enquête. Il avait l'air contrarié.

— Juste contrarié ? s'étonna Catherine. Pas surpris ?

— Si, aussi. Il a dit qu'il ferait mieux de rentrer chez lui mais je l'en ai empêché en lui expliquant que vous voudriez sans doute le rencontrer, lui et tous ceux qui n'étaient pas là hier. En fait, je leur ai demandé à tous les trois de rester ici.

— Ils n'ont pas rouspété ? suggéra l'inspecteur.

— Pas trop. Jermaine a décrété qu'il avait du dessin à faire et qu'il pouvait se passer de son ordinateur. Il s'est installé à sa place et je crois qu'il s'y trouve toujours.

— Revenons-en un peu à Ben Jackson, dit Nick.

— Pourquoi ?

— Vous affirmez qu'il n'a pas mis les pieds ici de tout le week-end ?

— Pour autant que je sache, oui... mais, si vous voulez, je peux vérifier sur le registre d'entrée... Venez voir.

Faisant claquer ses talons sur le sol, la jeune femme les précéda vers la réception où elle se fit remettre un énorme classeur.

Elle l'ouvrit sur un coin du comptoir et remonta les pages jusqu'au samedi précédent. Méthodiquement, elle fit glisser son doigt ligne après ligne.

— Non… Non, pas trace du nom de Ben. Il n'est pas venu ce week-end.

En s'éloignant à sa suite, Catherine demanda :

— Et s'il était venu sans signer ?

Ils s'arrêtèrent, formant un demi-cercle.

— C'est possible, dit Janice Denard. Mais c'est sur la foi de ce livre qu'on est payés… alors, croyez-moi, tout le monde signe quand il met les pieds ici. De toute façon, Ben n'était pas dans la région.

— Du moins à ce qu'il disait, fit remarquer Nick.

— Pourquoi voudriez-vous que je ne le croie pas ? Pourquoi ne le croiriez-vous pas ?

— Par exemple s'il était venu dans un autre but que pour travailler, suggéra Catherine. Il n'aurait évidemment pas signé. Il a pu s'occuper à quelque chose de plus… amusant que le travail.

Saisissant la balle au bond, O'Riley renchérit :

— Pensez-vous que Jackson aurait pu passer inaperçu s'il était venu ici ?

Il n'avait pas fini de poser sa question que Janice Denard secouait déjà la tête :

— Ça m'étonnerait – il y a trop de gens dans les parages. C'est vrai qu'on va et vient comme on veut, dans cette agence, mais il y a toujours quelqu'un durant la journée.

— Il existe des sorties de secours dans cet immeuble ?

— Bien sûr. Deux, avec alarme.

— Une y suffirait, observa Nick.

— Et si Jackson était venu de nuit, ajouta O'Riley, quand il n'y a personne ?

— Non, il n'a pas de clef.

— *Qui* les a ?

— M. Newcombe, M. Gold, Roxanne Scott et moi-même – c'est tout.

Nick réfléchit un instant puis :

— Quelqu'un pourrait en avoir « emprunté » un trousseau, en faire une copie…

L'assistante fit la moue :

— Ça ne fait pas beaucoup de complications, tout ça, pour utiliser un ordinateur en dehors des heures de bureau ?

Catherine et Nick échangèrent un regard car ils avaient pensé à la même chose : quand on s'adonnait à la pédophilie en ligne, il valait mieux ne pas le faire chez soi, sur son ordinateur personnel. Dans un bureau, cela permettait de brouiller les pistes si la police venait à en être informée.

O'Riley s'accrochait à son idée :

— Vous êtes sûre de ne pas avoir vu Jackson samedi ?

Janice Denard faisait preuve d'une patience angélique :

— Sûre, mais je suis partie tôt. C'est Roxanne qui a fermé.

— Roxanne, répéta Catherine. Celle qui est en vacances ?

— Oui.

Indiquant le comptoir de la réception, Nick demanda :

— Pourriez-vous nous faire une photocopie de la page de samedi, je vous prie ?

— Certainement. Je reviens tout de suite.

— Nous venons avec vous, dit Catherine. Nous

voulons parler à Ben et jeter un coup d'œil sur son poste de travail.

— Comme vous voudrez.

Le ton empressé de l'assistante ne cachait pas une certaine raideur.

Ils la suivirent le long du corridor jusqu'au plateau paysager. Janice Denard s'arrêta devant le troisième box.

— C'est là, indiqua-t-elle.

— Pas de Ben, dit Nick.

Elle regarda sa montre, haussa les sourcils.

— Il est peut-être allé prendre un café, ou aux toilettes. Il peut aussi bien être sorti faire un tour.

— Comment ça ? s'étonna Catherine.

— La publicité est un métier stressant. Vous ne pouvez pas savoir combien de nos employés fument encore. Comme c'est interdit dans le bâtiment, ils doivent sortir. Il y a un endroit, dehors, qui leur est réservé.

O'Riley voulut le voir, aussi la jeune femme lui indiqua-t-elle le chemin. Il s'y rendit seul.

Nick examinait le box qui lui semblait aussi banal que possible. Pourtant, en y regardant de plus près, on remarquait vite les touches personnelles que Ben Jackson y avait ajoutées.

Il avait punaisé à un mur un fanion de l'université d'Iowa – CYCLONES ! Sur son bureau, un cadre représentait la photo d'une toute jeune femme blonde et souriante – son épouse ou sa petite amie. De petits personnages en caoutchouc trônaient au sommet de l'ordinateur, des joueurs de base-ball que Nick n'eut aucun mal à identifier.

Catherine prit le cadre entre ses mains gantées de latex :

— Qui est-ce ?

Janice Denard, qui attendait en trépignant dans l'allée centrale, revint jeter un coup d'œil au portrait et glissa à mi-voix :

— La femme de Ben, Laura. Ils ne sont mariés que depuis quelques mois. C'est en partie pour ça que je n'arrive pas à le croire coupable.

— Rassurez-vous, nous ne le soupçonnons pas. Ne soyez pas aussi alarmiste.

Nunez et son équipe avaient emporté les unités centrales mais pas les claviers ni les écrans ; en revanche, ils avaient répertorié et numéroté chaque poste de travail. Catherine vérifia donc les numéros pour s'assurer qu'il s'agissait bien du clavier de Ben.

— C'est celui de Ben, conclut-elle en heurtant Nick pour la troisième fois.

— Il n'y a pas de place pour deux dans cet aquarium, marmonna son coéquipier. Tu n'as qu'à continuer ici, moi je vais aller faire cette photocopie avec Mme Denard.

— C'est ça.

Catherine s'était assise devant le moniteur qu'elle contemplait comme un dîneur s'apprêtant à se régaler d'un bon repas.

Dans son bureau, l'assistante fit la photocopie et la tendit à Nick qui demanda :

— Ça vous ennuierait de me donner l'original et de garder ceci ?

— Euh… si vous voulez. Mais pour quoi faire ?

— Nous pourrions soumettre ces feuillets à un graphologue. Il est toujours plus facile de travailler sur un original.

— Un *graphologue* ? répéta-t-elle, abasourdie. Vous êtes sûr ?

— Ça peut toujours servir.

Il rangea les feuillets dans une enveloppe de plastique qu'il glissa dans sa mallette.

— Merci, dit-il. Maintenant, si on tâchait d'aller trouver Ben Jackson ?

— D'accord. On pourrait commencer par retourner à son poste de travail.

Mais l'intéressé n'avait toujours pas regagné sa place et Catherine venait d'achever son inspection.

— Du nouveau ? lui demanda Nick.

— J'ai trouvé des empreintes, indiqua-t-elle en ôtant ses gants. Sur le clavier, sur le bureau et sur les parois du box ; sans plus. Tomas aura peut-être quelque chose à nous dire après avoir examiné son disque dur. Vous n'avez pas rencontré l'insaisissable M. Jackson, je suppose ?

— Non. Mais j'ai récupéré l'original du registre des signatures. Mme Denard a pris la copie. On espérait qu'il serait revenu entre-temps.

— Pas vu pas pris. Ni lui ni personne d'autre.

Nick se tourna vers Janice Denard :

— Quand nous aurons trouvé Ben, est-ce qu'il y a un endroit où nous pourrions lui parler tranquillement ?

— Dans la salle de repos, par exemple, au coin du corridor qui donne sur mon bureau.

— Je ne voudrais pas abuser, mais est-ce que vous pourriez nous le trouver et le faire venir là-bas ?

Très professionnelle, l'assistante s'inclina. Visiblement, elle se sentait plus à son aise quand elle avait quelque chose de précis à faire.

— Je m'en occupe.

— Et si vous tombez sur notre garçon de courses, le sergent O'Riley, pourriez-vous lui indiquer le chemin de la salle de repos ?

— Certainement.

Lorsque la jeune femme se fut éloignée, Catherine et Nick – leurs mallettes à la main – prirent la direction opposée. Il ouvrit une porte, qu'il tint pour laisser passer Catherine dans la salle qui se révéla plus grande que ne l'aurait cru Nick, meublée de tables rondes et de fauteuils club, d'une grande télévision et d'un comptoir qui offrait micro-ondes, machine à expresso, évier d'acier et divers condiments. Dans un angle se dressaient un grand réfrigérateur et un distributeur de Coca. Le mur du fond ne formait évidemment qu'une large baie vitrée qui laissait passer assez de soleil pour éclairer toute la pièce et donnait sur un terrain de basket.

— Ce que c'est que le luxe ! s'ébahit Nick.

— Je te jure que si on avait une salle moitié aussi accueillante que celle-ci, j'y planterais ma tente.

Janice Denard ne les fit pas attendre longtemps. A peine cinq minutes après les avoir quittés, elle reparaissait et laissait la porte ouverte pour faire passer le jeune homme qu'ils attendaient.

Il devait mesurer un bon mètre quatre-vingt-trois et peser ses cent kilos, pourtant il se déplaçait avec une étonnante légèreté. Son abondante chevelure en brosse sur un large front lui donnait un air de collégien et ses yeux noirs brillaient de vivacité.

— Voici les agents Willows et Stokes, indiqua

Janice Denard. Voici Ben Jackson… Je n'ai pas trouvé trace de votre sergent.

— Tant pis, merci.

Nick ne releva pas le mot « agents » mais précisa, à l'usage du nouveau venu :

— Je suis Stokes et voici Mme Willows, du labo de criminalistique.

Jackson voulut leur tendre la main puis se ravisa soudain, comme s'il se rappelait à qui il avait affaire.

— Merci encore, madame Denard, dit Catherine.

Ce qui était une façon de la mettre dehors, mais celle-ci ne se fit pas prier et ferma la porte derrière elle.

— Asseyez-vous, dit Catherine à Jackson.

Aimablement mais sans plus. Il se dirigea vers une table et elle remarqua qu'il boitait légèrement.

Les deux experts s'assirent de part et d'autre et Catherine enchaîna, la voix toujours aussi douce :

— Vous portez tous le jean, ici ? J'aurais pourtant cru le costume cravate de rigueur dans une agence pareille.

— Seulement si on a rendez-vous avec un client.

— Pas besoin d'être de la police, remarqua Nick affablement, pour s'apercevoir que vous avez été footballeur.

Il sourit :

— Garde deuxième ligne à l'université d'Iowa. Et vous ?

— Bloqueur quatrième ligne, Texas A&M.

Jackson parut soudain un peu plus à l'aise, ce qui était l'objectif de Nick en créant cette complicité d'anciens joueurs de football américain. La carrière de Nick ne l'avait pas conduit bien loin car il était trop petit et trop lent. Ce qui ne semblait pas être le cas de Jackson ; cependant, s'il boitait, ceci pouvait expliquer cela. Sinon, avec une telle carrure, il l'aurait bien vu joueur professionnel.

Catherine – qui n'avait rien perdu de leur petit manège – adressa un signal discret à Nick pour qu'il prenne la direction des opérations. Il répondit d'un hochement de tête tellement imperceptible que Jackson ne dut pas s'en apercevoir.

— Si vous voulez bien m'excuser, dit-elle.

Sans autre forme de procès, elle alla s'installer à une table voisine et ouvrit sa mallette, comme pour se plonger dans un tout autre travail.

— Depuis combien de temps êtes-vous chez Newcombe-Gold ? commença Nick pour récupérer l'attention de Jackson.

— Je suis entré il n'y a pas tout à fait un an.

— Vous vous plaisez ici ?

— Oui, les gens sont cool, le travail sympa.

Mine de rien, Catherine intervint :

— Vous êtes venu ici pendant le week-end ?

— Non. Dites-moi, pourquoi faites-vous cette enquête ? Il s'est passé quelque chose ici, ce week-end ?

Sans répondre, Nick reprit :

— Dites-nous où vous étiez.

Jackson lui jeta un regard noir, ainsi qu'à Catherine, avant de murmurer :

— De quoi me soupçonnez-vous exactement ?

— Nous n'avons jamais dit que nous vous soupçonnions de quoi que ce soit, rectifia Nick. Mme Denard ne vous a pas dit que nous avions entendu tous les employés de la Newcombe-Gold, hier, à part les quelques-uns d'entre vous qui n'étiez pas là ?

— Oui. En effet.

— Bon. Alors maintenant nous voudrions seulement savoir pourquoi vous n'avez pas travaillé ce week-end… je veux dire, d'habitude, vous venez au moins une partie du samedi, je crois ?

L'air sceptique, Jackson répondit :

— Ma femme et moi sommes partis dans l'Iowa… à Des Moines, exactement, pour rendre visite à sa mère.

Catherine releva vivement la tête, faisant voltiger ses cheveux blonds :

— Je croyais que vous étiez dans l'Idaho !

— Qui vous a dit ça ?

— Mme Denard.

— Ah oui ! C'est une erreur qu'ils font souvent par ici.

Elle lui décocha le sourire débonnaire qu'elle réservait aux suspects les plus flagrants.

— Quelle erreur, au juste ?

— Je suis né dans l'Idaho mais j'ai vécu dans l'Iowa. J'ai rencontré ma femme à Ames, à l'université. Sa famille est de Des Moines. Idaho, Iowa, ils confondent.

— Ah ! dit Catherine, pas convaincue.

— Quand êtes-vous parti ? demanda Nick.

Quelque peu désarçonné par l'attitude de la jeune femme, Jackson balbutia :

— Vendredi soir, après le travail… et nous venons de rentrer, tard dans la nuit.

Elle lui balança une autre question, l'air de ne pas y toucher :

— A part vos beaux-parents, quelqu'un vous a vu dans l'Iowa ?

— A peu près la moitié du personnel du centre médical de la Pitié, lâcha sèchement Jackson. Ma belle-mère vient d'y subir une mastectomie – c'est pour ça que nous sommes allés là-bas.

— Je suis désolé, dit Nick en toute sincérité.

De son côté, Catherine ne montra pas le moindre remords. Au contraire, elle sortit une des pochettes en plastique contenant les photos pornographiques et vint la déposer sur la table :

— Ça vous dit quelque chose ? Vous n'avez jamais vu ça dans l'Iowa, dans l'Idaho, ou à Las Vegas ?

L'expression de Jackson se décomposa.

— Oh, ce n'est pas vrai ! Enlevez-moi cette horreur de là, je vous en prie !

Ni Catherine ni son coéquipier ne s'exécutèrent.

Leur interlocuteur avala sa salive avec difficulté.

— Alors c'est de ça qu'il s'agit ? Je n'y suis pour rien. Et qu'est-ce que ça a à voir avec l'agence, de toute façon ?

Catherine et Nick échangèrent un regard.

Puis ce dernier reprit :

— Pouvons-nous vous faire confiance ? Il ne faut parler de ceci à personne.

— Evidemment ! C'est terrible, ce genre de chose. C'est puni par la loi !

— Pourtant, nous avons trouvé hier plusieurs de ces photos sur une imprimante de l'agence.

— Ici ? Bon sang ! Quelle sorte de pervers…

— L'ordre d'impression a été donné depuis votre poste de travail, dit Nick.

Jackson écarquilla les yeux :

— Mon…

— Samedi, ajouta Catherine.

Il porta une main à son front et se la passa sur tout le visage comme s'il essayait d'en effacer les traits.

— Oh là là… J'étais dans l'Iowa ; il y a cinquante, cent personnes qui m'ont vu, soit à l'hôpital, soit à l'aéroport ou dans l'avion !

— Alors, interrogea Nick, est-ce que quelqu'un d'autre utilise votre ordinateur ?

— Pas que je sache, en tout cas.

— Pourrait-on s'en servir sans que vous le sachiez ?

— Oui, certainement… si on trouve mon mot de passe. Mais je ne l'ai communiqué à personne.

Catherine pencha la tête de côté :

— Donc, personne ne le connaît ?

— Enfin, c'est-à-dire… ils nous *sont* attribués.

— Et vous en changez souvent ?

— Oui, tous les mois. Parfois moins. La dernière fois remonte à trois semaines.

— Votre mot de passe actuel, susurra Catherine, ce ne serait pas SOL20DAC ?

Jackson en resta un instant bouche bée.

— Eh bien je… oui, je crois que c'est ça !

— Et avant, c'était le 2DEC47 ?

— Comment le savez-vous ?

Elle lui montra une pochette de plastique qui contenait un post-it rose sur lequel était inscrit SOL20DAC, au-dessus du 2DEC47 barré.

— Il se trouvait sous votre tapis de souris. C'est difficile de se rappeler son mot de passe quand il change tout le temps.

— Qu'est-ce que vous avez fichu ? s'indigna le jeune homme. Vous avez fouillé mon box ?

Elle lui sourit de toutes ses dents :

— C'est exact.

— Mais c'est mon espace personnel…

— En fait non. C'est la propriété de Newcombe-Gold.

— Et il ne vous faut pas un mandat de perquisition ?

— Nous en avons présenté un à l'agence hier… Comme vous l'avez dit vous-même, ce genre de chose est puni par la loi. C'est pour ça que nous enquêtons.

Le front soucieux du jeune homme disait assez quelles multiples pensées se bousculaient dans son cerveau, mais il ne semblait plus en cerner aucune.

En fin de compte, Catherine s'assit à côté de lui et reprit des manières plus douces :

— Et c'est pour ça que je suis à peu près sûre de votre innocence, déclara-t-elle.

Il parut se rassurer :

— Vraiment ?

— Oui. Quelqu'un savait où vous gardiez vos mots de passe et s'en est servi pour lancer l'impression des photos à partir de votre poste de travail.

— Alors je suis blanchi ?

— Je ne conclurai malheureusement pas si vite. Nous allons devoir vérifier votre histoire… mais vous pouvez vous rassurer. Vous avez l'air de raconter la vérité.

Il poussa un long soupir avant d'aborder une nouvelle question :

— Si vous permettez, qu'est-ce qui vous rend si sûre que ce n'est pas moi ?

— L'avion doit avoir enregistré votre passage et ce sera très facile à vérifier. Le personnel de l'hôpital de

Des Moines confirmera également votre histoire… si elle est vraie.

— Elle est vraie !

Nick sourit gentiment.

— Je vous crois. Calmez-vous !

Hochant la tête, Jackson parut se détendre pour la première fois depuis qu'il était entré dans la pièce.

— Vous pouvez demander à ma femme, mais… allez-y doucement, d'accord ?

— Au sujet de la pornographie ? demanda Catherine.

— Non, je ne pensais pas à ça. Elle n'imaginera pas un instant que j'y suis pour quelque chose. Jamais elle ne croirait une chose pareille de ma part. Non, allez-y doucement en général… elle est dans tous ses états après ce week-end.

Prête à faire enfin preuve d'un peu d'humanité, Catherine s'enquit :

— Comment va votre belle-mère ?

Il poussa de nouveau un soupir :

— Elle doit encore subir un traitement de chimio mais les médecins lui ont promis que le pire était passé.

Un ange passa. Cette courte allusion à la vie réelle, même tragique, venait tout à coup d'introduire un peu d'air frais dans la pièce.

— Monsieur Jackson… Ben, souffla Nick. Vous pouvez encore nous aider sur cette affaire.

— Tout ce que vous voudrez. Dites-moi comment.

— En y réfléchissant un peu. Auriez-vous une idée de la personne susceptible… capable… d'avoir utilisé votre poste de travail ?

— Malheureusement… Tout le monde et personne. Vous avez bien vu que les box étaient ouverts.

— Ça va vous sembler bizarre, mais… avez-vous des ennemis dans l'agence ?

— Des ennemis ? Pas du tout. Je ne suis pas là depuis assez longtemps pour m'être fâché avec qui que ce soit. De toute façon, mon job ici, ce n'est encore que de la petite bière. On ne me confiera aucune tâche importante tant que je n'aurai pas fait mes preuves… Ça m'est égal, remarquez bien. Comme *partout*, il faut bien débuter.

— Vous n'avez vu personne traîner autour de votre box ces derniers temps ? interrogea Catherine.

Jackson réfléchit avant de répondre :

— Non, juste des gens qui passent de-ci, de-là.

— Tâchez de vous souvenir, quelqu'un qui n'aurait rien à voir avec vous mais qui se manifesterait tout d'un coup un peu trop souvent, sans raison apparente.

— Je vois ce que vous voulez dire, madame… mais non.

— Et quelqu'un qui aurait été dans les parages juste au moment où vous tapiez votre mot de passe ? Ou bien qui vous aurait vu vous rafraîchir la mémoire avec ce post-it… ?

— Je n'en ai pas l'air, comme ça, mais je m'efforce de rester discret et de ne jamais le consulter quand il y a du monde près de moi. En général, au bout d'un ou deux jours, je connais par cœur mon nouveau mot de passe.

— Vous n'aviez pourtant pas l'air très sûr de vous quand je l'ai mentionné, tout à l'heure.

— Je sais, mais… c'est différent quand on le tape. Mes doigts se souviennent, vous comprenez.

Nick tenta une autre tactique :

— Qui savait que vous partiez pour le week-end ?

— Aucune idée.

— A qui en avez-vous parlé ?

— A Janice, à Roxanne et sans doute à une dizaine d'autres personnes. Et Janice a trouvé le moyen de se tromper. D'un autre côté, beaucoup de gens savaient que ma belle-mère était malade et me parlaient d'elle. J'ai pu le dire à vingt personnes au moins. La Newcombe-Gold fonctionne un peu comme une grande famille. Ça peut vous paraître stéréotypé mais c'est vrai.

— Encore une question.

— Allez-y.

— Pouvez-vous nous dire pourquoi un fichier contenu dans votre ordinateur se retrouve sur l'imprimante de M. Gold et non sur la vôtre ?

Le jeune homme réfléchit de nouveau avant de déclarer :

— La dernière chose que j'aie faite, vendredi, était un dessin que M. Gold devait emporter à Los Angeles. Une ébauche pour un client qu'il allait rencontrer... du tout-venant qui ne pouvait pas intéresser les créateurs de premier plan.

— D'accord, mais ça ne répond pas à ma question.

— En fait, si. J'étais déjà en retard, je devais filer rejoindre Laura à l'aéroport. Alors, au lieu d'imprimer mon croquis chez moi puis de courir le remettre à M. Gold, je le lui ai balancé sur son imprimante pour qu'il le trouve tout de suite. Et puis j'ai dû oublier de changer ma sélection d'imprimantes avant de partir. Ça m'était complètement sorti de l'esprit.

— Ça tient debout, reconnut Nick.

— Très bien, dit Catherine en se levant. Pouvons-nous prendre vos empreintes digitales ?

— Si vous voulez, mais pourquoi ?

— Nous allons bientôt avoir celles de tous les employés mais les vôtres sont plus importantes puisqu'on a utilisé votre poste de travail. Nous devons pouvoir éliminer les vôtres de celles du coupable.

— Ah, je comprends ! Alors faites.

Catherine ne se fit pas prier et, l'opération terminée, lui tendit une serviette en papier.

— Nous allons vous demander de ne parler à personne de cette enquête.

— Certainement, mais pourquoi ?

— D'abord pour ne pas vous faire de mauvaise pub. Que penseraient les clients de la Newcombe-Gold s'ils apprenaient ce qui s'est passé dans votre agence ?

— En effet…

— Mais ce n'est pas tout, ajouta Nick. Il y a aussi vos collègues.

— Et alors ?

— Vous êtes la première personne que nous interrogeons en privé. En partie parce que vous n'étiez pas là hier, alors que le personnel a été auditionné dans le hall d'entrée ; cependant, vos collègues pourraient voir la chose autrement.

Il les regardait sans comprendre.

— D'après vous, demanda Catherine, que concluraient-ils s'ils apprenaient que notre enquête s'est centrée sur vous et votre poste de travail ?

Jackson cessa un instant de frotter l'encre qui restait sur ses doigts.

— Merde !

— Comme vous dites, commenta Nick.

Le jeune homme semblait soudain éperdu.

— Venez ici, intervint Catherine en le poussant vers le lavabo.

Elle sortit une bouteille de sa mallette et en répandit le contenu sur les mains de Jackson.

— Qu'est-ce que c'est ? demanda-t-il.

— Ce que le labo appelle « savon ». Un bon vieux savon bien classique – rincez-vous et personne ne saura ce qui s'est passé ici.

— Vous… vous croyez que mes collègues risquent de me soupçonner ?

— Il n'y a pas de raison. Le temps qu'ils apprennent pourquoi nous enquêtons, nous devrions avoir mis la main sur le coupable.

— Donc, insista Nick, nous pouvons compter sur votre discrétion ?

— Evidemment… Je peux m'en aller, à présent ?

— Oui.

Nick s'approcha et les deux anciens athlètes se serrèrent la main.

— Merci pour votre coopération, Ben.

— Pas de problème. Rendez-moi le service de capturer ce salaud.

— Avec plaisir, dit Catherine.

A peine Jackson était-il parti qu'O'Riley faisait enfin son entrée dans la salle de repos. Mais il n'était pas seul : un Afro-Américain au crâne rasé le suivait.

— Je vous présente Jermaine Allred ! lança l'inspecteur. Monsieur Allred, voici Catherine Willows et Nick Stokes.

Le nouveau venu paraissait assez sûr de lui et leur adressa un signe de tête en guise de bonjour. Comme Jackson, il portait un jean délavé et une chemise blanche.

— C'est donc vous les légistes, observa-t-il en tendant la main à Nick qui la serra.

Il fit de même avec Catherine avant d'ajouter :

— Je regarde toujours les documentaires sur la police scientifique. Ça me passionne.

— Vous nous amenez le dernier, sergent ? demanda Nick.

Tandis qu'O'Riley sortait, il poursuivit :

— Nous ne sommes pas légistes mais criminalistes. Et c'est en effet passionnant.

— C'est cool d'avoir un job… cool. Très cool.

Excédée, Catherine entra dans le vif du sujet :

— En attendant, vous avez laissé tomber *votre* job, hier.

Allred sourit :

— C'est pour ça qu'ils ont appelé la police ?

Elle lui rendit son sourire :

— J'espérais une réponse, pas une pirouette.

— Pardon, je ne voulais pas vous froisser !

Il s'assit devant une table mais les experts restèrent debout.

— J'avais la grippe, expliqua-t-il. Ça a commencé vendredi, j'ai passé tout le week-end au lit. J'étais encore malade hier, alors je suis resté chez moi.

— Vous avez vu un médecin ?

— Non.

— Ou quelqu'un d'autre ?

— Ma femme. Mes deux gosses.

— C'est un début. Personne d'autre ? Qui ne fasse pas partie de la famille ?

— Non. Voyez-vous, je ne reçois pas vingt personnes à dîner quand j'ai la grippe.

— Je m'en doute. Mais personne n'est passé chez vous ?

— Non, enfin si… samedi après-midi, ma femme a

emmené les gosses au cinéma... Ils sont bruyants et elle voulait qu'ils me fichent un peu la paix. Quand j'étais tout seul, on a sonné à la porte, plusieurs fois... ça insistait. Alors j'ai fini par me lever du pieu. C'était la représentante d'Avon qui apportait ses produits à Patty. D'habitude, elle ne travaille pas pendant le week-end mais, là, comme elle passait dans le voisinage, elle en a profité pour livrer. Elle pourra vous dire que j'étais là.

— Bon, commenta Catherine. C'est ce que j'appelle un alibi en bonne et due forme. Mais vous savez ce qui achèverait de nous convaincre ?

Allred n'avait pas été sans repérer le matériel qu'elle avait laissé étalé sur la table.

— D'accord, maugréa-t-il en tendant les mains. Allez-y.

Pendant que Catherine relevait ses empreintes, il répondait aux questions que Nick continuait de lui poser :

— Depuis combien de temps travaillez-vous à l'agence ?

— Douze ans.

— Quel est votre emploi, monsieur Allred ?

— Appelez-moi Jermaine. Je suis dessinateur.

— Vous rencontrez des clients ?

— Parfois. Ça dépend.

— Vous connaissez le nom de la représentante d'Avon ?

— Non, je devrais, depuis le temps, mais je ne m'en souviens pas. Il faudra demander à Patty.

Lorsqu'ils eurent terminé, ils lui demandèrent également de se montrer discret sur leur entretien et le laissèrent repartir.

Pour ce qui était de Ruben Gold et de Roxanne Scott, il faudrait attendre leur retour, la semaine suivante, mais cela ne gênait pas Nick. Ils finiraient bien par les voir et, d'ici là, il ne leur restait qu'un nom à vérifier d'après la liste des absents de la veille : celui de l'homme que venait d'amener O'Riley, Gary Randle.

La quarantaine, de courts cheveux frisés sur un visage rondouillard, des yeux bruns rieurs, l'homme paraissait plutôt jovial. Comme Allred, il était en jean délavé mais portait un polo noir, ainsi que des mocassins sans chaussettes.

Après les présentations, O'Riley et Nick s'assirent face à lui tandis que Catherine se posait à proximité de son matériel.

Ce fut Nick qui ouvrit le feu :

— Si j'ai bien compris, vous étiez parti rendre visite à un client, hier ?

Le sourire de Randle s'effaça :

— Oui, ça s'est prolongé et j'ai dû laisser le client me battre au golf avant de le voir céder.

— Pas facile, épilogua Catherine.

— Si, parfois ça se passe mieux. Là, il a fallu le laisser gagner pour qu'il garde l'impression que je ne lui forçais pas la main.

Plutôt estomaquée par cette réponse, Catherine ne dit rien, aussi Nick reprit-il la parole :

— Quand êtes-vous rentré au bureau ?

— Je ne suis pas rentré. Je suis retourné directement chez moi. Il était tard, je n'avais aucune raison de repasser par ici.

— Pardon ?

— Enfin ! Je venais d'emporter une affaire de cent mille dollars !

O'Riley intervint :

— Etes-vous venu au bureau ce week-end ?

— Pourquoi ?

— Je suis certain que vous avez entendu parler de notre passage dans vos locaux, dit Nick. Voilà pourquoi.

— Ouais, en attendant je ne sais pas de quoi il s'agit.

— Parce que nous tenons à ce que ça demeure confidentiel.

— Alors je ne vois pas pourquoi ce que j'ai fait ce week-end ne resterait pas confidentiel.

O'Riley le fusilla du regard.

— On se passe de vos commentaires.

— Vous rigolez ! s'esclaffa Randle. Vous venez ici, vous me posez des questions sur… *je ne sais quoi*… sans vouloir me dire de *quoi* il s'agit… et vous voudriez que je vous réponde ?

— Si vous êtes innocent…

— Allez vous faire foutre !

Sa belle affabilité ayant fait place à la colère, il se leva.

— Ça n'a rien à voir avec le fait que je sois innocent ou non ! rugit-il. Tout ça, ce ne sont que des manières dignes de la Gestapo.

A son tour, O'Riley se leva.

— Vous pourriez baisser d'un ton, je vous prie ?

— Non. Et si vous croyez me faire peur avec votre coupe à la grand-papa !

Il s'écarta du policier qui le dominait facilement d'une tête pour s'adresser directement à Nick :

— Ou vous me dites ce que vous foutez ici ou je me tire.

Ne sachant quoi répondre, Nick jeta un coup d'œil vers Catherine qui répondit :

— Nous devons relever vos empreintes digitales.

— Rien du tout !

— Nous pouvons vous y contraindre par jugement.

— C'est ça ! En attendant, je m'en vais.

Là-dessus, il sortit en claquant la porte.

O'Riley bondit mais s'arrêta en voyant que les deux experts souriaient.

— Qu'est-ce qui vous amuse tant ?

Catherine avait déjà sorti son portable et composait un numéro.

— Je vais obtenir cette décision judiciaire et me pointer chez lui avant ce soir.

— Allons, conseilla Nick, remettez-vous, sergent ! Cette fois, nous tenons un vrai suspect !

6

Sara Sidle avala une nouvelle bouchée de son sandwich – pain complet, dinde, crudités – et la fit passer d'une gorgée de jus de kiwi-fraise. Elle déjeunait dans la salle de repos, ou du moins estimait-elle déjeuner, car il n'était jamais que trois heures du matin ; mais comment appeler cette pause-repas entre deux périodes de travail ?

Le Dr Robbins apparut sur le seuil, appuyé sur sa béquille ; d'un haussement de sourcil, il l'avertit qu'il avait du nouveau.

— Le rapport sur Candace Lewis, ça vous intéresse ?

— Je peux terminer mon sandwich d'abord ?

— Tout dépend si vous voulez en prendre connaissance l'estomac vide ou plein. Pouvez-vous réunir Grissom et Warrick et me rejoindre à la morgue ?

— On arrive.

Elle fourra dans sa bouche le reste de son sandwich et se leva. Elle possédait un estomac à toute épreuve et Robbins le savait…

Il disparut tandis qu'elle vidait sa bouteille et s'apprêtait à reprendre le cas Lewis.

Moins de dix minutes plus tard, les trois criminalistes et le médecin légiste formaient un cercle autour du corps de Candace Lewis revêtu d'un drap sur la table d'autopsie.

— Commençons par la cause de la mort, dit Robbins.

— Strangulation par ligature, décréta Warrick.

— Exact. Vous avez autre chose à déclarer sur la ligature proprement dite ?

Après avoir jeté un regard furtif sur Grissom, Warrick bafouilla :

— Euh, non…

— Allons, un petit effort ! Vous êtes mon invité.

Sara regarda son collègue soulever le drap pour mieux examiner le visage et le cou de Candace.

Il se pencha sur les crevasses sanguinolentes qui lacéraient les hématomes ainsi que…

… un entrelacs à peine apparent.

Elle se demanda quelles conclusions Warrick allait en tirer – à plus forte raison Grissom.

— On dirait une sorte de chaîne, non ?

Robbins se tourna vers elle :

— Sara ?

Elle jeta un coup d'œil vers Grissom qui lui fit signe de répondre.

— Ça m'a l'air d'être ça, approuva-t-elle. Je ne vois pas autre chose.

— Gil ?

Grissom pointa le faisceau de sa mini Maglite sur la gorge martyrisée, l'examina longuement, y passa les doigts qu'il regarda ensuite avant de les frotter contre son pouce.

— Une chaîne, répéta-t-il. Une chaîne de vélo bien huilée.

— Gagné ! s'exclama Robbins.

Sara scruta la gorge de la femme. Ses collègues avaient raison. Maintenant, cela lui paraissait clair.

— Quelle idée de retenir quelqu'un avec ça ! observa-t-elle.

— Ce n'était pas délibéré, expliqua Grissom. J'y vois de l'improvisation. Son assaillant l'a enlevée mais il devait vouloir la garder vivante… c'est pour ça qu'on n'a jamais réclamé de rançon.

— Seulement les choses n'ont pas tourné comme prévu, conclut Warrick.

— Exactement. Elle a dû résister, le mettre hors de lui… ou elle aura tenté de s'échapper, ou d'appeler à l'aide… alors il l'a tuée avec ce qui lui tombait sous la main.

— Regardez ses doigts, ajouta Robbins. Ongles cassés, phalanges lacérées.

— Vous voyez la scène, Sara ? demanda doucement Grissom.

— Oui, je crois.

Candace a peur.

Elle se trouve dans une pièce obscure, elle le frappe dans le bas du ventre et il lâche prise. Alors qu'elle file dans la direction opposée, il cherche à tâtons et ramasse une chaîne de vélo qu'il lui passe autour de la tête pour la retenir par la gorge.

Candace tente de desserrer cette étreinte, se casse les ongles, s'arrache la peau des doigts. A demi étranglée, elle faiblit, la douleur la rend aveugle, elle ne peut plus respirer. Des étoiles lui éclatent dans les yeux et, comme elle ferme les paupières, d'insupportables feux d'artifice lui explosent dans les tempes.

Lentement, la douleur diminue, sa poitrine la brûle de moins en moins et les feux deviennent clignotants.

Comme lorsqu'on essaie de regarder des lucioles par une nuit de brouillard, elles sautent, elles dansent mais la brume finit par les dévorer, et Candace se laisse envahir par une apaisante nébulosité.

— Ce doit être ce qu'elle a ressenti, commenta Sara.

— Et *lui* ? interrogea Grissom. Que diriez-vous de notre ravisseur, notre meurtrier ?

— Eh bien…

Il a échoué, sa proie va lui échapper…

Lorsqu'elle lui donne ce coup de pied, c'est comme si le monde implosait ; mais il ne va pas se laisser embraser par la douleur, il doit la dominer, aussi bien qu'il dominera sa proie. Il s'est donné du mal pour l'obtenir, la posséder, il ne va pas lâcher prise ainsi.

Il s'accroche à l'établi, dans la semi-obscurité ; ses doigts tombent sur l'acier froid de la chaîne de vélo. Il sait tout de suite à quoi il a affaire – il réparait sa bicyclette le jour où il a enfin harponné son « invitée ». Il agrippe la chaîne, parvient à la lui passer autour du cou.

D'abord, elle se débat, de toutes ses forces – il faut reconnaître qu'elle est vaillante… c'est d'ailleurs ce qui l'a attiré en elle. Il n'aurait su se contenter de n'importe quelle femme…

Peu à peu, il la sent faiblir et elle s'écroule tout d'un coup, l'entraînant dans sa chute, la chaîne toujours accrochée autour du cou. Il se rend tout de suite compte que quelque chose ne tourne pas rond.

Il n'avait pas l'intention de la tuer – il voulait juste la retenir… et voilà qu'elle ne se débat plus… en fait, elle n'a plus l'air de respirer.

Il relâche la chaîne, pose la main sur sa gorge – pas de pouls.

Il désirait la garder vivante. Elle aurait bien fini par lui rendre l'amour qu'il lui portait. Mais tant pis, même morte elle sera sienne, enfin soumise. Docile. Bien élevée.

Elle est désormais sienne pour toujours.

— Bien, dit Grissom. Bien… qu'avez-vous d'autre à nous raconter, Doc ?

— Voyons. Les premières analyses toxicologiques sont négatives, mais j'attends le rapport définitif. Comme nous l'avons déjà soupçonné, il y a des preuves de nécrophilie. La mâchoire a été cassée post-mortem, pour permettre une introduction plus facile.

— Pareil pour les déchirures de la région vaginale ? interrogea Sara.

— Post-mortem également. Mais je suis certain qu'il l'a sexuellement agressée à plusieurs reprises avant sa mort. Elle porte des contusions qui n'ont pu lui être infligées que de son vivant.

— Pourquoi s'est-il débarrassé d'elle ? demanda Warrick.

— C'est qu'elle ne sent pas la rose, souffla Grissom.

— Pour dire les choses délicatement, renchérit Robbins, Mme Lewis devenait un peu… trop mûre.

— Attendez, intervint Sara. Comment un tel obsédé peut-il se soucier de ce genre de détail ?

— Les psychotiques sont très doués pour compartimenter les choses, au point de pouvoir se mêler sans peine à la société.

— Je ne vois pas où vous voulez en venir.

Ce fut Grissom qui donna la réponse :

— Il est possible que cette puanteur n'ait pas gêné

notre homme, mais ses voisins, le facteur, l'employé du gaz risquaient de s'en apercevoir. Il est assez conscient des réalités de la vie quotidienne pour se rendre compte de ce genre de chose.

Robbins prit le relais :

— L'état de décomposition était trop avancé pour qu'il puisse la garder plus longtemps dans sa maison, dans son appartement ou dans son garage. Il devait s'en débarrasser.

— En l'abandonnant au bord de la route.

— Vous pourriez évaluer depuis combien de temps elle est morte ? demanda Grissom à Robbins.

— Il a tenté de la conserver mais ça ne lui a pas vraiment réussi. La rigidité a cessé, on peut remarquer certaines lividités post-mortem.

Sara savait que la rigidité cadavérique commençait environ deux heures après la mort pour disparaître dans les quarante-huit ou soixante heures suivantes ; la lividité post-mortem indiquait que le sang avait commencé à se figer après que le cœur eut cessé de battre.

— Vous croyez qu'il l'a laissée sur le dos ? demanda-t-elle.

— Oui. La lividité se concentre davantage sur les fesses et sur les reins. Elle était allongée, du moins en partie et, comme le meurtrier a essayé de la conserver, je dirais qu'il a dû la mettre dans une baignoire ou dans une sorte d'abreuvoir. Il y a également des marbrures.

Celles-ci provenaient du processus de putréfaction ; comme le sang se décomposait, les veines se pigmentaient de mauve ou de bleu sous la peau.

— Depuis combien de temps avait-elle disparu ? demanda Robbins.

— Trois semaines, dit Grissom – à un ou deux jours près.

— Disons qu'elle est morte à mi-chemin.

C'était tout ce qu'il pouvait affirmer pour le moment.

— A mesure que je recevrai les résultats des analyses, je vous tiendrai au courant.

— N'hésitez pas à nous déranger à toute heure, Doc. Les intrigues engendrées par cette affaire puent encore plus que votre malheureuse patiente.

Ensuite, Grissom donna quelques ordres à ses collaborateurs :

— Au travail, les enfants ! Warrick, vous me cherchez tout ce que vous pouvez autour de ce feu arrière.

— C'est comme si c'était fait, Griss.

— Sara, examinez-moi le dossier établi par le service des personnes disparues, vérifiez tous les indices.

— Vous savez qu'il provient de l'équipe d'Ecklie.

— Je m'en moque ! Reprenez-le de A à Z, sans omettre un détail. Moi, je vais voir ce qui se passe au labo. Réunion au bureau avant de rentrer chez vous.

Quelques heures plus tard, lorsque Sara se présenta devant le bureau de Grissom, elle trouva la porte ouverte mais personne dedans. Un instant, elle crut que la réunion avait été reportée sans qu'on l'en ait avertie. Un sentiment de mortification allait monter en elle lorsque Warrick émergea de son placard à balais.

— Où est Griss ? demanda-t-il.

— Je ne sais pas, je viens d'arriver. Tu as trouvé quelque chose ?

— Peut-être. Et toi ?

— Je crois.

Il partit d'un petit rire :

— Tu te rends compte comme on joue les vierges effarouchées depuis que Griss nous incite à exprimer nos propres opinions ?

— Ne m'en parle pas !

C'est alors que Grissom arriva.

— Installez-vous, dit-il.

Ils pénétrèrent dans le bureau et s'installèrent, Grissom dans son fauteuil, Warrick adossé à une bibliothèque, à gauche de l'entrée, Sara demeurant à proximité de la porte pour les voir tous les deux.

Grissom commença sans préambule :

— Le labo travaille sur la moquette et sur le ruban pour conduit.

— Ils ont trouvé quelque chose ?

— Les résultats obtenus du spectromètre de masse nous disent que la moquette est en oléfine de polypropylène.

— Trop du délire ! s'exclama Warrick.

Grissom n'eut pas l'air d'apprécier cet humour de potache.

— Je considère ceci comme un point positif, rétorqua-t-il.

— Pourquoi ? demanda Sara.

— Parce que vingt-deux pour cent seulement des moquettes sont fabriquées dans cette matière.

— Ça va restreindre nos recherches, railla Warrick.

— Ça va restreindre nos recherches, en effet. Et vous, qu'est-ce que vous m'amenez ?

Après avoir consulté Sara du regard, Warrick prit la parole le premier :

— Le morceau de plastique provient bien d'un feu arrière, on le savait déjà. Mais j'ai trouvé un début de numéro de série et j'ai suivi la piste.

— Alors ?

— Alors, ce feu peut provenir de trois sortes de voitures : une Chevrolet Monte-Carlo fabriquée entre 1995 et 2001, une Chevrolet Lumina des mêmes années ou une Chevrolet Impala de 2000 ou 2001.

— Que disait M. Benson à ce sujet ?

Warrick répondit instantanément :

— Il parlait d'une Chevrolet blanche, sans doute une Monte-Carlo.

— Ça alors ! s'extasia Sara. Se pourrait-il qu'on soit tombés sur un témoin fiable ?

— Pas de précipitation, répliqua son boss. Warrick, combien de Monte-Carlo modèles 95 à 2001 sont enregistrées dans le comté de Clark ?

— Des voitures de cinq ans seulement, il y en pas des masses. Des blanches ? Moins de cent. Quant aux Monte-Carlo, aux Lumina et aux Impala de cette couleur, et les autres – au cas où notre témoin serait daltonien – pas plus de mille.

— Dites-moi que vous avez commencé par la liste la plus courte.

— Effectivement. J'ai déjà alerté les véhicules de patrouille ; ils m'avertiront s'ils en croisent une.

— Bien.

Warrick réprima un sourire. Un « bien » de la part de Grissom correspondait à un précieux compliment.

Ce dernier se tourna vers Sara :

— Et vous ?

— Avant tout, l'équipe d'Ecklie a effectivement prouvé que le maire entretenait une liaison avec Candace Lewis.

— C'est bien vrai, cette histoire ?

— Autant que ça peut l'être. On aurait trouvé des trace de l'ADN d'Harrison dans le lit de son assistante.

Grissom en resta bouche bée. Il exprimait assez rarement sa surprise pour que la nouvelle n'en apparaisse que plus singulière. De son côté, Warrick semblait tout aussi saisi.

— L'équipe d'Ecklie, répéta lentement Grissom, aurait trouvé des traces de l'ADN d'Harrison dans le lit de Candace Lewis… et n'en aurait rien dit ?

— Là, répondit Sara, je ne sais pas. Le dossier n'indique pas s'ils ont informé le shérif, le FBI ou qui que ce soit d'autre…

— Ecklie n'a pas bavé auprès de la presse, ricana Warrick. C'est déjà ça.

Il n'osait imaginer l'enfer que vivrait maintenant le maire si ç'avait été le cas.

— Warrick, dit Grissom, continuez vos recherches sur les voitures. Sara, donnez-moi votre dossier. Nous allons faire un saut chez Mobley.

Dix minutes plus tard, Sara attendait devant le bureau du shérif ; en principe, elle avait fini sa « journée » et celle de l'hôtel de ville commençait à peine. On venait d'offrir au shérif une salle supplémentaire et sa secrétaire, une dame d'une quarantaine d'années, des plus efficaces, s'efforçait de convaincre Grissom qu'il ne pouvait déranger Mobley sans rendez-vous.

— On n'entre pas ! répéta-t-elle d'une voix aiguë.

Mais Grissom avait déjà la main sur la poignée d'une porte marquée PRIVÉ et il fallut qu'elle l'agrippe par le bras pour qu'il semble enfin prendre conscience de ses protestations.

— Qu'est-ce qu'il y a ? demanda-t-il, l'air effaré.

— Je vous ai dit de *ne pas entrer* ! Le shérif est en conférence, vous ne pouvez le déranger.

— Il le faudra bien, pourtant. Quand il verra ceci…

Il brandit son dossier et ajouta :

— Dites-lui que Gil Grissom, du CSI, a découvert une preuve dissimulée dans l'affaire Candace Lewis… nous verrons bien s'il ne m'accorde pas un entretien.

A cet instant, la porte s'ouvrit sur un Mobley rouge d'indignation :

— C'est fini ce cirque ? Qu'est-ce que vous foutez là, vous ?

— Vous êtes au courant ? lança Grissom en lui mettant le dossier sous le nez.

Le shérif fit un pas vers lui tandis que la secrétaire reculait, atterrée. Sara n'avait pas bougé, fascinée de découvrir son patron dans un tel état d'excitation.

— Au courant de quoi ? demanda Mobley sur la défensive.

Il jeta un coup d'œil sur les papiers avant de reprendre :

— Ecoutez, j'ignore complètement de quoi vous voulez parler.

Un petit homme aux yeux de fouine se matérialisa derrière lui. Sara ne le connaissait pas mais, à son air consterné, elle sut que lui, au moins, reconnaissait le dossier en question.

— Il s'agit du rapport rédigé par l'équipe de Conrad Ecklie à la suite de la fouille de l'appartement de Candace Lewis.

Se faufilant à son tour dans le bureau de la secrétaire, le petit homme tira la porte derrière lui.

— Je vois que vous avez pas mal de choses à vous dire, déclara-t-il. Je repasserai plus tard, shérif.

— Il ne faut pas vous enfuir dès que j'arrive, monsieur Anthony ! railla Grissom.

— A plus tard, Ed, marmonna Mobley distraitement.

Anthony fila, non sans avoir esquissé un rapide sourire à l'adresse de Sara.

Intéressant, songea-t-elle.

— Madame Mathis, dit le shérif à la secrétaire, pourriez-vous fermer la porte du corridor et vous assurer que personne n'entre ici ?

— Tout de suite, monsieur.

Visiblement, elle n'y comprenait rien mais ne s'en exécuta pas moins.

Ils n'entrèrent pas dans le bureau du shérif, comme si ce dernier préférait poursuivre l'entretien sur un terrain neutre.

— J'ignorais tout de ce rapport, assura Mobley d'une voix apaisée. Je croyais qu'on attendait encore les résultats du labo.

Grissom n'en revenait pas :

— Depuis trois semaines ?

— Pourquoi ? Ça va plus vite, chez vous ?

La réponse parut calmer Grissom. Cependant il insista :

— Vous n'aviez pas entendu parler de ce rapport ?

— Gil, vous avez ma parole !

Le boss du CSI réfléchit un long moment, examinant le shérif comme s'il avait affaire à un spécimen de laboratoire.

— Comment se fait-il, demanda-t-il soudain, que vous n'ayez pas reçu le rapport de perquisition du lieu du crime relatif à la disparition la plus sensationnelle de l'année ?

Pensif, Mobley ne répondit pas tout de suite mais Sara sentait monter en lui une irritation grandissante qui n'était pas du tout dirigée contre Grissom.

— Je n'en ai pas la moindre idée ! finit-il par déclarer. Mais on va le savoir.

Il se dirigea à grandes enjambées vers la porte qu'il ouvrit, faisant tressaillir sa secrétaire qui attendait dans le corridor.

— Madame Mathis ! Revenez ici et trouvez-moi Conrad Ecklie. Dites-lui que je veux le voir immédiatement !

— Tout de suite, monsieur.

Là-dessus, il retourna vers son propre bureau, faisant signe au passage à Grissom et Sara de le suivre.

— Entrez. Nous allons voir ce que dit ce rapport.

Maintenant, c'était Grissom qui reculait et Sara eut la surprise de lui découvrir une expression perplexe, ce qui n'était pas fréquent chez lui.

— Qu'est-ce qu'il y a ? demanda Mobley.

— Vous vous êtes vous-même récusé sur cette affaire.

— Ah non, Gil ! Vous ne pouvez pas avoir le beurre et l'argent du beurre. Vous voulez que je lise ce rapport, oui ou non ?

— Vous faites partie des suspects, Brian.

— C'est ce que j'avais déjà cru comprendre, en effet.

— Alors, tout ce que je vous demande, c'est de me dire la vérité : avez-vous *déjà* vu ce rapport ?

La secrétaire était au téléphone, tâchant de joindre Ecklie.

— Encore une fois, Gil, vous avez ma parole : je n'ai jamais lu le moindre rapport sur une perquisition menée chez Candace Lewis. Et maintenant… entrez, bon sang !

Grissom et Sara s'exécutèrent et le patron du CSI tendit le dossier au shérif.

Celui-ci l'ouvrit et se mit à le parcourir, feuille après feuille ; puis il leva un regard incrédule sur Grissom et Sara restés debout.

— Asseyez-vous.

Ce qu'ils firent, tandis qu'il reprenait sa lecture.

Quant il eut terminé, il émit un léger sifflement avant d'articuler :

— Alors comme ça, ils ont trouvé l'ADN d'Harrison dans le lit de la fille !

Grissom hocha la tête.

Sara n'aurait su dire ce qu'il en pensait mais, selon elle, Mobley semblait parfaitement sincère. Ou alors il s'agissait du meilleur comédien qu'elle ait rencontré, malgré tous les menteurs auxquels le CSI avait régulièrement affaire.

Ils en étaient là de leurs réflexions quand on frappa discrètement à la porte.

— Entrez, dit Mobley.

Mme Mathis s'effaça devant le patron de l'équipe de jour du CSI, Conrad Ecklie, qui s'immobilisa, visiblement surpris de découvrir Sara et Grissom sur les lieux.

— Ne restez pas là, Conrad, lui dit Mobley.

L'homme adressa un signe de tête à ses deux collègues mais resta debout à côté du fauteuil de Grissom.

— Bonjour, shérif. J'ai cru comprendre qu'il y avait urgence… ?

Mobley lança le dossier en travers du bureau, faisant tressaillir Ecklie.

— Qu'est-ce que c'est ?

— Trois fois rien. Le rapport de perquisition de l'appartement de Candace Lewis.

— Pardon ?

— Dites-moi, je bégaie ou quoi ? Le rapport de perquisition de l'appartement de Candace Lewis !

— Mais… shérif… Brian… je vous l'ai remis il y a des semaines.

Sara et Grissom se regardèrent.

— Alors vous l'avez vu ! affirma ce dernier.

— Je vous dis que non. Conrad, pourquoi mentez-vous ?

— Mais pas du tout ! Pourquoi voudriez-vous que je mente ? Je sais que nous avons de petits différends, Gil, mais le shérif… Ce ne peut être qu'une manœuvre politique. S'il y a quelqu'un qui ment, ici, ce ne peut être que lui.

Mobley se leva d'un bond.

— Nom de Dieu ! s'exclama-t-il.

Roulant des yeux effarés, Ecklie murmurait désespérément :

— Je vous jure, Grissom ! Je l'ai apporté *personnellement* ici, il y a deux semaines !

— Et vous osez dire que vous me l'avez remis en mains propres ! hurla Mobley.

— Oui, je…

La bouche d'Ecklie retomba.

— En fait non, ajouta-t-il. Non, maintenant que j'y pense…

— Vous avez donné ce rapport au shérif ou non ? insista Grissom.

Ecklie bredouilla lamentablement :

— Je le lui ai donné… et pas donné.

Pas étonnant, se dit Sara, *que Grissom ait toujours l'air de vouloir s'arracher les cheveux quand on cite le nom d'Ecklie...*

— Expliquez-vous ! ordonna-t-il.

Il paraissait calme mais serrait le poing à s'en faire éclater les veines.

— J'apportais le dossier au shérif, reprit Ecklie haletant, quand je suis tombé sur Ed Anthony dans l'entrée.

Grissom se redressa sur son siège ; Mobley restait la bouche ouverte.

— On s'est mis à parler de choses et d'autres et Ed m'a proposé de remettre le rapport au shérif... Vous étiez en conférence, Brian.

Mobley poussa un soupir et se prit la tête dans les mains.

— Ainsi, constata Grissom, vous avez remis un rapport confidentiel à ce charlatan.

— Il... il allait voir le shérif avant moi ! se défendit Ecklie. J'avais d'autres affaires à traiter...

— Alors, lâcha doucement Mobley, vous avez négligé le dossier le plus brûlant que nous ayons eu à Las Vegas depuis des années.

Ecklie se racla la gorge et poursuivit :

— ... d'ailleurs, il devait ensuite être récupéré par le FBI. Ce n'était alors qu'une histoire d'enlèvement.

« Qu'une histoire d'enlèvement... » Sara n'en croyait pas ses oreilles. Cependant, elle ne manifesta pas son indignation.

Le poing de Mobley s'abattit sur la table.

La jeune femme sursauta légèrement, Ecklie frémit ; Grissom ne réagit pas.

Le visage du shérif avait pris une délicate nuance

rosée qui menaçait de virer au rouge vif de colère tant redouté de son entourage.

Il appuya sur le bouton de son interphone :

— Madame Mathis, faites-moi tout de suite revenir Ed !

Quelques longues minutes plus tard, on frappait de nouveau à la porte.

— Entrez ! aboya le shérif.

Le panneau s'entrebâilla et la tête d'Ed Anthony apparut dans l'ouverture. Il avait les yeux brillants… de peur, semblait-il ?

— Vous désiriez me voir, Brian ?

— Venez un peu ici.

Le conseiller referma derrière lui en grimaçant et s'avança à petits pas pour s'arrêter derrière Sara, comme s'il cherchait à s'abriter.

— Un problème, shérif ?

Mobley souleva le dossier en le secouant d'un geste menaçant.

— Est-ce que Conrad Ecklie vous a donné ce rapport pour que vous me le transmettiez ?

Anthony hocha docilement la tête.

— Pourquoi ? Il ne fallait pas ?

— Vous ne me l'avez pas transmis, il me semble.

— Non.

— Vous *savez* ce qu'il contient ?

Le conseiller regardait tout le monde, sauf le shérif.

— Oui, je, euh… j'y ai jeté un coup d'œil.

A croire qu'il parlait du dernier roman de Stephen King.

— Et vous avez décidé de le garder sous le coude jusqu'aux élections, enchaîna Grissom. Pour salir le maire ?

Anthony ne répondit pas.

— J'appelle ça de la rétention de preuve, trancha Mobley. Ni plus ni moins.

— Non ! Non, je voulais vous protéger, Brian.

— Me protéger ! Vous allez massacrer ma carrière !

— Pas du tout. J'*essayais* de vous aider. On ne peut diffuser que parcimonieusement des informations aussi sensibles, au moment opportun. Alors, elles peuvent devenir les munitions dont nous…

— *Nous ?* coupa Mobley en se relevant. Il n'y a pas de « nous », Ed. Vous êtes viré.

— Ecoutez, je comprends que vous soyez ennuyé. Mais nous connaissons tous votre tempérament quelque peu… emporté. Je vous conseille de compter jusqu'à dix et…

— Vous ne me conseillerez plus jamais rien. Dehors !

— Brian…

— Fichez-moi le camp !

Cette fois, Anthony se rua vers la porte.

Mais Mobley l'arrêta net :

— Et ne vous *avisez* pas de quitter la ville. Parce que si je trouve un moyen d'engager des poursuites contre vous, je ne me gênerai pas.

Tout d'un coup, maintenant qu'il n'était plus à portée de sa main, Anthony monta sur ses grands chevaux :

— En quel honneur ? Pour avoir voulu faire élire maire une tête de cochon ?

Sara se mordit les lèvres.

— Non, lâcha une voix paisible.

Grissom.

Dans le silence qui s'ensuivit, tous les regards se tournèrent vers lui :

— Pour complicité de meurtre sur la personne de Candace Lewis.

Anthony écarquilla tellement les yeux qu'ils parurent lui sortir de la tête.

— Je... je... je ne l'ai pas tuée !

— Vous avez dissimulé des informations capitales au chef de la police... des informations qui auraient pu la sauver.

— Qu'est-ce que vous en savez ?

— Vous avez raison, je n'en sais rien. Et désormais, personne ne le saura jamais.

Il finit par se lever à son tour et se tourna vers le conseiller, parlant d'une voix tellement neutre qu'elle en devenait intrinsèquement menaçante :

— Mais laissez-moi vous dire ceci : sans votre ingérence, cette jeune femme pourrait être encore vivante... Et ça, ça ne va pas faire joli dans le tableau lorsque le shérif posera sa candidature.

— Dehors, Ed ! marmonna Mobley d'une voix lasse. Que je ne vous voie plus.

Blême et défait, Anthony s'éclipsa.

— Quant à vous, Conrad, reprit Mobley, vous auriez pu réfléchir, pour une fois !

Ecklie acquiesça de la tête. Il avait soudain bien perdu de sa superbe.

— Je le reconnais, j'ai péché par négligence.

— C'est le moins qu'on puisse dire.

— En tout cas, Brian, je vous remercie... pour votre compréhension.

— Pas de quoi, Conrad. Trois jours de suspension. Non payés.

Ecklie déglutit mais accepta la punition sans rien dire.

— Rentrez chez vous, Conrad. Et si vous soufflez un mot de tout ça aux médias, je vous vire aussi sec.

Sans regarder personne, Ecklie se leva et sortit.

Un silence de plomb retomba sur le bureau. Ce fut finalement Mobley qui le rompit :

— Je sais, je n'ai pas à vous dire ce qu'il vous reste à faire.

Toujours debout, Grissom ramassa le dossier et se dirigea vers la porte, suivi de Sara. La voix du shérif retentit dans leur dos :

— Je suis toujours suspect ?

— Oui, dit Grissom.

— Et mon ADN ?

— Je n'ai pas encore les résultats.

— Je vais peut-être vous paraître mauvais esprit, mais j'aimerais bien que ce soit Ed Anthony le coupable.

Grissom s'arracha un minuscule sourire.

— Il ne vaudrait mieux pas, ce serait votre mort politique.

— Parfois, s'esclaffa le shérif, je me félicite de compter des abrutis apolitiques comme vous dans mon équipe.

— Merci pour le compliment ! Ne le répétez à personne mais je vous crois innocent.

— Ne me dites pas que c'est une intuition.

— De la part d'un expert, ça devrait vous faire plaisir.

Le shérif lui répondit d'un sourire crispé.

Dans l'entrée, Grissom avait repris son air préoccupé.

— Il nous faut un mandat de perquisition pour fouiller la maison et le bureau du maire, dit-il à Sara.

— Attendez ! Vous croyez qu'un juge va nous donner un mandat sur la seule foi de l'ADN mentionné dans ce dossier ?

— Non seulement ils avaient une liaison mais nous possédons également les empreintes d'Harrison relevées dans la voiture de Candace Lewis le jour où elle a disparu. Allez voir le juge Giles, il acceptera.

— D'accord.

Ils n'étaient pas encore sortis de l'hôtel de ville que le portable de Grissom sonnait. Il le détacha de sa ceinture, appuya sur un bouton et le porta à son oreille :

— Grissom.

Il écouta un instant.

Tout en marchant, il répondit :

— Entendu. Sara et moi avons à faire ici… Mais ça va certainement soulager Mobley.

Il écouta encore.

— D'accord. A tout à l'heure.

Il coupa la communication et replaça le téléphone sur sa ceinture.

Ils marchèrent un peu avant que Sara demandât :

— Vous attendez que je vous supplie ?

— C'était Warrick. Il a les échantillons de moquette pris dans la maison du shérif. Ça n'a rien donné.

— C'est une bonne nouvelle, du moins pour Mobley.

— Chaque chose en son temps. Nous avons encore quelques suspects sous la main.

— A commencer par le maire.

— D'abord. Maintenant on va chercher ce mandat pour lui gâcher sa journée.

7

L'agressivité de Gary Randle n'avait pas suffi pour offrir à Catherine Willows un mandat de perquisition dans la maison du suspect, mais au moins avait-elle obtenu une décision judiciaire pour prélever ses empreintes digitales, mais il lui faudrait patienter jusqu'au mercredi matin. En attendant, Catherine et Nick en apprirent beaucoup sur le publicitaire.

Quelques rapides coups de téléphone, le mardi, leur avaient confirmé que Randle était bien passé à l'agence durant le week-end. Janice Denard et plusieurs autres employés se souvenaient de l'y avoir vu mais personne n'aurait pu jurer s'il avait ou non travaillé à son bureau ni s'il s'était rendu dans le box de Ben Jackson. Personne ne savait non plus sur quel projet il s'était penché.

Malgré l'efficacité d'une Janice Denard, Catherine trouvait la Newcombe-Gold dirigée de façon pour le moins fantaisiste.

Lorsque la décision judiciaire arriva, ce mercredi matin, Nick soutint à Catherine qu'elle n'avait pas besoin de l'accompagner.

— Je t'assure, ce n'est pas la peine ! Pas besoin de plusieurs experts pour prendre des empreintes.

Elle finit par céder ; d'ailleurs elle était encore tellement remontée contre ce mauvais coucheur qu'il valait mieux ne pas insister.

De leur côté, Nunez et son équipe avaient fini de copier les disques durs de l'agence et s'apprêtaient donc à lui rendre une partie de son matériel. Les employés allaient pouvoir se remettre au travail. Au moins ce problème était-il réglé. Ce qui ne pourrait qu'inciter la Newcombe-Gold à se montrer plus coopérative durant les jours difficiles qui s'annonçaient.

En attendant le retour de Nick, Catherine repassa pour la troisième (ou quatrième ?) fois ce qu'ils avaient appris au sujet de Randle grâce aux informations récoltées par O'Riley auprès des voisins et d'autres agences ainsi que de tous les fichiers de police.

Divorcé d'une femme alcoolique prénommée Elaine, Randle avait obtenu la garde de leur fille de quatorze ans, Heather ; conseiller d'orientation bénévole, il aidait les jeunes de la communauté presbytérienne de Scenic Peak, sur Del Webb Boulevard, à Summerlin. Il habitait avec sa fille une maison sur Crown Vista Lane, non loin de Fort Apache Road et de Prize Lake Drive.

Randle avait d'abord perdu la garde de sa fille mais, lorsque Elaine fut accusée de conduite en état d'ivresse et de mise en danger d'enfant mineur, le père n'eut aucun mal à récupérer l'enfant. Pour sa part, l'ex-épouse semblait sobre depuis son arrestation, cinq années auparavant. Son dossier juridique montrait qu'elle avait toujours des contacts avec sa fille qu'elle pouvait rencontrer au cours de visites surveillées.

L'allure vaguement nautique dans son ensemble polo à rayures marine et son pantalon bleu, Nick Stokes revint en brandissant un carton blanc.

— Arrêtez les rotatives ! s'écria-t-il. J'ai les empreintes du gus.

— Si tu dis « gus » pour reprendre une expression de mon temps, ça ne fait pas jeune, maugréa Catherine en faisant virevolter son fauteuil. Donne-moi plutôt ces empreintes qu'on les soumette à l'ordinateur central.

— Tout de suite.

Ils se retrouvèrent à galoper dans le corridor.

— Et je dis « gus » parce que je dis « gus »… c'est tout.

Catherine s'arrêta brusquement, le faisant freiner de justesse. Elle lui pointa l'index sur la poitrine :

— Nicky, n'oublie pas. C'est moi qui mène la danse.

— C'est vrai que ça me sort parfois de l'esprit.

Ils reprirent leur chemin.

— Je veux savoir le plus vite possible s'il existe une correspondance.

— Ce serait sympa d'épingler ce mec.

Catherine lui jeta un regard en coin :

— Tu crois qu'il est coupable ?

— Je ne crois rien du tout !… Je veux dire… Enfin… il fait un super suspect.

— Un suspect idéal.

— Ça n'en fait pas un coupable pour autant.

— Bien sûr que non.

— Seules les preuves nous le diront.

— Tout à fait, Nicky. On reste cool.

— Tu ne crois pas… qu'à cause de… ta fille… de mon passé et…

— Nick ! On est des pros.

Ils avaient déjà entré les empreintes de tous les autres employés dans l'ordinateur ainsi que les deux séries trouvées sur le clavier de Ben Jackson. L'une provenait de son titulaire, l'autre restait non identifiée.

— Soit c'est Randle, dit Nick. Soit…

— Soit on retourne à la case départ. Et j'ai horreur de ça.

— Quand même pas au départ. Ruben Gold est parti vendredi, d'accord, mais on devrait malgré tout enquêter sur lui, lui parler… et Roxanne Scott se trouvait à l'agence samedi.

— Et si ça ne donne rien non plus ?

— Alors on retournera à la case départ.

Catherine y avait tout de même pensé puisqu'elle avait demandé à O'Riley de vérifier les références des gardiens. On ne savait jamais…

Cependant, il leur restait quelques étapes à franchir avant de baisser les bras.

Tandis que Nick s'occupait des empreintes, Catherine rendit visite à Nunez. Celui-ci avait rendu le matériel informatique à l'agence et pouvait maintenant se concentrer sur ses copies de travail.

Elle le trouva dans le garage où ils avaient débarqué le matériel avec son équipe. Les autres étaient partis, le laissant seul pour se débattre dans une montagne d'informations.

— *Quoi de neuf, docteur ?* demanda-t-elle avec un large sourire.

Il leva la tête de son écran :

— Tu n'es pas au courant ?

— De quoi ?

— Bon, je te le dis, mais défense d'exécuter le porteur de mauvaises nouvelles.

— Qu'est-ce qu'il y a, Tomas ?

— Mobley m'a déchargé de votre affaire... à titre temporaire ! Juste à titre temporaire...

Catherine sentit une rage froide lui monter au nez mais fit de son mieux pour ne pas se défouler sur Nunez :

— Et pourquoi ce cher homme aurait-il fait *ça* ?

— Désolé, mais il y a un crétin qui est entré dans le système informatique d'une banque, cette nuit, et le shérif m'a mis dessus en priorité. Je reprendrai ton dossier dès que possible, mais, pour le moment, Mobley ne me lâche pas. Il veut la peau de ce pirate.

— Je te parie que le président de cette banque fait partie de son comité d'élection à la mairie...

— Arrête ! Je ne fais pas de politique, moi !

D'un geste agacé, elle fit craquer les jointures de ses poignets.

— C'est bon, Cath, je n'ai pas que de mauvaises nouvelles pour toi.

— Remonte-moi le moral.

Nunez fit de son mieux :

— J'ai maintenant la copie conforme des trente disques durs, y compris les fichiers effacés et les blocs inutilisés. S'il reste la moindre trace de pornographie infantile dans une de ces machines, je la trouverai.

— C'est vrai que c'est une bonne nouvelle. Mais quand ?

— Dès que j'aurai trouvé le pirate de la banque, à moins que Mobley ne décide de m'y remettre tout de suite.

— Jusque-là, tu n'avais rien trouvé de spécial ?

— Non. Le disque dur de Ruben Gold ne contenait pas une seule photo porno.

— Bon, c'est toujours un début.

— Je n'en ai pas trouvé non plus sur les ordinateurs clients.

— Les ordinateurs clients ?

— Les autres machines du réseau.

— Alors comment ces photos sont-elles arrivées là ?

— Il y a des tas de possibilités, mais je ne sais pas encore laquelle.

Catherine n'aimait pas cela. Pour s'assurer qu'elle avait bien compris, elle insista :

— Donc, il n'y a pas trace de pornographie dans ces ordinateurs ?

— Même pas une trace de visite sur un site Internet adulte. J'ai parcouru toutes les photos qu'ils pouvaient contenir, mais je n'ai rien trouvé de semblable à celles qui ont été imprimées chez Gold.

— Pourtant, le fichier d'impression provenait bien du poste numéro dix-huit ?

Elle ne comprit pas vraiment la réponse :

— J'ai inspecté les disques durs du serveur.

Bouillant d'impatience, elle fit mine de le suivre. En réalité, sa fille, Lindsey, devait en savoir plus qu'elle sur le fonctionnement de ces machines. Et Nunez poursuivait sa démonstration :

— J'ai trouvé des fichiers d'impression transmis sur l'ordinateur de Gold, qui portaient les noms de « angel1.jpeg », « angel2.jpeg », ainsi de suite, jusqu'à « angel12.jpeg », jpeg étant un système de compression d'images.

— Ce qui nous donne ?

— J'ai vérifié les fichiers de logs du réseau et j'ai découvert que les photos qui avaient transité sur la machine de Gold provenaient d'un ordinateur client d'adresse IP 1.160.10.240.

— C'est bon ! Je ne peux même pas faire *semblant* de comprendre…

— Une adresse IP est un identifiant attribué à un ordinateur ou tout autre dispositif sur un réseau TCP/IP. Ces réseaux redirigent les messages selon l'adresse IP du destinataire.

— Le destinataire, releva Catherine. Pas l'expéditeur ?

— Attends, ne mets pas la charrue avant les bœufs. Il y a mieux. La date et l'heure du fichier d'impression montrent qu'il a été créé samedi matin très tôt. Ensuite, l'adresse IP trouvée dans le log du serveur indique qu'il provenait de l'ordinateur client numéro dix-huit.

Elle poussa un soupir de soulagement.

— Donc… on avait raison ; et tout ce que tu as fait le confirme.

— Ça nous laisse encore de grands *si*.

— D'un autre côté, on n'a pas vraiment avancé plus loin que ça.

— Pas vraiment… et tant que Mobley me retiendra sur ce pirate, on sera bloqué.

— Si tu peux voler un peu de temps…

— C'est promis.

— Merci, Tomas.

Elle sortit, exaspérée.

Elle trouva Nick attelé devant son clavier et, sans attendre, se lança dans sa diatribe :

— Mobley m'a pris Tomas pour confondre un pirate bancaire !

— Tu penses ! Les gros sous, c'est bien plus grave que la pornographie infantile.

— Tu plaisantes, là ?

— D'après toi ? demanda-t-il en reprenant son travail.

Mais elle était déjà repartie dans ses imprécations :

— Il n'y a pas que les crimes de sang ou d'argent ! Mobley se moque des pédophiles, pour lui, c'est de la petite bière ! Eh bien, pas pour moi !

— Pour moi non plus.

Elle s'arrêta un instant, surprise.

— Je sais, mais…

Avec un garçon tranquille comme Nick, elle ne parvenait pas à contenir la rage qui l'habitait. Si personne ne la retenait, elle allait tout casser. Luttant de toutes ses forces pour ne pas exploser, elle se laissa tomber sur une chaise. Nick lui posa une main sur l'épaule.

— Merde ! s'exclama-t-elle au bord des larmes. Merde, merde, merde ! Si tu dis à Grissom que j'ai craqué, je…

— Arrête ! Ton secret est en sécurité avec moi.

Elle éclata d'un petit rire nerveux.

— C'est… c'est juste… que… si je tenais cet enfoiré de Mobley, je lui dirais…

— Je sais, je sais.

— Nicky, ces filles sur ces photos… elles sont à peine plus âgées que Lindsey !

— Je sais.

— Et la police a l'air de s'en ficher.

— Je sais bien.

Cette fois, elle tomba dans ses bras et lui tapota le dos comme si c'était lui qui pleurait.

Il la repoussa en souriant, déclarant d'une voix ferme :

— On va trouver. On va l'arrêter cette pourriture. Tu veux une bonne nouvelle ?

— Oui. Oui… c'est ça. J'en ai besoin.

— Les empreintes de Gary Randle ont donné quelque chose.

— Oh, Nicky ! C'est génial. Je t'avais dit qu'il faisait un bon suspect.

— Non, tu as dit un suspect idéal.

Elle poussa un énorme soupir – comme si elle émergeait du fond d'un lac et pouvait enfin respirer.

— C'étaient ses empreintes sur le clavier de Ben Jackson, continua Nick.

— Et l'AFIS ?

Elle faisait mention au fichier national des empreintes.

— J'ai vérifié mais il n'a pas d'antécédents.

— En tout cas, ça suffira pour un mandat de perquisition. On peut entrer chez lui, maintenant !

— Eh oui ! Tu n'as plus qu'à appeler le juge, Cath. Je me charge d'O'Riley.

Une heure plus tard, les experts revenaient à la Newcombe-Gold et se dirigeaient en file indienne vers le bureau de Gary Randle. C'était Nick qui ouvrait la marche, une liasse de papiers à la main, suivi de Catherine avec sa mallette, O'Riley sur ses talons. En arrivant à proximité de la salle de conférences, ils tombèrent sur Janice Denard.

— Avez-vous trouvé quelque chose ? demanda l'assistante.

— On cherche, assura Nick.

— On progresse, renchérit Catherine en lui remettant une copie du mandat qu'elle venait de récupérer chez le juge.

Janice Denard s'arrêta pour lire le document, tandis que les autres poursuivaient leur progression. Randle les repéra tout de suite à travers la paroi vitrée de son bureau et il se leva d'un bond.

— Ce n'est pas vrai ! s'exclama-t-il. Ça devient du harcèlement ! Vous les avez vos fichues empreintes !

Nick lui fit face :

— Et nous vous remercions pour votre coopération. Vous n'avez même pas à répondre à nos questions sur votre présence ici ce week-end. Nous savons que vous êtes venu.

O'Riley s'avança pour tenter de calmer le jeu tandis que l'autre explosait :

— Eh oui, j'étais là, bon Dieu ! Je travaille ici !

Il portait un élégant costume anthracite, une chemise blanche et une cravate rayée de diagonales rouges et bleues.

— Vous savez, lança Catherine d'un ton faussement léger, rien ne vous interdit de mettre une sourdine. Ça fera meilleur effet.

— Qu'est-ce que vous me chantez là ?

Ce fut Nick qui reprit les explications :

— Ce n'est pas juste que vous étiez là ce week-end, monsieur Randle, mais que vous vous êtes également servi du poste de travail de Ben Jackson. Vos empreintes le prouvent.

La colère de Randle s'évapora d'un coup et il éclata de rire, comme si, à présent, ces policiers se couvraient de ridicule.

— Non, mais vous rigolez ! C'est pour ça que vous

faites tout ce bazar ? Parce que j'ai utilisé l'ordinateur d'un pauvre nase parti faire un tour à la campagne ? C'est Newcombe ou Gold qui veut tout d'un coup nous serrer la vis ?

Catherine s'avança :

— C'est bien parce que vous avez utilisé l'ordinateur d'un pauvre nase pendant le week-end. Et c'est la police que ça regarde.

Elle lui mit sous le nez les photos pornographiques.

— Plus précisément, ajouta-t-elle, c'est parce que vous vous êtes servi de l'ordinateur de Ben Jackson pour imprimer ceci et une dizaine d'autres photos du même type… Alors, monsieur Randle !… Vous ne riez plus ?

Il ne riait pas du tout. Comme s'il s'était soudain étranglé en découvrant la scène. Il recula jusqu'à ce que sa table l'empêche d'aller plus loin.

— Vous… vous croyez que j'ai fait *quoi* ?

Tout d'un coup, sa colère revint, doublée d'une agressivité qui lui rendait toute son ardeur :

— Vous croyez que j'ai imprimé ces saloperies… sur du matériel de l'agence ? Et que je me complais dans ces trucs de malade ? J'ai une fille, moi, une adolescente ! Vous êtes tous complètement barjes ! Non, mais vous n'allez pas croire…

Détachant enfin ses yeux du cliché, il fixa Catherine qui soutint son regard histoire de lui faire comprendre qu'effectivement elle croyait… et qu'elle ne le lui envoyait pas dire.

Alors il comprit et s'assit au bord de son bureau, bouleversé.

Nick s'approcha de lui :

— Pourriez-vous nous dire ce que vous avez imprimé samedi ? S'il ne s'agissait pas de ces photos ?

Les prunelles de Randle se posèrent sur Nick mais celui-ci demeura de marbre.

— Vous n'allez pas croire que je…

Subitement, il renonça :

— Je crois que je pourrai vous raconter tout ce que je voudrai, vous m'avez déjà condamné.

— Monsieur Randle…

— Je ne dirai plus un mot tant que je n'aurai pas vu mon avocat.

— C'est votre droit, intervint O'Riley d'un ton glacial.

— Nicky, dit Catherine, donne le mandat à M. Randle.

Celui-ci s'exécuta :

— Nous l'avons déjà remis à Mme Janice Denard, en tant que représentante officielle des propriétaires de la Newcombe-Gold ; mais eu égard à vos droits, nous vous en remettons une copie.

— Merci beaucoup, marmonna Randle d'une voix cassée.

Cependant, Nick lui tendait une seconde liasse :

— Et ceci pour votre maison.

Randle ne réagit pas tout de suite, contemplant les feuillets comme s'il s'agissait d'un verre de poison. Et il demeura là, sans bouger, sans rien dire. Et Nick demeurait là, le bras tendu, sans bouger, sans rien dire.

Au bout de quelques longues secondes, Randle finit par les prendre.

— Il faut que j'appelle mon avocat. Je peux ?

— Bien sûr.

L'homme sortit son portable de sa poche.

D'un geste vif, Catherine le lui arracha des mains.

— Mais pas avec ça !

— Ça ne va pas ! éructa Randle. Vous déraillez ! Vous ne pouvez pas m'empêcher d'appeler mon avocat !

— Je n'ai jamais dit ça. Mais c'est nous qui allons composer le numéro.

Il en resta ébahi.

— Mais *pourquoi* ?

— Peut-être parce que vous n'êtes pas tombé de la dernière pluie, répondit-elle tranquillement. Nous vous savons capable de faire effacer votre disque dur, à la maison, d'un simple coup de fil.

— Vous êtes malade… pourquoi est-ce que je détruirais mon propre ordinateur ? Et comment est-ce que je ferais… d'un simple *coup de fil* ?

— Monsieur Randle, si vous êtes le trafiquant de photos pornographiques que nous croyons, vous connaissez déjà la réponse. Sinon, je vous conseille de nous laisser faire notre travail qui devrait dès lors nous conduire à vous blanchir de tout soupçon.

— Oh ! Trop content de voir que vous travaillez pour moi.

— Quel est le nom de votre avocat ? demanda Nick.

— Jonathan Austin.

— Vous avez un annuaire ?

— Dans le dernier tiroir de mon bureau.

— Pourriez-vous nous le sortir, je vous prie ?

— Pas la peine, bon sang ! Je le connais par cœur, ce numéro !

Le ton de Nick se durcit :

— Votre annuaire, monsieur.

Suivi d'O'Riley qui ne le quittait pas des yeux,

Randle alla le chercher et le tendit à Nick qui explora les pages jaunes à la rubrique AVOCATS et trouva plusieurs lignes consacrées à Jonathan Austin. Il composa le premier numéro sur le téléphone de bureau de Randle et attendit la sonnerie avant de lui passer le combiné.

Celui-ci patienta un instant puis parla dans le récepteur :

— Maître Austin, je vous prie.

Il écouta.

— Oui… Gary Randle.

Une autre attente.

— Jonathan ? Gary Randle.

Il expliqua la situation puis écouta la réponse avant de reprendre :

— Je ne peux les en empêcher ?… Bon, bon, dans ce cas, venez le plus vite possible. Ils ne veulent rien entendre… je suis au bureau.

Il raccrocha et annonça :

— Mon avocat sera là dans un quart d'heure.

Catherine était en train de fermer la pochette de plastique dans laquelle elle venait d'enfermer le portable de Randle.

— Vous prenez mon *téléphone* ? s'exclama Randle, outré.

— Le temps de nous assurer qu'il ne fait pas partie du dossier.

Le publicitaire poussa un soupir résigné mais ne dit rien.

— Allons faire un tour, proposa O'Riley.

— Non, je préfère attendre ici.

— Je m'en doute mais nous devons laisser les criminalistes faire leur travail.

— C'est mon bureau, pas une scène de crime !

Catherine lui décocha un sourire qui n'avait de sourire que le nom.

— Nous vous tiendrons informé.

Plein d'amertume, Randle suivit donc l'inspecteur vers le corridor où les deux hommes épièrent à travers la paroi vitrée le travail des experts.

Catherine commença par jeter un regard circulaire autour d'elle, évaluant les lieux tandis qu'elle enfilait ses gants de latex. A peine plus petit que ceux de Newcombe ou de Gold, le bureau de Randle paraissait plutôt spartiate. La baie vitrée du fond possédait un rideau, ouvert en ce moment, mais les trois autres murs n'offraient pas la moindre décoration, pas le plus petit cadre, rien que des rayons de livres et toute une panoplie de prix et de coupes. Près du mur de gauche se dressait une grande table à dessin, légèrement inclinée, accompagnée d'une chaise à roulettes et, au fond, un meuble offrant un écran de télévision, un magnétoscope et un lecteur DVD.

Etonnant qu'une personne vivant dans un monde tellement visuel puisse se contenter d'une décoration aussi dépouillée, songea Catherine ; peut-être préférait-il garder l'esprit libre de toute représentation extérieure pour pouvoir exprimer les siennes. D'un autre côté, elle ne tenait pas vraiment à savoir quelles images pouvaient hanter l'esprit de ce monsieur…

Elle examina l'épaisse moquette en se demandant si elle ne ferait pas mieux de prier Nick d'y passer son petit aspirateur, encore qu'il s'avérerait sans doute inutile de vouloir y relever quelque empreinte de pas que ce fût alors qu'ils venaient tous de consciencieusement piétiner les lieux.

Deux fauteuils faisaient face à l'énorme bureau d'acajou et, derrière, le long du mur, trônait un canapé de cuir vert. Quelques dossiers ouverts s'étalaient sur le bureau, un téléphone, une lampe banquier et une photo encadrée.

Catherine fit le tour du meuble pour découvrir le portrait d'une fillette blonde aux cheveux bouclés, âgée d'une douzaine d'années, toute souriante, et de Randle qui avait passé un bras sur son épaule – sa fille, sans doute. Etant donné la nature de l'affaire, elle décida de s'en assurer, prit la photo, et lança en direction du corridor :

— Votre fille ?

— Oui, Heather.

Elle remit le cadre à sa place et se tourna vers son collègue :

— Tu prends le bureau ou les rayons ?

Nick jeta un coup d'œil vers les étagères pleines de livres et de revues – seul signe de désordre dans toute la pièce – et répondit :

— Ça ne t'ennuie pas si je choisis le bureau ?

— Petite nature !

Ils échangèrent un sourire et se remirent au travail. Les rayonnages devaient être en acajou, cinq grandes étagères dont les deux du sommet contenaient des livres du genre *Ecrire sans faute* et *Améliorez votre style*, des dictionnaires, des atlas et de nombreux ouvrages d'art, dont certains, énormes, devaient valoir une fortune. Elle les feuilletait machinalement quand elle s'arrêta sur un nu qui aurait pu à la rigueur servir de preuve si elle n'y avait soudain reconnu une reproduction qu'elle aussi possédait chez elle… un des tableaux de la suite Helga, d'Andrew Wyeth.

Après avoir remis le livre à sa place, Catherine examina systématiquement chaque volume ; elle aborda la troisième étagère où s'alignaient sept classeurs remplis de dessins et d'autres illustrations de campagnes publicitaires dont elle reconnut plusieurs éléments. Cet homme avait du talent. Elle s'apprêtait à feuilleter les magazines qui s'entassaient sur trois piles quand elle sentit comme un regard peser sur elle et se retourna. Randle la fixait d'un air furibond.

— Tu trouves quelque chose ? demanda Nick.

Elle vit son coéquipier penché sur le troisième tiroir du bureau.

— Rien. Et toi ?

— *Nada*.

Cependant, les mimiques de Randle lui mirent la puce à l'oreille.

— Continue, dit-elle. J'ai l'impression qu'il nous surveille pour voir ce qu'on va découvrir.

— C'est normal, Cath.

— Peut-être.

C'est alors qu'elle vit arriver un homme de haute taille, aux cheveux blancs, qui serra la main du publicitaire avant de lui poser une paume sur l'épaule. Son avocat sans aucun doute. Catherine se replongea dans ses recherches.

Elle abordait la deuxième pile quand elle se figea…

Parmi les magazines professionnels, elle sentit une épaisseur grise entre les pages d'un numéro d'*Adweek*.

— Nick.

— Oui ?

— L'appareil. Viens me prendre une photo.

Il arriva aussitôt, armé de son objectif.

— Qu'est-ce que tu as ?

Elle ouvrit le magazine et – coincé entre une pub de bière et un article sur l'agence qui l'avait créée – apparut une disquette Zip anthracite, sans étiquette. Nick mitrailla.

Alors Randle surgit devant eux, les yeux exorbités.

— Ce n'est pas à moi ! hurla-t-il d'un ton rageur. Je ne sais pas ce que c'est, ni d'où ça vient !

Son avocat le rejoignit. C'était un homme d'une soixantaine d'années, à la tenue impeccable.

— Gary, lui intima-t-il. Du calme ! Ne dites pas un mot.

Sans tenir compte de ce qu'il venait de lui conseiller, Randle se tourna vers lui :

— Jonathan, je ne sais pas comment ce truc a atterri là – c'est la première fois que je le vois.

Austin leva sur Catherine un regard bleu délavé, brillant d'intelligence, un beau visage au nez droit et aux traits fins :

— Autrement dit, énonça-t-il calmement, il n'y a sans doute rien dans cette disquette.

Sans trop comprendre où il voulait en venir, Randle balbutia :

— C'est possible, mais…

Austin le fit taire d'un geste des deux mains.

— Si elle ne représente rien du tout, il n'y a aucune raison de s'énerver, n'est-ce pas, Gary ?

Comprenant enfin, Randle se laissa entraîner dans le corridor où tous deux se mirent à discuter à voix basse. O'Riley entra dans le bureau.

— Il y a vraiment quelque chose ?

— En tout cas, notre ami fait tout pour nous donner à le croire. Mais tant que Tomas n'y aura pas jeté un coup d'œil, on ne saura pas… en espérant que le shérif lui en laissera le temps.

O'Riley fit la grimace.

— Il commence à m'enquiquiner, celui-là !

Catherine et Nick poursuivirent leur fouille durant vingt minutes, ne laissant pas passer un centimètre carré du bureau, allant jusqu'à réclamer un escabeau pour inspecter les dalles d'isolation du plafond. Mais, à part la mystérieuse disquette Zip, ils ne trouvèrent rien de spécial.

— Terminé ? demanda Nick.

Catherine jeta un dernier regard autour d'elle.

— Oui. Si on allait visiter la *casa* Randle ?

— Tu passes beaucoup trop de temps avec Tomas…

Dans le corridor, ils informèrent Austin et Randle de leur intention, rassemblèrent leur matériel et partirent en convoi vers Crown Vista Drive : le Tahoe du CSI devant, puis la Jaguar de Randle et Austin, enfin la Taurus d'O'Riley. Nick emprunta le boulevard circulaire qu'il suivit jusqu'à Flamingo d'où il bifurqua vers Apache Drive. Les lotissements édifiés en bordure du lac formaient de petites rues sinueuses, dont la Crown Vista Drive. Le Tahoe se gara devant le numéro 9407.

La Jaguar d'Austin s'arrêta devant un grand garage pouvant contenir trois voitures et O'Riley se mit derrière : si l'avocat voulait s'en aller avant que la police en ait fini, il devrait rouler sur la pelouse.

La maison à un étage était d'une taille impressionnante mais typique des constructions de ces villes du désert : stuc crème, toit de tuiles rouges. De la part d'un artiste tel que Randle, Catherine se serait attendue à quelque chose de plus original.

Le jardin du devant, vert et bien entretenu, présentait

un orme chinois, entouré d'un paillis et de cailloux. Deux colonnes soutenaient le balcon du premier étage au-dessus de l'entrée, formant une véranda qui entretenait une ombre permanente sur le devant.

O'Riley suivit l'avocat et son client vers la porte tandis que Catherine et Nick sortaient leur matériel du Tahoe. Ils les rejoignirent sur le perron où le publicitaire tirait nerveusement sur sa cigarette.

L'inspecteur leur présenta la porte d'un geste théâtral :

— C'est ouvert !

— Vous n'entrez pas ? demanda Catherine.

— Non, je vais tenir compagnie à l'avocat et à son client.

— J'ai conseillé à M. Randle de vous laisser aller où vous voudriez, annonça Austin. Il se tient à votre disposition si vous avez besoin de renseignements.

— Merci, dit Catherine en enfilant ses gants de latex.

La porte d'acier s'ouvrit sur un vestibule qui donnait dans un solarium meublé de rotin ; sur la gauche, l'escalier menant au premier, au fond, une porte entrebâillée sur un cabinet de toilette, une autre sur la droite que Nick ouvrit, révélant le vaste garage.

Catherine entra dans la cuisine de style bateau dont le comptoir donnait sur une salle de séjour meublée d'un profond canapé, de deux fauteuils aussi profonds, d'un téléviseur à plasma et d'étagères noires surmontées d'un monstrueux équipement stéréo. Les grandes baies du fond surplombaient les eaux bleues d'une piscine.

— Ça paie, la pub ! observa Nick.

— Non, ça rapporte.

Un corridor menait à une grande chambre qui –

d'après sa décoration masculine et son coin travail – devait être celle de Randle.

— Tu prends le premier ou le rez-de-chaussée ? demanda Catherine.

— Comme tu veux. Le premier.

Catherine commença par examiner le coin travail. Sur un secrétaire préfabriqué s'alignaient un ordinateur, une imprimante, un scanner et un lecteur Zip. Dernier détail qui retint particulièrement son attention : Randle pouvait fort bien avoir chargé les photos porno chez lui pour les emporter ensuite à l'agence à l'aide de la disquette découverte dans son bureau.

S'inspirant des procédés de Tomas, elle commença par tout photographier, fils et prises compris, avant de débrancher chaque élément.

Deux heures plus tard, une kyrielle de pièces à conviction s'entassaient dans le solarium : la machine de la chambre et tous ses périphériques ; un ordinateur portable que Catherine avait découvert dans un coin, au pied du canapé ; une autre unité centrale que Nick avait descendue du premier ; et, détail non négligeable, deux caisses récupérées dans le placard de Randle.

L'une était pleine de magazines porno hard et d'albums photo où Randle et une dizaine d'autres personnes s'ébattaient dans diverses positions. L'autre débordait de DVD et de vidéos X. A première vue, les magazines – *Penthouse*, *Hustler* et autres – semblaient ne contenir que des photos et des articles pour adultes.

De même, les albums tournaient davantage autour de parties coquines entre adultes consentants. Catherine savait que l'absence de photos d'enfants ne signifiait pas grand-chose, encore que les tendances sexuelles de

Randle apparaissent nettement orientées vers la pornographie. Ce qui n'en faisait certes pas un pédophile pour autant.

Au bout d'une demi-heure de fouille, Nick avait proposé à Randle et à son avocat, ainsi qu'à O'Riley, de venir s'asseoir dans la cuisine où ils attendirent en buvant du café et en regardant CNN.

Comme Catherine et Nick s'apprêtaient à charger le matériel réquisitionné, Randle dut se douter de ce qui se passait, car il rappliqua soudain dans le solarium, son avocat (et par conséquent O'Riley) à ses basques.

Il s'effaroucha en découvrant le quasi-déménagement qui se préparait :

— Ce n'est pas un peu excessif… Hé, vous n'allez pas prendre aussi l'ordinateur de *ma fille* !

— Tous les ordinateurs de la maison sans exception, dit Catherine.

— Attendez ! Elle en a *besoin* ! Comment voulez-vous qu'elle fasse ses devoirs ?

— Nous allons tâcher de vous le rapporter le plus vite possible, promit Nick. Mais dans le cas présent, nous devons vérifier tous les ordinateurs avec lesquels vous avez pu entrer en contact.

— Vous en avez une belle collection ! observa Catherine en désignant les caisses de magazines et de vidéos.

— Et alors ? Ce n'est pas illégal !

— Pas illégal… juste un peu ennuyeux quand on est inculpé de délit sexuel.

L'avocat s'avança vers elle :

— Madame Willows, je crois ? Avez-vous trouvé de la pornographie infantile dans tout cela ?

— Pas pour le moment.

— Mais nous sommes loin d'avoir tout vérifié, ajouta Nick. Votre client est un sacré connaisseur !

— Attendez ! intervint la voix irritée de Randle. Vous ne trouverez aucun matériel pédophile dans tout ça parce qu'il n'y en a pas !

— Et ces albums de photos ? demanda Catherine. La pornographie c'est une chose, seulement vous y prenez une part pour le moins… dynamique.

L'avocat toucha le bras de son client et reprit la parole :

— Vous n'avez pas à vous justifier, Gary. Nous en reparlerons…

— Je n'ai rien caché ! coupa Randle.

— Je sais, mais…

Randle regarda Catherine dans les yeux :

— Voyez-vous, mon ex-femme…

— Elaine.

Il plissa les yeux quand il se rendit compte que Catherine avait enquêté sur lui mais n'en continua pas moins :

— Oui, Elaine… Elaine et moi avons, quelque temps… comment dire… partagé un certain mode de vie.

— Quoi ? Vous avez pratiqué l'échangisme ? Les partouzes ?

— Je n'en suis pas spécialement fier, avoua-t-il en baissant les yeux. C'était une expérience nouvelle pour tous les deux. Nous avions chacun des aventures de notre côté et ça nous a rapprochés, alors nous avons pensé que… Je ne sais pas… que nous allions ainsi sauver notre couple. En fait, c'était une erreur. Je crois que finalement ce sont ces… activités qui ont précipité Elaine vers la boisson.

— Et c'est terminé, maintenant ?

— Depuis longtemps. Nous avons tout laissé tomber, mais… c'était déjà trop tard pour nous.

— Si ce n'était qu'une étape, demanda Nick, pourquoi avoir gardé ces photos ?

— Je ne sais pas. D'ailleurs, je crois que ça ne vous regarde pas. J'ai joué franc jeu avec vous. Ça devrait plaider en ma faveur, non ?

— On n'en est plus là.

— Si ! Parce que je n'ai rien à cacher !

— Pas sur ces photos, en effet, railla Nick.

L'avocat s'indigna de ce genre d'observation mais Catherine changea de sujet :

— Votre ex-femme a un droit de visite, je crois ?

— Sous la surveillance d'une assistante sociale.

— Donc, Elaine n'a pas la garde pendant le week-end ?

— Ça ne lui fait pas plaisir, mais non. En buvant, elle a gâché bien des choses. Elle était ivre quand elle a eu cet accident… avec Heather dans la voiture !

Catherine estimait que ni l'un ni l'autre n'aurait fait un bon candidat pour le parent de l'année. Elle lui tendit une feuille de papier.

— Voici une liste détaillée des objets que nous saisissons. Tout ce qui ne nous apparaîtra pas comme pièce à conviction vous sera retourné en temps voulu.

Randle examina la liste et releva la tête, surpris :

— Qu'est-ce que c'est que cet ordinateur portable ?

— Celui qui se trouvait au pied du canapé, dans le séjour.

— Non.

— Non ?

— Ma petite dame, je n'ai jamais eu d'ordinateur portable.

— Celle-là, je ne la connaissais pas encore ! J'ai déjà entendu « Je ne *possède* pas d'arme » ou « Ceci n'est pas *ma* pelouse », mais…

— Montrez-moi ce portable. Allez… montrez-le-moi !

Nick le lui remit.

— Jamais vu ! s'écria Randle. Ce n'est ni à moi ni à Heather.

— Alors comment a-t-il atterri dans votre salle de séjour ?

Les yeux de Randle paraissaient complètement révulsés et une veine lui battait le front.

— Alors ? insista Catherine.

Pour la première fois, il semblait plus terrifié qu'agacé ou en colère. Cependant, il parvint à balbutier :

— Comment voulez-vous que je vous explique ça ? C'est à vous de le dire. C'est vous les flics !

L'avocat prit fermement son client par le bras :

— M. Randle n'a plus rien déclarer sur cette affaire. Comptez-vous l'inculper ? L'emmener aux fins d'interrogatoire ?

Catherine ne dit rien, Nick garda le silence, ainsi qu'O'Riley.

— Dans ce cas, emportez ce que votre mandat vous permet d'emporter et quittez la maison de mon client.

Les yeux dans ceux de Randle, Catherine répondit à l'avocat :

— Votre client ne doit pas quitter la ville. Il n'a peut-être plus rien à nous dire, mais nous pourrions avoir d'autres questions à lui poser une fois que nous aurons examiné ce matériel au labo.

Le sourire de Nick parut presque sincère :

— Nous vous donnerons bientôt de nos nouvelles, monsieur Randle. Merci pour votre coopération.

L'avocat et son client retournèrent dans la cuisine et O'Riley aida les experts à charger le Tahoe.

Au QG, Nunez réceptionna cette nouvelle cargaison d'ordinateurs et les caisses furent réparties entre les bureaux de Catherine et de Nick.

— Au fait, lança-t-elle à son collègue, avant de nous rincer l'œil… on ne devrait pas prévenir quelqu'un ?

— Un homme de robe ? demanda Nick, narquois.

— Même pas un homme *en* robe… Une femme. Qui ne devrait pas demander mieux que de nous parler de son ex-mari…

Dans l'heure qui suivit, Catherine et Nick – toujours chaperonnés par O'Riley – débarquaient devant une maisonnette de plain-pied dans le quartier paisible de Gunderson Boulevard.

De conception ancienne, avec ses murs gris et son petit jardin propret, l'ensemble n'avait rien à voir avec le luxe tapageur de la résidence de Randle. Devant était garée une Lincoln Continental noire qui détonnait avec l'environnement plutôt modeste du secteur.

O'Riley sonna et, comme si elle s'attendait à leur visite, une femme leur ouvrit presque aussitôt.

— Vous désirez ? demanda-t-elle d'une petite voix sucrée.

— Elaine Randle ?

— Oui, qu'est-ce que c'est ? Vous m'avez l'air un peu… officiels.

Catherine crut percevoir un léger accent du Sud dans ces intonations moelleuses.

L'inspecteur montra sa plaque et fit les présentations.

Le sourire de la femme se figea :

— C'est Heather ? Elle va bien ? Dites-moi qu'elle n'a rien !

— Elle va très bien, assura Catherine.

— Dieu merci ! souffla la femme.

Et son sourire revint.

— Désolée de vous avoir fait peur, reprit Catherine. Moi aussi, j'ai une fille, je comprends. Non, c'est de votre ex-époux que nous aimerions vous parler.

Le sourire disparut complètement mais la femme ouvrit la porte.

— Entrez. Il s'est passé quelque chose ? Gary va bien ?

Ils se retrouvèrent à l'intérieur avant que Catherine ait pu répondre :

— Votre époux va bien. Quant à savoir s'il s'est passé quelque chose… franchement, nous l'ignorons encore. Nous désirons simplement vous poser quelques questions.

— Vous pourriez nous aider à déterminer s'il a ou non un problème, expliqua Nick.

— Je ne suis pas certaine de bien vous comprendre mais je ne demande qu'à vous aider. Puis-je vous offrir quelque chose à boire ?

Ils refusèrent et leur hôtesse les conduisit dans un living propre au décor contemporain et complètement anonyme. Un canapé, deux fauteuils, une petite télévision perchée sur une table roulante dans un coin, une table basse.

— Je ne connais aucun moyen de le dire élégamment, reprit Catherine. Alors voilà : nous désirons vous interroger sur les tendances sexuelles de M. Randle.

La femme porta une main tremblante à sa bouche.

— Oh, mon Dieu… j'avais relégué tout ça dans le passé. Qu'a-t-il fait ? Qu'a *fait* Gary ?

Catherine n'en revenait pas qu'ils en soient arrivés si vite au fait, au point qu'elle se surprit à vaguement défendre le suspect :

— Nous ne sommes pas certains du tout qu'il ait fait quoi que ce soit.

— Ah bon ! J'espère que c'est vrai…

— Pourquoi pensez-vous qu'il ait pu faire quelque chose ?

— Vous savez… les appétits de Gary semblaient ne jamais connaître de limites. Quand nous étions mariés, il en voulait toujours plus… plus de… tout.

— Et vous n'aimiez pas trop ce genre de vie ?

— J'ai *essayé*… pour Gary. Pour notre couple.

— Est-ce que ce stress a eu quelque chose à voir avec vos problèmes de boisson ?

La femme se pencha en avant, pour murmurer à l'adresse de Catherine seule :

— On ne pourrait pas en parler entre femmes ? Excusez-moi, mais c'est… tellement gênant…

— Il ne faut pas vous inquiéter. L'inspecteur O'Riley et M. Stokes, du CSI, sont des professionnels. Il faut qu'ils entendent ce que vous avez à dire.

— Oui… mais c'est…

— Nous sommes là pour réunir des preuves, madame. Pas pour juger.

Elaine Randle poussa un gros soupir puis se jeta à l'eau :

— Nous menions une vie... enfin... je ne vois pas comment le dire autrement : en fonction des goûts pervers de Gary. Il voulait toujours me voir avec d'autres hommes, d'autres femmes, en groupe, quoi. Ça devenait insensé. C'était humiliant, dégradant. Si bien que, comme vous l'avez compris, je me suis mise à boire, d'abord pour oublier mes inhibitions. Et puis je n'ai plus su m'arrêter.

— Est-ce que Gary s'est jamais intéressé à des partenaires plus jeunes ?

La femme partit d'un petit rire moqueur :

— Oui. Quand j'ai eu trente ans, il a eu une aventure avec une fille d'à peine vingt ans. Par la suite, j'ai vu... durant nos soirées échangistes... plus il en trouvait de jeunes plus il était content.

— A ce point-là ?

— Il est complètement obsédé par la jeunesse. Il passait son temps à vouloir attirer l'attention de très jeunes femmes. Au fond, c'est peut-être plus courant que je ne crois.

— Que voulez-vous dire ?

— Il avait trente ans passés, lui aussi. Après tout, s'il cherchait des femmes jeunes, c'était sans doute pour se prouver qu'il pouvait encore leur plaire, qu'il n'avait pas vieilli.

— Elles *étaient* si jeunes que ça ? demanda Nick.

Elaine Randle rougit et répondit à la question sans quitter Catherine des yeux :

— Un soir, peu après notre rupture, il m'a proposé

une partie à trois… j'ai honte !… avec la baby-sitter de notre fille. Elle avait dix-huit ans.

Catherine se rapprocha de leur hôtesse :

— Est-ce qu'il a jamais montré un intérêt… pour des filles encore plus jeunes que ça ?

— De moins de dix-huit ans ? Vous voulez dire des adolescentes ? De l'âge de notre fille… ?

Elle avait à peine osé articuler cette dernière phrase qu'elle n'acheva pas, figée d'horreur.

— De l'âge de votre fille, répéta doucement Catherine. Ou plus jeunes.

Cette fois, Elaine Randle la saisit par le poignet, l'air épouvantée :

— Seigneur Dieu, miséricorde ! Ne me dites pas qu'il a touché à ma fille ! Vous êtes sûre que Heather est en sécurité auprès de lui ? Où est-elle ?

— Elle va bien, affirma Catherine. Nous menons nos investigations sur le lieu de travail de M. Randle.

Prise d'un accès de fureur, la femme se leva brusquement :

— Cette espèce de fumier ! Ce sale pervers de…

Catherine se dressa face à elle, la prit par les bras :

— On se calme, madame Randle ! Nous ne savons encore rien du tout. Votre mari n'est sans doute qu'un passant innocent. Il y a des dizaines d'employés dans cette agence et nous enquêtons sur plusieurs d'entre eux.

— Peut-être… mais c'est le seul qui côtoie ma fille.

— Elaine ! insista Catherine. Je vous ai dit que j'avais une fille, moi aussi. Vous comprenez ?

Elaine Randle détourna les yeux, l'air égarée.

— Je réagirais exactement comme vous à votre place, poursuivit Catherine. Je connais ce besoin maternel de protéger son enfant… Aussi, c'est en tant que mère que je vous le dis : ne vous inquiétez pas.

— Comment voulez-vous…

— Nous ne laisserons rien lui arriver. Elle ne risque rien.

8

Vingt-quatre heures durant, les radios des véhicules de police se focalisèrent davantage sur les Chevrolet blanches que sur un feu arrière cassé.

Et puis une voiture de patrouille annonça suivre une Monte-Carlo blanche au feu arrière cassé vers l'hôtel casino New York New York. Elle grimpait la rampe menant au parking mais, le temps que Warrick Brown et le capitaine Jim Brass arrivent, elle avait disparu, ainsi que le policier lancé à sa poursuite.

Livide, Brass reprit sa radio et apprit que 2Paul34 – la voiture radio en question – avait répondu à un 444… « appel à l'aide d'urgence d'un agent »… sur Russell Road où un automobiliste ivre avait ouvert le feu sur un agent au cours d'un contrôle de routine.

— Tu parles d'une bonne excuse ! grommela Warrick.

La matinée était déjà bien avancée – il aurait dû être en train de dormir, à l'heure qu'il était – aussi l'ivrogne en question était soit un lève-tôt qui petit-déjeunait au vin blanc, soit un noctambule attardé.

Ce qui n'eut pas l'heur de dérider Brass. Pourtant, Warrick savait que l'inspecteur aurait fait exactement la même chose que l'agent à sa place – avant tout, porter secours à un collègue. Brass ouvrit son micro :

— Central… Est-ce que 2Paul34 a communiqué un numéro d'immatriculation ?

La voix féminine répondit dans un grésillement :

— 1Zebra10, affirmatif. Il correspond à la plaque partielle que vous nous aviez indiquée.

— Central. Vous avez noté le numéro entier ?

— Affirmatif.

— Vous pourriez me le communiquer ?

Pendant qu'ils attendaient, Warrick proposa à Brass de parcourir tous les étages du parking pour chercher le véhicule ; ils virent beaucoup de voitures blanches, plusieurs Chevrolet et même quelques Monte-Carlo, mais aucun modèle de l'année qu'ils cherchaient, pas plus que de feu arrière cassé.

Ils finirent par déboucher sur Las Vegas Boulevard que Brass se mit à remonter sans but précis, examinant toutes les voitures qu'ils croisaient, longeant le Strip, histoire de passer le temps dans l'espoir qu'un ordinateur allait bientôt leur fournir le nom et l'adresse du suspect.

Après une attente interminable – soit environ quatre minutes –, la radio grésilla de nouveau :

— 1Zebra10, cette voiture, une Chevrolet Monte-Carlo blanche de 1988, est enregistrée au nom de Kyle A. Hamilton.

— Adresse ?

La voix du central la lui communiqua.

— Bien reçu ! dit Brass. 1Zebra10 sera 423 à cette adresse.

— Bien reçu.

Un appel 423 signifiait qu'ils allaient rencontrer

quelqu'un pour information – pas vraiment le travail d'un expert du CSI mais Warrick et Brass savaient qu'ils pourraient aussi bien aboutir chez un assassin, mettre la main sur des pièces à conviction et peut-être même – étant donné le séjour de Candace Lewis en compagnie de son meurtrier – tomber sur un lieu de crime.

De toute façon, mieux valaient deux têtes plutôt qu'une dans ce genre de situation ; ainsi que deux armes…

L'adresse les mena au nord de la ville, sur Cotton Gum Court, au-delà de Lone Mountain Road et de Spruce Oak Drive. Passé le Strip, à cette heure de la journée, la circulation était plutôt fluide et il ne leur fallut pas plus d'une heure pour atteindre leur objectif, un pavillon, apparemment vide.

Deux étages, un garage, un jardin relativement récents. Avec la sécheresse qui régnait depuis deux ans, on ne voyait plus que des plantes de désert dans les quartiers populaires.

La porte du garage était baissée, les volets clos, les rideaux du premier étage tirés ; il ne manquait que la boule d'herbe sèche poussée par le vent pour compléter l'impression de ville fantôme. Warrick suivit Brass vers la porte d'entrée et l'inspecteur actionna la sonnette. Pas de réponse. Ils insistèrent plusieurs fois, sans succès, firent le tour de la maison, jetèrent un coup d'œil à l'intérieur mais rien ne bougeait.

Brass tenta de se renseigner auprès des voisins. Sur la gauche, ils rencontrèrent une mère de famille qui s'apprêtait à partir faire du sport. Elle témoigna qu'elle trouvait Hamilton aimable, tranquille ; il travaillait toute la journée et parfois même le soir. Quel métier ? Elle n'aurait su le dire, commercial sans doute.

Quand elle eut refermé sa porte, Warrick suivit Brass dans le jardin.

— Ça ressemble furieusement aux remarques des voisins de criminels en série qui n'ont rien vu quand on les interviewe à la télé, observa-t-il.

Brass ne put qu'approuver.

Le voisin de droite n'était pas là.

— Bon, soupira Brass en regagnant la Taurus. On l'attend ?

— Hé, j'ai besoin de dormir un peu ! rappela Warrick. On ne peut pas envoyer une voiture de patrouille pour le surveiller ?

— Pourquoi pas ? Si vous êtes d'accord pour répondre au shérif Mobley quand il voudra savoir pourquoi on immobilise un agent devant la maison vide d'un éventuel suspect.

Warrick réfléchit un instant, puis :

— Ce n'est quand même pas n'importe quelle affaire. Tout le pays est alerté. Le shérif lui-même risque sa carrière. Pour une fois, il devrait trouver la dépense justifiée.

— C'est possible, concéda Brass. Bon, je vais voir ce que je peux faire.

Il prit son téléphone et appela un inspecteur du secteur nord, le mit au courant et raccrocha.

— Il me doit un service, expliqua-t-il. Il envoie une voiture et nous tient au courant.

— Ça ne fera même pas un dépassement de budget, commenta Warrick. Bien joué, capitaine !

Celui-ci daigna sourire avant d'ajouter :

— Et maintenant ? Sur ce genre d'affaire, je suis les directives du CSI.

— Ravi de l'apprendre. Je vais en toucher un mot à Grissom. Je crois qu'il est parti voir le maire. Il pourrait être content qu'on le rejoigne là-bas.

— Bon, alors direction le centre-ville.

En chemin, Warrick appela son patron :

— Griss ? Warrick. On pense avoir repéré le propriétaire du feu arrière cassé mais il n'est pas chez lui.

— Vous avez fait surveiller la maison ?

Warrick le mit au courant de la démarche de Brass et Grissom le pria de l'en remercier.

— Venez donc nous rejoindre, ajouta-t-il. Brass également, s'il est libre.

— Je ne crois pas qu'il ait plus important à faire pour le moment. On se retrouve au bureau du maire ?

— D'abord, dans sa maison ensuite. Nous avons des mandats pour les deux mais ça risque de prendre un certain temps.

— Attendez ! Vous n'avez pas encore pu lui parler ?

— Le juge Clark s'est fait tirer l'oreille pour émettre les mandats.

— Il a dû se demander s'il n'y avait pas un coup fourré là-dessous. Surtout si Mobley y est mêlé.

— Il a bien dû s'en mêler, puisqu'il a fallu son intervention pour convaincre Clark.

— Bon, enfin vous avez les moyens d'agir à présent.

— Nous avons rendez-vous avec le maire à son bureau dans une demi-heure. Vous arriverez à temps ?

— Ça va, ça circule. On se retrouve devant sa porte dans vingt minutes.

Une demi-heure plus tard, Warrick, Brass, Sara et

Grissom prenaient place dans l'antichambre lambrissée donnant sur le bureau du maire. A voir les sièges confortables qui la peuplaient, on n'avait pas de mal à imaginer la pièce suivante et les nombreux visiteurs qui devaient s'y succéder. Cependant, aujourd'hui, l'ambiance paraissait étrangement calme. Outre les policiers, il n'y avait là que le nouveau secrétaire, un jeune homme d'une trentaine d'années en costume gris foncé et cravate bleue, un certain M. Woo, à en croire sa plaque de cuivre. Cela devait changer son employeur de la ravissante Candace Lewis.

— Le maire va bientôt vous recevoir, annonça-t-il.

Personne n'osa prendre un magazine pour passer le temps. Si Brass avait, comme souvent, l'air de vaguement s'ennuyer, Grissom paraissait décontracté, Sara tendue et Warrick entre les deux.

Ce ne serait pas la première fois qu'il rencontrerait le premier dignitaire de la ville, mais c'était une chose que de lui serrer la main au cours d'un dîner de gala, c'en était une autre que de lui remettre un mandat de perquisition sous l'accusation de meurtre.

Woo ne s'était pas trompé, ils n'eurent pas longtemps à attendre.

Après que le secrétaire se fut entretenu à voix basse au téléphone, il se leva et ouvrit la porte. L'air empressé, comme il seyait en la circonstance, le maire Darryl Harrison vint à leur rencontre, en costume trois-pièces fauve et cravate rouge.

L'un après l'autre, en bon pro de la communication qu'il était, il leur serra la main avec un large sourire :

— Entrez, entrez ! Je suis ravi de pouvoir vous exprimer ma gratitude pour tout ce que vous faites en faveur de notre ville.

Avant l'affaire Candace Lewis, il faisait partie des politiciens les plus populaires de la nation. Avec son charisme à la Clinton, beaucoup le voyaient déjà gouverneur du Nevada et bien placé pour la Maison-Blanche. Du moins jusqu'à ce que cette sombre histoire n'éclatât.

Jamais on n'aurait pu croire qu'il traversait une passe aussi éprouvante : ses yeux noirs brillaient d'un éclat vivifiant, son sourire s'ouvrait sur une rangée de dents qui devaient sans doute leur éclat davantage à son dentiste qu'à l'authenticité de ses sentiments. Il rappelait à Warrick un Dean Martin à l'époque où il venait de quitter Jerry Lewis et ne s'était pas encore mis à boire : bronzé, les cheveux noirs et bouclés, une fossette au menton, tout ce qu'il fallait pour faire craquer ces dames et emporter leur vote.

Il passa ensuite à un accueil plus personnalisé.

Respectant la hiérarchie, il commença par Brass :

— Bonjour, Jim. Voilà longtemps qu'on ne s'était parlé !

— Oui, monsieur.

Harrison avait le chic pour se souvenir des prénoms de chacun – un vieux truc de politicien, néanmoins frappant – ce qui donnait l'impression qu'il se souciait de tous les citoyens de la ville en particulier. Ensuite, il se tourna vers Grissom :

— Gil. Quel plaisir de vous revoir !

— Oui, monsieur.

— Je crois que la dernière fois qu'on s'est parlé, vous veniez de résoudre cette affaire de « Double jeu ».

— Ce doit être ça.

— Et je voulais également vous féliciter pour cette

histoire de tronc sans tête – comment s'appelait cette femme, déjà ?

— Lynn Pierce.

— Quelle tragédie !

Passé l'instant de recueillement adéquat, le maire sourit de nouveau :

— Je me demande pourquoi je vous réserve un tel accueil alors que vous avez pour métier de mettre les criminels hors d'état de nuire. Ainsi, vous donnez à Brian Mobley un sérieux avantage sur moi dans la course aux élections.

Ce qui lui valut quelques petits rires gênés.

Il se tourna vers Warrick :

— Nous nous sommes déjà rencontrés.

— Oui, monsieur.

— Warrick Brown, c'est bien cela ?

Surpris, ce dernier sourit :

— Euh… Oui, monsieur.

— Vous avez reçu une citation pour votre courage il y a deux ans, je crois ? En revanche, madame Sidle, nous ne nous connaissons pas encore. Mais je suis au courant de votre impressionnant palmarès.

Sara se détendit :

— Merci, monsieur. Je ne sais trop de quel palmarès…

Le maire n'entra pas dans les détails, laissant à ses hôtes l'impression qu'il n'avait pas assez révisé ses dossiers avant de les recevoir.

Grissom remua la tête, façon de dire qu'il était temps de mettre un terme aux ronds de jambe et de passer aux choses sérieuses :

— Pourrions-nous vous parler en particulier ?

Harrison lui passa un bras sur l'épaule et l'entraîna

vers son bureau ; Warrick nota au passage le frémissement horripilé de son boss devant une telle familiarité.

— Je m'en doute, souffla le maire, c'est bien pour ça que j'ai annulé tous mes rendez-vous et vous ai réservé un quart d'heure… mon assistant est chargé de bloquer tous les appels.

— Un quart d'heure, répéta Grissom, incrédule. C'est trop d'honneur.

Il entra dans le bureau, suivi de ses collègues, et ce fut Woo qui alla fermer la porte derrière eux.

Comme ils s'y attendaient, ils se retrouvèrent dans une pièce spacieuse et confortable éclairée de baies teintées. A l'invitation de leur hôte, ils prirent place dans les quatre fauteuils de visiteurs, face au maire qui proposa :

— Café ? Sodas ? Eau minérale ?

— Non merci, dit Brass.

Ce que Warrick regretta, car il aurait bien bu un verre d'eau…

Le maire joignit les mains et son expression se fit soudain étonnamment sérieuse :

— Alors, que puis-je faire pour vous, Jim ?… Gil ?

Ce fut Brass qui prit la parole :

— J'ai dit à votre secrétaire… M. Woo… que notre visite se rapportait à l'affaire Candace Lewis.

— J'ai bien compris. Je sais également que vous avez repris l'enquête maintenant que…

Il se gratta la gorge et Warrick se demanda s'il jouait la comédie ou s'il était vraiment ému.

— … maintenant qu'il s'agit d'une affaire de meurtre.

— C'est exact, dit Brass.

Là-dessus, le policier sortit les mandats de perquisition et les déposa sur le bureau. Ancien avocat, son interlocuteur les contempla sans ciller ; il n'avait pas besoin qu'on lui dise de quoi il s'agissait. Les mains jointes, appuyé sur ses coudes, il mettait ainsi une sorte de barrière entre ses visiteurs et lui.

La suite du discours s'avéra nettement moins avenante, articulée sur un ton métallique, toute opération de charme oubliée :

— Je n'ai qu'une question à vous poser et je vous demande de me répondre en toute franchise.

— Je vous écoute.

— C'est Mobley qui vous envoie ?

Grissom intervint, d'une voix calme et autoritaire :

— C'est *moi*, monsieur, qui ai demandé ces mandats.

— Je vois.

— J'espère. Si vous me connaissez un tant soit peu, vous savez qu'on ne peut me soupçonner de complaisance envers le shérif Mobley.

— J'ai entendu parler de… certaines tensions.

— Oui, monsieur. Néanmoins, je dois reconnaître que Brian s'est montré très professionnel, par exemple en se récusant lui-même de l'affaire.

Harrison haussa un sourcil :

— Ce n'était donc pas une simple pirouette rhétorique ?

— Il paraissait sincère.

— Ce… cet Anthony, son conseiller politique. C'est une ordure. Est-il vrai que Brian l'a viré ?

— Oui.

— Vous savez pourquoi ?

— J'imagine qu'il n'était pas satisfait de ses services. Mais le mieux serait de poser la question directement au shérif.

— Certes…

— A mon tour de vous poser une question personnelle, reprit Grissom : êtes-vous prêt à vous montrer aussi professionnel que Brian Mobley ?

Une expression ironique creusa les joues du maire :

— Pourquoi ? Il a eu droit à son mandat de perquisition, lui aussi ?

Grissom lui décocha un sourire angélique.

— Oui.

Le maire parut surpris et rouvrit les mains.

— Il va de soi, Gil, que je ferai tout ce qui est en mon pouvoir pour vous aider à mettre la main sur le malade qui a tué Candace.

Warrick trouva l'argument quelque peu téléphoné.

Mais Grissom l'accepta sans sourciller.

— Nous n'en attendions pas moins de vous, monsieur le maire. Pour commencer, j'aimerais que vous preniez connaissance des deux mandats que nous venons de vous apporter.

Harrison sortit des lunettes de sa poche intérieure et ramassa les feuillets qu'il se mit à parcourir, puis il releva la tête :

— Ma maison ? Pourquoi ma maison ?… Candace travaillait ici, au bureau.

— Je vous conseille de lire les mandats attentivement. Sachez tout de même que le juge qui les a délivrés ne l'a pas fait de gaieté de cœur… Et, si vous n'y voyez pas d'inconvénient, j'aimerais envoyer Warrick et Sara chez vous, immédiatement.

Harrison poussa un soupir et leva un doigt :

— D'abord une question.

— C'est bon.

— Est-ce que la presse aura vent de tout ça ?

Grissom esquissa un sourire :

— Vous êtes le maire de cette ville et vous ne saviez pas que nous avions délivré un mandat au shérif.

— Exact.

Pensif, Harrison regarda autour de lui avant de reprendre :

— Croyez-vous, tous autant que vous êtes, que votre tâche serait facilitée si Brian Mobley quittait son poste pour prendre ma place ?

— J'avoue n'y avoir jamais songé, répondit Grissom. Cela n'a rien à voir avec ma façon d'appréhender mes fonctions.

— Il ne vous a pourtant pas épargné.

— Oui, mais je ne me fais aucune illusion. S'il s'en va, il sera remplacé par un autre politicien. Sans vouloir vous froisser, je trouverai toujours le moyen de bien faire mon travail quelles que soient les tentatives des politiciens qui m'entourent.

Sara ne put réprimer un sourire, quant à Warrick, il pouffa légèrement. Seul Brass restait de marbre devant l'air faussement innocent de Grissom.

Le maire finit par en rire :

— Quand je pense que vous dites ça en toute bonne foi !... Puis-je appeler Mme Harrison pour lui faire savoir que vous arrivez ?

Grissom et Brass échangèrent un regard inquiet.

Ce fut le capitaine qui para le coup :

— Nous ne préférerions pas, monsieur. Un tel mandat est destiné à donner une longueur d'avance à la police... Je suis sûr que vous comprenez.

— Tout à fait, soupira le maire. Mais cela m'ennuie de mettre mon épouse... Voyez-vous... comment dire ? Certaines erreurs, déjà...

— Nous sommes au courant, dit Grissom. J'ai ici un rapport du labo qui place votre ADN dans le lit de Candace Lewis.

Harrison blêmit.

— Oh, Seigneur… Quand la presse va-t-elle savoir *ça* ?

— Dès que nous aurons mis la main sur le meurtrier de Candace, expliqua Brass, vous pouvez être sûr qu'il se trouvera un avocat pour se servir de votre liaison avec elle afin de brouiller les pistes et de faire innocenter son client. Il faut vous préparer à cette éventualité.

— Je comprends. Je vous remercie du conseil.

Piaffant d'impatience, Grissom enchaîna :

— Au sujet de Warrick et Sara…

— Qu'ils se mettent en route, lâcha le maire. Ils ne trouveront rien. Tout ce que je vous demande c'est de déranger ma femme le moins possible. Jeanne et moi tâchons de sauver ce qui peut encore être sauvé dans notre couple. Elle est au courant pour ma… mon indiscrétion ; mais si la presse s'en mêle, ça ne va pas nous faciliter les choses.

— Sa présence n'est pas requise, assura Sara.

— Merci, madame. Il se peut d'ailleurs qu'elle ne soit pas à la maison. Elle n'y passe plus beaucoup de temps… surtout quand j'y suis…

— Il faudrait quand même que quelqu'un nous ouvre, fit remarquer Warrick.

— Je vais avertir la bonne.

— Parfait, dit Grissom. Ecoutez, vous pouvez également faire prévenir votre épouse de notre passage mais, si vous faites une seule allusion au mandat de perquisition, cela constituerait carrément une infraction.

— Je comprends.

Le maire passa son appel devant eux à une certaine Maria ; ce fut aussi courtois que bref.

Quand il eut raccroché, Warrick et Sara se levèrent.

— Faites-vous accompagner par Conroy, leur recommanda Brass.

Il parlait de l'inspectrice Erin Conroy, avec qui l'équipe avait travaillé à plusieurs reprises.

— Entendu ! lança Warrick en ouvrant la porte.

Grissom se cala dans son fauteuil et laissa Brass effectuer son travail :

— Maintenant que les jeunes sont partis, je vais vous poser quelques autres questions… auxquelles vous préférerez sans doute répondre en petit comité.

— Allez-y, Jim.

— Tout d'abord, comment se fait-il que votre ADN se soit trouvé dans le lit de Candace Lewis ?

— De la façon la plus naturelle du monde.

— Est-ce que vous vous êtes disputés avant sa disparition ?

— Non. Nous partagions une relation tendre et amicale. Nous ne comptions pas la voir durer longtemps. De par nos professions, nous étions souvent ensemble. Je traversais une mauvaise passe avec ma femme, elle était libre… Ce sont des choses qui arrivent entre adultes consentants.

— Il n'était donc pas question de divorce entre votre épouse et…

— Jim, je vous l'ai dit, notre liaison ne reposait en rien sur ce genre de considération. Disons plutôt que nous nous tenions compagnie… de façon agréable. Et puis je guidais Candy, je lui donnais des conseils pour sa carrière…

Une chance que ce ne soit pas moi qui mène cet interrogatoire, se dit Grissom.

— Il n'a donc jamais été question de divorce ? insista Brass. Votre épouse aurait-elle pu considérer Candace comme une… menace ?

— Non. Il ne faut pas vous accrocher à cette notion. Mes problèmes conjugaux étaient antérieurs à ma liaison avec Candy. Et…

Soudain, il comprit où l'inspecteur voulait en venir et en resta un instant bouche bée.

— Vous… finit-il par articuler, vous ne croyez tout de même pas que *Jeanne* aurait pu faire ça ?… Je vous dis tout de suite que vous feriez fausse route !

— Vraiment ?

— Ma femme est certainement capable de me pourrir la vie mais jamais elle ne s'en prendrait physiquement à qui que ce soit.

Grissom était de cet avis ; il imaginait mal la femme du maire tuant une rivale pour qu'ensuite le cadavre ait été utilisé par quelqu'un d'autre à des fins récréatives.

L'interrogatoire dura encore dix bonnes minutes, sans leur apprendre grand-chose. En quittant l'hôtel de ville, en laissant derrière lui non un politicien charismatique mais un homme profondément choqué, Grissom se prit à espérer que Warrick et Sara auraient plus de chance dans sa maison.

*
**

Si le bureau du maire était grand, sa demeure était opulente. Située à Lake Las Vegas, une résidence clôturée avec poste de gardiennage, la propriété des

Harrison se trouvait dans la même rue que celle de Céline Dion.

Warrick avait laissé un message à Erin Conroy pour lui donner rendez-vous sur place. L'inspectrice n'était pas encore là quand ils arrivèrent, ce qui n'avait rien d'étonnant quand on connaissait la circulation à Las Vegas : aussi erratique qu'un coup de dés dans une salle de jeu.

Le manoir, genre petit château de briques anglais du XVIIIe siècle, aux innombrables fenêtres encadrées de blanc, eût semblé déplacé dans n'importe quelle autre partie de la ville ; ici, il n'en était que plus grandiose. Encore que, à la grande déception de Warrick, il n'y ait même pas d'aire d'atterrissage pour hélicoptères. On n'était plus servi.

Un belvédère à colonnes blanches séparait les deux ailes principales de la bâtisse. A vue de nez, elle devait compter cinq ou six chambres et plus de salles de bains que dans un petit hôtel.

Ils descendaient du Tahoe lorsque le portable de Warrick sonna. C'était Erin Conroy :

— Vous êtes arrivés ?

— On vient de se garer.

— Je suis là dans cinq minutes.

— Ne prends pas l'allée principale pour une autoroute.

— Merci du renseignement !

Sa mallette à la main, Sara sonna ; derrière elle, Warrick tenait le mandat de perquisition bien en vue. Une cloche résonna à l'intérieur, si longuement qu'on aurait pu se croire à l'orée d'un amphithéâtre.

La porte s'ouvrit sur une jolie brune d'une vingtaine d'années, en uniforme bleu clair. Derrière elle scintillaient quelques lustres de cristal sur fond de murs crème et de moulures de chêne brun. Une bouffée d'air froid leur donna l'impression de pénétrer dans une glacière.

Il faisait pourtant juste assez chaud pour qu'on songe enfin à mettre la climatisation en route. Quant à l'accueil de la bonne, il était à peu près aussi réfrigérant :

— Vous êtes la police ? demanda-t-elle avec un léger accent hispanique.

— Nous en faisons partie, rectifia Sara. Le maire vous a annoncé notre arrivée.

— Je peux voir vos plaques ?

La police scientifique n'a pas besoin de fichues...

Warrick fut interrompu dans ses pensées par le geste de Sara montrant le badge qu'elle portait en pendentif.

— Ça vous convient ?

La bonne lut également celui de Warrick et répondit :

— Je crois.

Cependant, elle n'esquissa pas un mouvement pour les laisser entrer.

— Vous êtes Maria ? demanda Warrick.

Histoire de la mettre un peu à l'aise.

Elle hocha la tête. Elle portait une queue-de-cheval et les fixait de ses grands yeux noirs, l'air toujours aussi sévère.

Warrick commençait à perdre patience.

— Vous voulez voir le mandat ? Est-ce que Mme Harrison est là ?

Maria cherchait encore la réponse à ces deux questions élémentaires, lorsqu'une autre voiture – une de ces Taurus interchangeables de la police de Las Vegas, verte, celle-ci – vint se garer derrière le Tahoe. Erin Conroy escalada la pelouse en pente et – sentant peut-être que ses collègues du CSI étaient bloqués à l'entrée – elle sortit de son sac ce que Maria semblait tant appeler de ses vœux : une plaque de police en bonne et due forme.

L'inspectrice était une jolie brune aux yeux verts, aux pommettes hautes, au teint de porcelaine, vêtue d'un ensemble gris clair sur une chemise de soie anthracite, sa veste ouverte laissant parfois apparaître le pistolet qu'elle portait sur la hanche droite. Elle approchait en brandissant sa plaque tel Van Hesling son crucifix devant Dracula.

Ce que voyant, la bonne recula pour la laisser entrer, elle d'abord, ses collègues ensuite.

Warrick repéra immédiatement la propreté immaculée des lieux, presque une chambre stérile.

Cette fois, ce fut Sara qui demanda :

— Mme Harrison est là ?

— *Si*, dit la bonne. En haut.

Mais elle resta plantée sur place.

Levant les yeux au ciel, Warrick demanda :

— Pourriez-vous l'avertir que nous sommes là ?

Maria ne s'était pas encore décidée qu'une voix retentissait dans l'escalier :

— C'est la police, Maria ?

— Oui, madame.

Apparut une femme blonde au regard bleu électrique, à l'expression hagarde malgré ses traits d'une grande beauté.

Elle vint leur serrer la main en se présentant :

— Jeanne Harrison. Je ne demande qu'à vous aider mais je suis attendue pour une partie de tennis… Ça ne vous dérange pas trop ? Faut-il que j'annule ?

Warrick répondit en lui tendant le mandat.

— Qu'est-ce que c'est ? demanda-t-elle.

Elle lut quelques lignes et releva la tête, effarée :

— Mais personne ne m'a dit ça ! Perquisitionner ma maison !

Elle rougit jusqu'aux oreilles.

— C'est la procédure, expliqua Sara d'un ton suave. Nous vous avons déjà fait une fleur en vous avertissant de notre venue.

— Dans ce cas, soyez-en remerciée.

Warrick ne parvint pas à déceler le moindre sarcasme dans cette réponse.

Cependant, Mme Harrison disait à la bonne :

— Maria, veillez à ce que ces agents puissent regarder tout ce qu'ils veulent.

— Bien, madame.

— Maintenant, si vous n'avez pas besoin de moi, reprit-elle d'un ton glacial, j'aimerais me rendre à cette partie de tennis.

— Faites, madame, répondit Erin Conroy. Nous serons peut-être encore là à votre retour. Si nous avons des questions, nous vous les poserons à ce moment-là.

— Bien.

Là-dessus, Mme Harrison prit un sac sur une table ronde au pied de l'escalier et disparut dans une autre partie de la maison – vraisemblablement dans le garage, supposait Warrick.

Ils se séparèrent – Sara prit l'étage et la cave, Warrick le rez-de-chaussée et le garage. Erin Conroy préférait aller de l'un à l'autre.

A première vue, le living donnait l'impression d'être blanc mais il s'avéra plutôt d'un jaune très pâle sous les moulures de chêne. A même le parquet, des meubles contemporains, d'un goût certain, tout aussi impeccables. Cette pièce « à vivre » ne devait pas beaucoup servir.

Warrick ne savait trop que chercher dans une demeure nette comme un bloc opératoire. Il entra dans ce qui devait être un bureau et y trouva de longs cheveux bruns qui pouvaient fort bien appartenir à Candace (ou à la bonne), mais rien de bien intéressant.

Il en fut ainsi pour tout le reste de la maison. Ils fouillèrent le moindre tuyau susceptible de contenir des cheveux ou du sang, inspectèrent le plus petit siphon, examinèrent les murs, les plinthes et les sols sous différents éclairages, à la recherche de taches de sang mais ils eurent beau faire, au bout de trois heures exténuantes de recherches, les deux experts et l'inspectrice se retrouvèrent dans le vestibule avec quelques cheveux pour tout butin.

— Tu as trouvé quelque chose ? demanda Sara.

— Rien de spécial. Et toi ?

— Trois fois rien. Si Harrison a quelque chose à voir avec ce meurtre, ce n'est pas ici qu'il l'a commis.

Mme Harrison rentra par la cuisine, sa robe de tennis immaculée. Apparemment, elle n'avait pas beaucoup transpiré.

— Alors, vous avez fini ?

Erin Conroy s'approcha d'elle pour lui répondre :

— Oui, madame. Merci pour votre coopération.

Mme Harrison lui adressa un sourire poli, contente d'apprendre que l'épreuve s'était déroulée durant son absence.

— Si Darryl et moi pouvons faire quoi que ce soit, n'hésitez pas. Personne ne désire plus que nous voir cette affaire résolue.

Incapable de se retenir, Warrick demanda :

— Et cette partie de tennis ?

Le sourire prit un pli ironique :

— J'ai gagné… comme toujours, ou presque.

— Cool !

Il se demandait à quel jeu, au juste, elle avait joué, à son club de tennis.

Comme ils regagnaient leurs véhicules, Erin Conroy s'avisa soudain :

— Et si j'en profitais pour l'interroger un peu ?

— A quel sujet ? demanda Warrick. On n'a strictement rien trouvé. Tu pourrais lui demander si elle est au courant que son mari la trompait avec Candace Lewis, mais nous savons qu'elle savait, donc ça ne fera que la contrarier. Elle ira se plaindre à son mari qui montrera certainement moins de bonne volonté. Maintenant, si tu y tiens…

— Tu pouvais te contenter de dire « non ».

— Il vaut mieux rentrer, suggéra Sara d'un ton las.

— C'est ça, dit Warrick.

Il sortit son portable pour appeler Grissom.

— Alors ? demanda son patron.

— Rien. Quelques cheveux qui viennent peut-être de Candace Lewis.

— On sait que le maire a admis l'avoir amenée chez lui de temps en temps. Pas d'ADN dans les chambres ?

— Rien… On ne doit pas beaucoup s'amuser dans cette maison.

Warrick crut entendre Grissom réfléchir.

— Bon, conclut celui-ci, il fallait vérifier de toute façon. Ne rien négliger… Ne quittez pas.

Le temps qu'il revienne au bout du fil, Warrick entendit Sara demander :

— Quoi de neuf de leur côté ?

— Rien de spécial.

Grissom reprit la communication :

— C'était Brass. Il dit que son véhicule de patrouille n'a rien vu bouger du côté de Cotton Gum Court.

— Qui sait ? Le type a peut-être signé une lettre d'aveux et s'est pendu.

— Bon, je vois que vous dormez debout. Rentrez chez vous et on s'en tiendra là pour aujourd'hui.

— Mais, Griss…

— Pas de mais. Inutile de faire du zèle… on se retrouvera ce soir.

— … d'accord, Griss. Je mangerais volontiers un morceau avant de dormir un peu.

— Profitez-en bien.

Et Grissom raccrocha.

Seul dans son bureau, il fit le point une fois de plus ; il n'aimait pas la tournure que prenait l'affaire.

Il avait espéré quelques nouvelles de la part de Warrick ou de Brass ; c'était à peine s'ils avaient localisé un vague suspect. Que faire de plus, aujourd'hui ?

En fait, il le savait très bien.

Il était temps de passer le coup de fil qu'il reportait et redoutait depuis sa rencontre avec Mobley et l'affrontement avec Anthony.

Après avoir vérifié le numéro sur son vieux Rolodex, il le composa et attendit, se prenant à espérer qu'il allait tomber sur une messagerie vocale au lieu de devoir s'adresser à un être humain.

Pas de chance : la voix qu'il ne connaissait que trop se manifesta dès la troisième sonnerie :

— Agent spécial Rick Culpepper.

— Grissom. Bonjour.

Un silence stupéfait grésilla cinq longues secondes sur la ligne.

— Salut, mon vieux. Qu'est-ce que je peux faire pour vous ?

Le ton se voulait jovial mais on y sentait surtout de la méfiance.

Grissom parla d'une voix aussi détachée que possible :

— Je voulais m'assurer que vous étiez au courant des développements de l'affaire Candace Lewis. Est-ce que vous avez reçu le rapport de la perquisition effectuée dans son appartement ?

— Rapport papier ou par courrier électronique ?

— Rapport papier.

— Une seconde…

Grissom entendit l'agent du FBI fouiller dans ses dossiers.

— J'ai reçu les premières conclusions mais pas le rapport final.

— C'est bien ce que je pensais. Je vous en fais parvenir une copie aujourd'hui. Vous y trouverez des éléments sensibles. Il n'y a pas de fuites vers la presse, chez vous ?

— Non. Nous sommes une forteresse. Nous *utilisons* les médias. Pas le contraire.

— Tant mieux. Je vais vous le faire porter par un agent.

— Merci, dit Culpepper après une hésitation. De mon côté, je peux vous aider ?

— Oui, transmettez-moi vos dossiers sur l'affaire.

— Voulez-vous qu'on en parle de vive voix ?

Grissom frémit mais répondit :

— Ça se pourrait. Un jour ou l'autre. Mais je n'ai pas de découverte essentielle à vous communiquer pour le moment.

— Je vous trouve bien empressé, Gil !

Grissom parvint à conserver son ton nonchalant :

— Je vous fais part de mes informations… Rick, comme prévu. Vous m'avez dit que vous vouliez être tenu au courant.

La méfiance de Culpepper parut s'évanouir.

— Content de vous l'entendre dire, mon vieux. Content d'avoir pu vous rencontrer l'autre jour et de constater que vous reconnaissez enfin les valeurs d'une bonne collaboration.

Grissom chercha une réponse constructive mais ne trouva guère mieux que :

— Le rapport va vous parvenir aujourd'hui.

— Merci, Gil.

Il raccrocha en se disant qu'il ne pourrait décidément jamais supporter des faux jetons comme Culpepper.

Puis il composa un autre numéro. Mme Mathis lui passa aussitôt le shérif :

— Oui, Gil ?

Mobley parlait d'un ton aussi sec et indifférent que celui de Culpepper avait été mielleux.

— Je crois qu'il est temps de nous occuper d'Ed Anthony.

Son correspondant marqua une pause, le temps de réfléchir à la proposition puis répondit :

— Je ne pense pas que ce soit nécessaire. Il est viré. Inutile d'en rajouter.

— Je viens de discuter avec l'agent du FBI, Rick Culpepper.

— Heureux veinard !

— Vous n'êtes pas le seul à qui Ed Anthony ait caché ce dossier. Il ne l'a pas communiqué au FBI non plus.

— … Seigneur !

— C'est de l'obstruction caractérisée, Brian, qui pourrait se traduire par une accusation de complicité au plan fédéral.

— Gil, rétorqua Mobley d'un ton glacial, j'estime qu'Ed a payé assez comme ça. J'ai même refusé de lui faire une lettre de recommandation.

— Quelle sévérité !

— Epargnez-moi vos sarcasmes. Je ne pense pas qu'il faille en rajouter.

— Vous avez peur que ça vous retombe dessus ?

— Grissom, croyez-moi : ne vous mêlez jamais de politique.

— Je comprends que vous ne désiriez pas voir étaler ce genre de détails dans les journaux, mais…

— La discussion s'arrête là.

— Comme vous voudrez. Toutefois je vais vous mettre tout ce que je sais par écrit dans un mémo.

— Et vous dites que vous ne faites pas de politique ?

— Je couvre mes arrières. Et je vous préviens que j'envoie le rapport du lieu du crime au FBI.

— Ça va de soi. Mais il est inutile d'insister sur…

— Si l'agent spécial Culpepper me fait une observation sur les dates, je ne lui mentirai pas, Brian. Si le FBI inculpe Anthony, votre course à la mairie sera interrompue avant d'avoir commencé. Vous auriez intérêt à prendre les devants… avant que le FBI ne s'en charge.

— Merci du conseil, Gil.

— Je vous couche tout ça par écrit… ça vous laissera le temps d'y réfléchir.

— C'est tout ?

— Et ça suffit.

— Pour une fois, nous sommes d'accord.

Et Mobley raccrocha.

9

Assis dans le vestiaire, savourant le silence, bercé par l'inactivité, Nick Stokes s'apprêtait à passer une bonne nuit (ou plutôt une bonne matinée) de sommeil. Les heures supplémentaires s'accumulaient, depuis quelque temps, non seulement pour lui mais aussi pour Catherine, ce qui allait encore provoquer des frictions entre le CSI et la comptabilité. Ces quatre dernières matinées consacrées à leur enquête les laissaient tous deux au bord de l'implosion.

Un peu plus tôt, les deux experts s'étaient abandonnés à l'euphorique impression qu'ils allaient toucher au but et bientôt coffrer leur suspect.

Du moins avant de tomber sur l'obstacle des empreintes digitales : celles de Gary Randle n'apparaissaient ni sur la disquette Zip trouvée dans son bureau, ni sur l'ordinateur portable de son séjour.

En fin de compte, cela ne les étonna qu'à moitié : les pédophiles savaient fort bien se protéger et se cacher, bien que nombre d'entre eux proclament l'innocence de leurs penchants. Nick avait déjà rencontré des cas semblables, au cours desquels les suspects avaient élaboré les plans les plus tarabiscotés pour détruire leurs disques durs au cas où leurs ordinateurs seraient saisis. Un collègue de Los Angeles lui avait raconté qu'un inculpé avait fixé une petite bouteille d'acide à son activateur de disque dur de façon qu'elle se répande dessus quand on tapait une certaine combinaison de touches. Un collègue de la côte Est avait une variante encore plus agressive : une pointe d'explosif C4 à la place de l'acide.

En comparaison, l'idée que Randle ait pu utiliser des gants ou essuyer la disquette pour ne pas laisser de traces semblait des plus raisonnables.

Nick avait déjà ôté sa chemise et délaçait ses chaussures lorsque son téléphone sonna.

— Nick Stokes.

— Salut ! dit Catherine.

— Salut ! J'allais rentrer chez moi. Un problème ?

— Nunez vient de m'appeler : il a du nouveau.

— Les « bonnes nouvelles », ça suffit pour aujourd'hui !

— Alors raccroche.

— Qu'est-ce qu'il y a encore, Cath ?

— Il a jeté un coup d'œil sur la disquette, elle est vierge.

— Comme le reste de notre dossier sur cette affaire, on dirait.

— Attends, ça n'est pas aussi terrible que ça en a l'air. Malgré toutes les précautions de notre adversaire, on a *quand même* une douzaine de munitions.

Nick se ragaillardit ; c'était le nombre de photos pornographiques trouvées sur l'imprimante de l'agence de publicité.

— Je croyais que la disquette était vierge.

— Je crois avoir compris qu'on n'effaçait jamais complètement les fichiers qui sont passés sur un ordinateur… Retrouve-moi à la salle de repos, je vais t'expliquer ça.

Elle lui avait apporté un café qu'il accepta avec gratitude :

— C'est ce que j'aime chez les femmes…

Catherine haussa un sourcil.

— … le côté fort et amer, comme le café, acheva-t-il avec un sourire angélique.

Elle pouffa de rire.

— Notre gourou de l'informatique, commença-t-elle, s'est lancé dans l'exploration de la disquette – il n'a d'ailleurs pas terminé – et il a trouvé les douze documents JPEG « effacés ». Autrement dit, ils ont transité dessus.

Toute fatigue abandonna le corps de Nick ; une énergie nouvelle le parcourut, qui ne provenait pas de la caféine.

— On a de quoi demander une arrestation ?

— J'en ai parlé à O'Riley. Il se charge du mandat. On se retrouve tous là-bas.

Nick agita un poing triomphant puis consulta sa montre :

— Tu crois que Randle est déjà sur son lieu de travail ?

— Certainement, ou du moins en route. Tu veux qu'on aille le cueillir ?

— Plutôt deux fois qu'une.

Tandis que Nick se faufilait dans l'intense circulation de l'heure de pointe du matin, Catherine appelait O'Riley de son portable pour confirmer qu'ils étaient en route pour la Newcombe-Gold. La Taurus et le Tahoe se retrouvèrent effectivement sur le parking de l'agence un peu avant neuf heures.

En mettant pied à terre, Catherine glissa à son coéquipier :

— Vise-moi ce pauvre sergent, Nicky… il n'y a pas que nous qui fassions des heures sup'.

O'Riley s'extrayait lentement de sa voiture, l'air rien moins qu'en pleine forme, son costume encore plus chiffonné que d'habitude, des cantines coloniales sous les yeux.

— J'ai l'impression, souffla Nick, qu'il tient autant que nous à le coffrer.

Depuis trois jours, ils étaient venus si souvent dans cette agence que Nick commençait à s'y sentir chez lui. Il tenait la porte d'entrée à ses collègues quand il entendit claquer une portière derrière lui et se retourna. Randle descendait d'une Lincoln Navigator noire.

— Il est dehors, annonça Nick.

O'Riley et Catherine ressortirent dans le soleil du matin et laissèrent les portes de verre se fermer derrière eux. Randle arrivait dans leur direction, un attaché-case dans une main, un numéro de *USA Today* dans l'autre, la tête baissée, comme s'il en lisait les gros titres.

Il faillit les heurter et s'aperçut alors de leur présence. Interdit, il s'arrêta net et parut un instant sur le point de prendre ses jambes à son cou. Nick connaissait cette expression paniquée, typique du coupable qui va se faire alpaguer.

Vas-y, détale, se dit Nick, *essaie* !

Cependant, Randle restait sur place, soutenant le regard des trois policiers.

— Qu'est-ce que vous me voulez *encore* ?

O'Riley s'avança :

— Gary Thomas Randle, vous êtes en état d'arrestation.

Il lui récita ses droits tout en sortant les menottes.

Randle pâlit :

— Vous plaisantez !

Son regard allait et venait, de Catherine à Nick.

— Ce portable n'est pas à moi, ni la disquette Zip ! Je vous l'ai *déjà* dit.

— Tournez-vous, monsieur, dit O'Riley. Les mains derrière le dos.

— Ce n'est pas la peine. Je vous suis, je répondrai à toutes vos questions. J'ai pourtant coopéré du mieux que j'ai pu, non ?

— On ne pouvait rêver mieux, renchérit Nick.

— Bon, insista O'Riley, on fait ça gentiment ou vous voulez que je me fâche ?

— C'est un kidnapping pur et simple ! Ça va vous coûter cher.

— Alors, je me fâche ?

Un énorme soupir échappa au publicitaire, qui parut lui ôter tout souffle de vie. Avec des mouvements de zombie, il tendit le journal à Catherine, qui le prit, puis son attaché-case.

Soudain, il lâcha tristement :

— Vous avez des enfants ?

Elle se raidit.

— Oui.

— Je vous le jure, sur la vie de ma fille, je ne suis pas coupable.

Catherine ne dit rien.

Brandissant les menottes, O'Riley fit signe à l'homme de se tourner et celui-ci finit par s'exécuter, lui offrant même ses poignets avec emphase.

Après quoi, lui posant une main sur l'épaule, le sergent le dirigea vers la Taurus.

— Grossière erreur, marmonnait Randle. Grossière erreur.

— Mais oui, c'est ça, dit O'Riley d'une voix monocorde.

Randle regarda par-dessus son épaule, cherchant encore à convaincre quelque oreille compatissante :

— Je vous jure que je suis totalement étranger à toute cette histoire.

Comme pour lui fournir une réponse absurde, le portable de Catherine sonna.

Tandis qu'elle répondait, celui de Nick retentit à son tour et, peu après, celui d'O'Riley. Tous trois s'éloignèrent les uns des autres pour pouvoir discuter en paix.

Alors que Nick appuyait sur le bouton, il entendit Catherine s'exclamer :

— Tu veux rire !

Nick porta l'appareil à son oreille et reconnut la voix de Grissom tandis qu'à côté de lui O'Riley disait :

— Oui, monsieur.

Ce fut tout pour le sergent.

A côté d'eux, Randle paraissait aussi médusé que Nick.

Ce dernier entendait son patron déclarer :

— Je viens de discuter avec Tomas Nunez, Nick. J'espère que vous n'avez pas procédé à cette arrestation.

— Si. Plus ou moins.

— « Plus ou moins » ? Expliquez-moi comment on arrête quelqu'un plus ou moins.

— C'est O'Riley qui s'en est chargé.

— Ennuyeux.

Nick jeta un coup d'œil à Catherine qui paraissait n'apprécier que modérément ce qu'elle entendait, elle aussi.

— Comment ça, Griss ? Nous avons toutes les preuves qu'il faut contre lui.

— Vous croyez ? Revenez ici. Que je vous explique quelque chose.

— Bon, d'accord…

Nick replaça son portable à sa ceinture à l'instant où O'Riley détachait son prisonnier.

— Qu'est-ce qui se passe ? demanda ce dernier. Les menottes ne vous suffisent pas ? Vous voulez passer aux chaînes ?

— Monsieur Randle, dit O'Riley, nous aimerions que vous acceptiez de nous accompagner dans nos locaux.

— Vous « aimeriez » ? Je ne suis *plus* arrêté ?

— Pas pour le moment. Mais nous apprécierions votre coopération dans la résolution de cette affaire.

— Et il suffit que je vous accompagne ?

— Nous l'espérons, monsieur.

Nick sentit monter en lui une onde d'irritation. Grissom ne lui avait donné aucune explication, pourtant, il se sentait comme accusé d'un méfait qu'il n'avait pas commis.

— Je n'ai donc pas besoin de venir avec vous, rétorqua Randle en se frottant les poignets.

Catherine s'approcha de lui, l'air presque amical :

— Non, monsieur, en effet… mais plus vous nous aiderez, plus vite vous serez sorti de cette situation.

— Il me semble que c'est *vous* qui m'avez mis dans cette situation !

— Non, monsieur, ce sont les pièces à conviction

que nous avons recueillies dans vos locaux – et qui pointent largement dans votre direction.

Il plissa les yeux et demanda d'une voix légèrement tremblante :

— Alors je ne suis pas encore tiré d'affaire.

— Non. Mais si vous êtes innocent…

— *Je suis innocent !*

— … votre coopération pourrait nous permettre d'expliquer la présence de ces pièces à conviction, peut-être même de les… éliminer.

Randle poussa encore un soupir mais, cette fois, la vie semblait revenir en lui.

— Je vous accompagne. Vous verrez que je coopère de mon mieux.

— Parfait, dit Catherine.

Elle avait un sourire si contraint que Nick en eut mal pour elle.

— Par ici, dit O'Riley en montrant la Taurus.

Le publicitaire désigna l'immeuble de verre derrière eux :

— Je pourrais les prévenir ? Que je vais être retardé ?

— Je croyais que vous n'aviez pas d'horaire ! observa Nick.

O'Riley lui jeta un regard oblique et dit à Randle :

— Vous n'aurez qu'à les appeler sur mon téléphone cellulaire.

En état de choc, Catherine et Nick regardèrent le véhicule manœuvrer puis s'éloigner.

— Qui t'a appelée, Cath ?

— Tomas… il dit qu'il devait y avoir un problème avec la disquette.

— J'ai cru comprendre.

— Et *toi*, qui t'a téléphoné ? Grissom ?

— Oui. Il parlait de son ton trop calme plein de sous-entendus.

— Donc il était en pétard.

— D'après toi, qui a téléphoné à O'Riley ?

— Alors là… Mobley, peut-être ? Ou Brass ?

Nick s'arrêta soudain :

— Tu crois qu'on a tout foiré ?

Elle répondit sans hésiter :

— Non. Absolument pas. On tient le coupable. Mais nos preuves reposent sur une technique tellement pointue qu'on a vite fait de la saboter.

— C'est sûrement ça, approuva-t-il.

Au QG, O'Riley conduisit Randle dans une salle d'interrogatoire, tandis que Nick et Catherine repre-naient le chemin du garage où Nunez avait installé son atelier. En polo et pantalon noirs, Grissom les y avait précédés et se penchait sur l'épaule de l'informaticien.

— Quoi de neuf, Griss ? demanda Nick d'un ton qui se voulait dégagé.

Leur boss se retourna et leur adressa un sourire aussi angélique que glacial :

— C'était exactement ce que j'allais vous demander.

— Hé ! s'écria Catherine. On était en train de pro-céder à une arrestation en bonne et due forme quand tout le monde, ici, a tout d'un coup paniqué. Qu'est-ce qui vous arrive ?

Nunez semblait tellement concentré par son travail qu'il ne paraissait ni entendre ni voir ce qui se passait près de lui ; ce que Nick ne crut pas un instant.

Croisant les bras, Grissom pencha placidement la tête de côté :

— Décrivez-moi les preuves que vous avez rassemblées sur cette affaire.

Nick et Catherine échangèrent un regard perplexe.

Tout comme lui, elle devait se demander ce qui mettait Grissom hors de lui. Car il ne fallait pas s'y tromper : pour qui le connaissait, son attitude faussement tranquille dénotait une sourde irritation.

— Vas-y, dit Nick à Catherine.

Celle-ci acquiesça et fit le résumé du dossier. Nick observait la physionomie impénétrable de Grissom, cherchant à déceler la moindre de ses réactions. En vain.

— Vous avez trouvé l'ordinateur portable dans la maison de Randle, conclut son boss, mais pas d'empreintes digitales.

— C'est ça, dit Catherine. Et ça n'a rien d'extraordinaire dans ce genre d'affaire.

— Certes, mais un manque plausible de preuve ne constitue pas une preuve en soi.

— Certes, répéta-t-elle, embarrassée.

— Avez-vous attendu que Tomas ait terminé son examen avant de vous précipiter pour arrêter Randle ?

— Il n'avait même pas commencé, mais il nous avait dit avoir trouvé des traces de passage des photos sur la disquette que nous avons trouvée dans le bureau de Randle.

Grissom se tourna vers Nunez :

— Tomas, ça ne vous gênerait pas d'arrêter de faire semblant de travailler, et d'expliquer à mes collègues ce que vous avez *effectivement* trouvé ?

L'informaticien fit pivoter son fauteuil et leur opposa un air de dire qu'il préférerait se trouver n'importe où mais pas là.

— Catherine, tu te souviens quand je t'ai dit que le fichier d'impression provenait du poste de travail numéro dix-huit ?

— Oui.

— Eh bien, une fois qu'on a repéré notre pirate bancaire, je me suis remis sur ton affaire. Il n'y a aucune preuve que les photos provenaient de cet ordinateur.

— Parce qu'elles étaient sur cette disquette, non ? demanda-t-elle soudain saisie par le doute.

— Exact, mais ce n'est pas le problème. J'ai vérifié l'adresse MAC de la carte NIC.

Secouant la tête comme s'il tentait de chasser un insecte, Nick s'exclama :

— Ho ! Tu peux m'expliquer, là, en quelle langue tu parles ?

Nunez répéta lentement :

— Le NIC, ou carte réseau, est une pièce présente dans tous les ordinateurs de la Newcombe-Gold. Elle permet la connexion par câble entre les machines. Tout NIC a un MAC ou adressage physique, propre à chaque machine, qui ne se modifie pas d'un simple claquement des doigts.

— D'accord, admit Nick. Jusqu'ici on te suit.

— Parfait. Bien que l'information soit redirigée selon l'adresse IP, c'est l'identifiant dont j'ai déjà parlé à Catherine…

Tous deux acquiescèrent.

— … bien que l'information soit redirigée selon l'IP, elle est expédiée et délivrée par l'adresse MAC.

— J'aurais besoin de deux cachets d'aspirine, maugréa Nick.

— Et moi de trois, dit Catherine.

— Parlez en termes plus profanes, monsieur Nunez ! ordonna Grissom.

— D'accord, alors représentez-vous l'IP comme la poste et le MAC comme le facteur. Bien que le courrier soit trié et réparti à la poste, c'est au facteur de l'apporter. J'ai découvert que le log du serveur indiquait comme adresse MAC de l'ordinateur client…

Il leur montra une feuille sur laquelle il avait noté : « 08.00.69.02.01.FC. »

— Mais encore ? s'impatienta Grissom.

— Ce MAC ne va pas avec l'adresse MAC de l'ordinateur du poste de travail numéro dix-huit, même si l'IP correspond.

Nick sentait le découragement le gagner. A mesure qu'il écoutait Nunez, il avait la désagréable impression qu'il n'allait pas du tout aimer la suite…

— L'ordinateur que nous avons *cru* à l'origine du fichier d'impression… ne l'était pas.

Nick frissonna.

— Et si tu t'étais trompé d'ordinateur en recomposant les postes de travail ?

— Impossible. En plus, j'ai tous les numéros de série relevés au cours de la saisie du matériel.

Plissant les yeux et croisant les bras, dans une pure attitude de refus, Catherine demanda :

— A quel point s'est-on moqué de nous ? Ou plutôt… Tomas, à quel point s'est-on moqué de *toi* ?

— Sacrée question ! répondit Nunez avec un demi-sourire. Je n'ai pas la réponse complète mais je sais où elle commence : il y a quelqu'un qui nous a *délibérément* menés en bateau.

— *Qui ?*

— Ça, je n'en sais rien… pas encore.

— Toutefois vous savez comment, monsieur Nunez, intervint Grissom. Expliquez-le-leur.

Nunez leur présenta une grande feuille de papier sur laquelle il avait dessiné un carré.

— Cette boîte représente l'ordinateur du poste numéro dix-huit.

— D'accord, dit Nick.

— Cette boîte-là, continua Nunez en montrant un autre carré, est un ordinateur relié au réseau et censé truquer le numéro dix-huit.

— *Truquer* ? demanda Catherine.

— Imiter. Simuler... Et, vu le temps qu'on a mis à piger, je dois dire que ça a marché. Toujours est-il que le fichier d'impression provenait de là.

Au bord de la nausée, Nick demanda :

— Ce qui nous amène où, au juste ?

S'adossant à son siège, Nunez poussa un soupir.

— J'ai déjà vérifié les adresses MAC relevées à la Newcombe-Gold – celle-ci ne correspond à aucune de leurs machines.

Catherine porta une main lasse à son visage.

— Ne me dis pas qu'on se retrouve à la case départ ! gémit Nick.

— Pas tout à fait, concéda Nunez. Mais comme je ne trouvais pas trace des photos sur les disques durs du serveur, j'ai utilisé un script pour décortiquer toutes les images JPEG – puisque c'est le format le plus couramment utilisé par les pédophiles. Dans un bloc inutilisé, j'ai trouvé les photos angel1 à angel12.jpeg. Le fichier de référence indiquait qu'on y avait accédé par le disque D : une disquette Zip. J'ai passé l'algorithme MD5 et noté les valeurs de table de hachage des photos.

Nick, qui croyait avoir à peu près suivi, leva la main :

— Table de hachage ?

— Tu peux la comparer à une empreinte digitale. La valeur d'angel12 est…

Il vérifia ses notes avant d'énoncer :

— E283120A0B462DB00CEAFA353741F5E9. Dès qu'on trouvera un autre fichier comportant cette valeur de hachage, on tiendra notre matériel source.

— Et ce sera mathématique, assura Grissom.

— Sûr, renchérit Nunez – on a une chance infinitésimale de tomber sur deux fichiers comportant la même valeur de hachage et qui ne soient pas identiques.

— Tu as vérifié l'ordinateur portable qu'on a trouvé chez Randle ? demanda Catherine.

— Non, je m'y attaque bientôt. Je suis cent pour cent à vous, en ce moment. Mais c'est pour ça que j'ai appelé Grissom. Je ne voulais pas que vous vous croyiez à deux doigts de résoudre votre affaire alors que vous en êtes très loin.

— Bon, intervint Grissom. Vous pouvez vous remettre au travail, monsieur Nunez.

Il fit signe à ses collaborateurs qui se rassemblèrent autour de lui alors qu'il tenait cour, les bras croisés, le regard serein… terriblement serein.

— Quels autres suspects avez-vous étudiés ?

— Je persiste à croire que c'est Randle, dit Catherine.

— Vous parlez d'intuition.

— Je parle d'expérience.

Gary Randle et sa femme pratiquaient l'échangisme et collectionnaient les magazines hard qui vont avec ce genre de pratique, ainsi que des albums de photos et des films vidéo X. Par une sorte de pudeur hypocrite en rap-

port avec sa fille, il ne veut pas imprimer ses images pornographiques sur son ordinateur. Alors il les emporte au bureau où, son ordinateur ne marchant pas, il décide d'utiliser celui de Ben Jackson, ce petit nouveau un peu naïf qui laisse traîner son code confidentiel.

Mais, au lieu d'imprimer ces images sur le poste de travail de Ben, le fichier d'impression est expédié sur l'imprimante de Ruben Gold – étant donné que c'était là que Ben Jackson avait expédié son dernier crobard pour que son patron puisse l'emporter, le vendredi soir. Persuadé qu'il était de nouveau tombé sur un ordinateur en panne – et que ses photos ne s'étaient donc pas imprimées –, Randle est rentré chez lui, furieux, sans se rendre compte que ses cochonneries s'étalaient sur l'imprimante de son patron.

— Et sa petite collection érotique ? ajouta Grissom. Il y a des photos d'enfants ? Des pré-ados ?

Catherine et Nick échangèrent un long regard avant de secouer négativement la tête.

— Ainsi, conclut Grissom avec un petit sourire que Nick jugea moqueur, vous avez isolé un suspect masculin qui aime regarder des photos de femmes nues.

— Griss, ça va bien au-delà – ces pratiques sexuelles, cet album…

— Bon, vous tenez un suspect qui aime faire des galipettes. Voilà de quoi nous créer une substantielle liste de suspects, surtout dans ce genre d'agence.

Ni l'un ni l'autre ne répondirent.

— Dans cette affaire, reprit leur patron, nous avons une quantité de preuves indirectes mais rien de concret.

Cela ne plut pas à Nick mais Grissom avait raison.

— Oui.

Catherine ne dit rien.

Grissom les toisa de son regard innocent :

— Que ressentez-vous face à un pédophile ?

Ni l'un ni l'autre ne répondirent.

— Ne pensez-vous pas que, dans votre zèle à vouloir épingler ce suspect, vous avez redéfini l'infraction en fonction des preuves au lieu de les laisser parler d'elles-mêmes ?

Alors que Nick y réfléchissait, Catherine répondit aussitôt :

— Non, ce type faisait tout ce qu'il pouvait pour ne pas nous fournir de réponse, pour retenir des informations…

Nick s'entendit alors maugréer :

— Quel con !

— Si cela constituait un crime, monsieur Stokes, nous aurions tous des raisons de nous inquiéter.

Ce qui fit sourire Catherine.

La voix de Grissom restait calme et glacée comme un lac de Finlande.

— Est-ce que ce suspect n'aurait pas tenté de se protéger ? Parce qu'il se voit déjà en route pour la prison ?

Catherine regardait dans le vide.

Nick avait mal au cœur.

Le ton de Grissom perdit son côté pédagogique :

— Vous vous êtes penchés sur vos autres suspects ?

— En fait, il n'y en avait pas d'autres, assura Nick un peu trop rapidement.

Grissom n'hésita pas :

— Il en existe au moins un autre.

— Qui ?

— La première personne arrivée sur la scène du crime, lâcha Catherine d'un ton las.

Nick se souvint alors du postulat que n'avait cessé de répéter Grissom à leurs débuts : *premier sur les lieux – premier suspect.*

— Elle s'appelle Janice Denard, continua Catherine. C'est l'assistante particulière de Ruben Gold.

— Et c'est sur l'imprimante de son patron que les photos ont été trouvées ?

— C'est ça.

— Vous avez examiné son cas ?

Embarrassée, Catherine fit non de la tête.

Grissom haussa les sourcils.

— *Les entités existantes ne doivent pas être multipliées plus qu'il n'est nécessaire.*

— Ce qui veut dire ? demanda Nick.

Catherine lui décocha un petit sourire :

— Ce qui veut dire : retour à la case départ.

Tout d'un coup, Grissom ne semblait plus les entendre, les yeux dans le lointain, l'expression grave.

— Griss, demanda Nick, ça va ?

— Qu'est-ce qui se passe, Gil ? ajouta Catherine.

Leur boss laissa échapper une sorte de ricanement.

— Je me disais… que je ferais mieux de suivre mes propres conseils.

Puis il reporta son attention sur eux :

— Vous allez vous en tirer, vous deux ?

— Je crois que vous m'avez remis la tête à l'endroit, dit Nick.

— Parfait.

Là-dessus, Grissom les laissa dans le garage en compagnie de Tomas Nunez et de l'impressionnante masse de données qu'il lui restait à examiner.

— Combien de temps te faut-il pour vérifier le portable de Randle ? lui demanda Catherine.

Nunez regarda sa montre puis son moniteur :

— Quatre ou cinq heures… tout dépend de ce que j'y trouverai.

— Tu peux déterminer l'adresse de l'ordinateur qui a effectivement envoyé le fichier d'impression en passant par la machine de Ben Jackson ?

— Si elle y est, je la trouverai. Sinon, je risque d'avoir du mal.

— Jusqu'ici, c'était trop facile, maugréa-t-elle. Bon, on repassera plus tard.

Dans le couloir, Nick adressa un clin d'œil à Catherine :

— J'ai l'impression qu'on est repartis pour une flopée d'heures sup.

— Tu dis ça parce qu'il est treize heures. Allons voir si on peut donner un coup de main à O'Riley pour l'interrogatoire de Randle.

Ils les trouvèrent assis l'un en face de l'autre, le publicitaire pianotant doucement sur la table métallique. Tous deux levèrent la tête à l'entrée des experts.

— L'avocat de M. Randle doit arriver d'une minute à l'autre, indiqua l'inspecteur. Nous ne pourrons commencer qu'en présence de Maître Austin.

L'attitude du policier avait viré à cent quatre-vingts degrés depuis ce matin et Nick se demandait ce que Mobley (ou Brass) avait pu lui dire au téléphone.

Peu après, l'élégant avocat – bronzé, chemise blanche, cravate sombre – entra, portant un énorme attaché-case qu'il déposa sur le sol en prenant place à côté de son client.

Une lueur mauvaise dans les yeux, il demanda :

— A quoi devons-nous le plaisir de retrouver nos zélés représentants de l'ordre ?

Visiblement, il était au courant de la tentative d'arrestation avortée.

Catherine demanda du regard à O'Riley si elle pouvait prendre la parole et celui-ci hocha la tête.

— Nous tenons à éclaircir cette affaire avant qu'elle ne devienne trop pénible et nous comptons sur votre client pour nous y aider.

— Avant qu'elle ne devienne trop *pénible* ? Parce que vous croyez qu'il n'a pas été pénible pour lui de se voir soumis à ces recherches intensives devant toute la Newcombe-Gold ? De se faire arrêter sous les fenêtres de ses collègues ? On dirait que vous n'avez aucune conscience du mal que vous lui avez déjà fait.

S'adossant au mur, Nick songea : *Ça commence bien…*

— Bien entendu, comme vous n'avez pu l'arrêter, poursuivait Austin, ses yeux bleus posés sur Catherine, il semble raisonnable de considérer que cette affaire est *déjà* résolue… du moins en ce qui concerne… ou plutôt *ne concerne pas*… mon client.

— M. Randle est toujours considéré comme un suspect, dit Catherine. Mais ce n'est pas le seul.

— Fort bien. C'est tout ce que je voulais savoir. Donc, puisque vous ne l'arrêtez pas, je ne vois aucune raison de poursuivre cette conversation.

Ramassant son attaché-case, il se leva.

— Gary ?

Son client fit de même.

— Du calme ! fit O'Riley en tendant une main de flic à un carrefour.

Mais Austin et Randle avaient déjà contourné la table et se dirigeaient vers la porte.

— Si votre client *est* innocent, lança Catherine, il ne peut que vouloir blanchir son nom.

S'arrêtant devant la porte, Randle parut sur le point de répondre mais Austin lui fit signe de se taire :

— Etant donné la façon dont vous l'avez traité, je ne vois pas pourquoi il devrait vous aider.

— Parce que c'est un bon citoyen ?

Sans répondre, Austin ouvrit la porte à son client.

— Maître, d'après vous, quelles sont ses chances de poursuivre sa carrière, dans ce domaine ou dans un autre, dans cette ville ou dans *n'importe* quelle autre, une fois que les médias auront découvert qu'il était suspecté de trafiquer ou de consommer de la pornographie infantile ?

— J'espère que ce n'est pas une menace de tout divulguer à la presse.

— Absolument pas. Il n'empêche que la question restera posée – *à moins* que nous ne trouvions le véritable coupable. Le meilleur moyen pour votre client – et pour la Newcombe-Gold – de ne pas se voir à jamais entaché d'opprobre consiste à clore cette affaire aussi vite que possible, avec votre coopération… Au fait, *j'ai* une vie de famille, moi aussi. Si vous avez jamais été sincère, je vous prie de m'aider à trouver le responsable de ces photos.

Aussitôt, l'avocat et son client regagnèrent leurs places.

Austin n'en avait pas fini pour autant :

— Même si mon client coopère, donnez-moi une seule fois l'impression que vous essayez de l'amener à s'incriminer, cette entrevue s'interrompra aussitôt.

— C'est entendu, dit Catherine.

Se tournant vers Randle, elle commença :

— Vous avez toujours proclamé votre innocence.

— Parce que c'est la vérité.

— Vous ne pouvez pas vous imaginer combien de coupables nous ont joué cette comédie depuis que nous exerçons ce métier. Mais, puisque nous vous accordons le bénéfice du doute, auriez-vous la moindre idée de la personne qui aurait pu faire ça ?

— Aucune. Mais laissez-moi vous dire que personne, à l'agence, n'est au courant de mes... centres d'intérêt.

— Pour l'érotisme et les soirées échangistes ?

— C'est cela.

— Personne de la Newcombe-Gold n'a jamais appris...

— Personne.

— C'est bon. Pourriez-vous nous décrire vos activités de samedi dernier ? Toute la journée.

Le publicitaire rassembla ses souvenirs :

— Je me suis levé tôt, ce matin-là, pour faire un petit jogging dans le voisinage. Ma fille, Heather, dormait. Quand je suis rentré à la maison, j'ai pris une douche, je me suis habillé pour le bureau et je l'ai réveillée.

— A quelle heure êtes-vous arrivé à l'agence ?

— Huit heures et demie, neuf heures...

— Plus précisément ?

— Il y a longtemps que je ne fais plus attention à ce genre de détail. Je ne saurais vous dire.

— Faites un effort.

— Eh bien, je me suis arrêté dans un bar le temps

d'y prendre un café… donc, ce serait plus près de neuf heures.

— Je croyais que Janice Denard faisait du café tous les matins, intervint Nick.

— C'est de la lavasse. Je préfère mon petit expresso au bar à l'infection qu'elle nous concocte.

Charmant personnage.

— Bon, reprit Catherine. Ensuite ?

— Je suis allé dans mon bureau, j'ai lu mon courrier, écouté mes messages puis j'ai allumé mon ordinateur. Dites-moi : je croyais que tout venait du fait que j'ai utilisé l'ordinateur de Jackson ?

— En effet, pourquoi êtes-vous allé à son poste après avoir allumé le vôtre ?

— Je vous l'ai déjà dit, non ? J'ai allumé le mien mais je n'ai pas pu me brancher sur le réseau, je ne sais pas ce qui clochait, j'ai essayé dix fois et puis j'ai laissé tomber.

— Avez-vous réessayé depuis ?

— Pas dimanche, évidemment, puisque je ne suis pas venu, ni lundi, puisque j'avais ce rendez-vous en ville, mais mardi, avant que vous me mettiez le grappin dessus, je l'ai rallumé. Il fonctionnait très bien.

— Donc, résuma Catherine, vous ne savez pas pourquoi il n'a pas fonctionné ce week-end.

— Non. Mais n'importe quel surfeur vous dira que ces trucs-là vous font parfois de ces caprices.

— Avez-vous dit à quelqu'un dans l'agence qu'il était en panne ?

— Oui, à Roxanne Scott. C'est l'assistante d'Ira Newcombe…

— Je sais.

— Alors, je le lui ai dit. Elle devait partir en

vacances et m'a promis de laisser un mot à Janice pour qu'elle le fasse réparer dès lundi matin. Comme mardi il fonctionnait j'ai conclu que Janice avait dû s'en charger.

— Attendez, reprit Catherine. Votre ordinateur ne marchait pas alors vous avez décidé d'utiliser celui de Ben Jackson.

— Oui. Il n'est pas très prudent avec son mot de passe.

— Vous êtes entré dans son box, et ensuite ?

— J'ai fait ce que j'avais à faire et je suis retourné chez moi.

— Et ce que vous aviez à faire passait par une imprimante ?

Il réfléchit un instant avant de répondre :

— Non. Je n'ai rien imprimé. Voyez-vous, ce travail était confidentiel – pour un client. Franchement, ça n'avait rien à voir avec ce sur quoi vous enquêtez.

— Il faut vous croire sur parole ? demanda Nick.

— Mon client coopère du mieux qu'il peut, intervint Austin. Vous n'avez pas à lui parler de la sorte.

Catherine jeta à son coéquipier un regard qui approuvait ces paroles, avant de continuer :

— Dites-moi, monsieur Randle, comment avez-vous sauvegardé le ou les fichiers sur lesquels vous avez travaillé ?

— Je les ai transférés sur un CD que j'ai emporté chez moi.

— Pas une disquette Zip ? demanda Nick.

Randle lui décocha un sourire mauvais.

— Vous voulez dire, du genre de celle que vous avez « trouvée » dans mon bureau ?

Il se tourna vers Catherine pour préciser :

— Je n'utilise plus ces vieilles techniques. Dès que Ian et Ruben seront d'accord pour se lancer dans cet investissement, je prendrai un DVD et toutes ces disquettes et autres CD iront rejoindre les archives.

— Je vois que vous avez des idées bien précises sur la chose.

— Parce qu'on a beau dire, la contenance, c'est tout ce qui compte pour le stockage d'informations. Une disquette Zip peut emmagasiner tout au plus 250 mégabits, 100 pour les anciennes. Un CD va jusqu'à 700 mégas, alors qu'un DVD contient presque cinq gigas. Il n'y a aucune comparaison.

— Où se trouve ce disque, à présent ?

— Dans mon bureau – du moins jusqu'à ce que vous saisissiez tout mon équipement.

— Donc nous en avons déjà une copie, dit Nick.

— Je n'en doute pas, maugréa Randle. Ça va comme ça ? Vous avez obtenu tout ce que vous vouliez ? Vous allez pouvoir avancer un peu ?

— Ça peut déjà nous aider à prouver votre innocence, dit Catherine. Si les dates et les heures concordent entre votre disque et l'ordinateur de Ben, ce sera une excellente façon de prouver que vous ne mentiez pas.

— Puisque je vous *dis* que je ne mens pas !

— Les machines nous le diront, assura Nick.

— Dans ce cas, ajouta Catherine, c'est que ces photos viennent de quelqu'un d'autre.

— C'est ce que je me tue à vous dire !

— Par exemple, poursuivait Catherine, imperturbable, nous avons trouvé les empreintes digitales de Ben Jackson sur le clavier et dans le box. Après tout, c'est bien son poste de travail, non ?

L'avocat et son client approuvèrent de la tête.

— Pourtant, M. Jackson n'était pas dans cette ville quand ces choses se sont produites... donc ce n'est pas lui. Ensuite, nous avons trouvé vos empreintes et vous proclamez que vous n'êtes venu dans ce box que pour y travailler.

— C'est la pure vérité.

— D'où je dois conclure que quelqu'un, à la Newcombe-Gold, a dû porter des gants, samedi – ça vous dit quelque chose ?

— Des gants ? Vous rigolez, là ?

— Les seules empreintes que nous ayons trouvées sur ce clavier sont celles de Ben Jackson et les vôtres. Vous voyez une autre explication ?

Austin se pencha sur la table :

— Ce n'est pas à mon client de trouver une explication, mais à vous.

— Un instant. Je vais reprendre. Si vous dites la vérité, monsieur Randle, c'est qu'il y a un troisième larron impliqué dans cette affaire.

Ni l'intéressé ni son client ne parurent comprendre.

— Et si quelqu'un a utilisé ce clavier avec des gants, continua Catherine, ça signifie qu'il...

Nick bondit :

— *S'attendait* à ce qu'on relève les empreintes sur le clavier !

Un lourd silence s'abattit sur la salle. La conversation avait pris un tour auquel nul ne s'était attendu.

Nick se tourna vers Catherine, comme s'ils n'étaient plus que deux :

— Et la seule raison pour laquelle une tierce personne s'attendrait à ce qu'on relève les empreintes sur le clavier serait qu'il tentait de...

— … le piéger, acheva Catherine.

Tous deux se tournèrent vers Randle.

— Me *piéger* ? glapit-il.

— Il y a quelqu'un qui vous déteste, dans l'agence ?

Il réfléchit longuement avant de secouer négativement la tête.

— Personne au bureau n'a aucune raison de vous en vouloir ? insista Catherine.

— Je ne vois pas… Franchement, il n'y a aucune raison pour ça.

Ouais, songea Nick, *tu es tellement mignon ! On se demanderait bien pourquoi…*

— Pas de jalousie professionnelle ? persévéra Catherine. Parmi vos relations personnelles ? Dans les affaires ? Il faut jouer franc jeu, maintenant, monsieur Randle, c'est dans votre intérêt.

Celui-ci consulta son avocat du regard mais ne reçut pas de réponse de ce côté-là.

— Je ne vois pas. Rien dans le travail. Et je sépare totalement ma vie professionnelle de ma vie privée.

— Quelqu'un en dehors du travail, alors ? continuait Catherine. Par exemple à l'époque de vos frasques sexuelles. Pas d'ennemis ?

— S'il y en a « un »… je ne vois que mon ex-femme, Elaine.

— A-t-elle accès à la Newcombe-Gold ? s'étonna Catherine.

— Oh non ! Plus maintenant, mais c'est vrai qu'elle a connu certains employés, parmi ceux qui étaient là il y a dix ans : Ruben et Ian, Janice et Roxanne et quelques autres. Mais, pour tout dire, avec ses problèmes de boisson, à l'époque du divorce, j'évitais de lui faire rencontrer mes collègues de l'agence depuis au moins deux ans… ensuite, elle ne les a jamais revus.

— Vous ne pensez pas qu'elle pourrait être derrière tout ça ?

— Bon sang ! C'est vrai qu'elle me hait assez pour en être capable. Mais elle n'avait aucun moyen de venir au bureau.

— Vous ne voyez personne d'autre ?

— Personne – pas des voisins, ni des parents d'amis de Heather, ni des fidèles de l'église… non.

— C'est bon, souffla Catherine. Je tiens à vous remercier d'avoir répondu à nos questions.

Il eut un large sourire :

— Alors je…

— Vous pouvez partir, mais ne quittez pas la ville.

Le sourire se figea.

— Non, monsieur Randle, vous n'êtes pas blanchi. Mais si vous êtes innocent, vous devriez vous réjouir d'apprendre que nous allons poursuivre notre enquête. Et si nous trouvons des preuves qui vous disculpent, vous… et votre avocat… en serez les premiers informés.

— Merci, dit-il presque humblement.

— Bien entendu si nous découvrons que vous êtes coupable, vous serez également les premiers à l'apprendre.

Cela ne parut pas l'impressionner.

Lorsqu'il fut parti, accompagné de son avocat, les deux experts et l'inspecteur restèrent immobiles autour de la table, commençant par rassembler silencieusement leurs idées.

— Bon, conclut Nick, on n'a plus qu'à sonder les autres employés.

O'Riley ne réagit pas, le regard fixé sur le mur. A croire qu'il venait de sombrer dans le coma.

Catherine proposa de finir la journée à fouiller les comptes et les contrats de la Newcombe-Gold, mais aussi ceux de Ian Newcombe, de Ruben Gold, Janice Denard, Roxanne Scott, Gary Randle, Ben Jackson et Jermaine Allred. Ils allaient vérifier leur passé, leurs emplois, leurs goûts et demander à Nunez de commencer par leurs ordinateurs. Si ces recherches ne donnaient rien, il leur faudrait alors examiner d'autres groupes d'employés et tout reprendre à zéro.

— Mais rendons à Grissom ce qui est à Grissom, acheva-t-elle. Nous allons commencer par le suspect numéro un : Janice Denard.

10

Les fibres de moquette du coupon dans lequel on avait enroulé le corps de Candace Lewis étaient en oléfine de polypropylène, matière utilisée dans un quart à peine des moquettes vendues aux Etats-Unis.

Sara Sidle avait rendu visite aux quatre magasins qui en vendaient dans la région, mais il lui restait encore à vérifier combien ils en avaient débité de ce modèle.

— Il est tellement moche, expliqua-t-elle à Warrick, qu'ils ne doivent pas en avoir vendu beaucoup.

— Va savoir ! Il ne faut jamais sous-estimer le mauvais goût des gens.

— Je veux bien te croire. De toute façon, je m'en occuperai en retournant au labo.

— Encore des heures sup ?

— Ecoute, je ne peux pas téléphoner aux magasins pendant les heures de travail. Même à Las Vegas, les marchands de moquette observent des horaires normaux.

Cela faisait partie des inconvénients du travail de nuit et leurs mauvaises relations avec l'équipe de jour de Conrad Ecklie n'arrangeaient rien : il y avait des contacts qu'on ne pouvait prendre aux heures nocturnes où tout le monde s'amusait (car pour ce qui était de dormir, à Las Vegas...).

Ils attendaient depuis un quart d'heure dans le Tahoe garé en face de chez Kyle Hamilton – lui buvant du café, elle du thé. Il n'était pas encore six heures ; Brass allait arriver. Malgré heure, il était allé trouver un juge pour obtenir un mandat de perquisition sur la Monte-Carlo blanche au feu arrière cassé de Kyle Hamilton.

Ils avaient pris la relève de la voiture de patrouille qui surveillait le pavillon de Cotton Gum Court. Les policiers n'avaient signalé aucun mouvement. Il y avait peu de chances que la voiture se trouve à l'intérieur du garage mais ce serait déjà quelque chose de pouvoir y pénétrer. Le soleil pointait à l'horizon mais la nuit n'avait pas encore lâché ses dernières ombres et le ciel restait d'un gris de cobalt, obligeant les quelques résidents déjà debout à utiliser encore les lampes électriques.

Warrick se redressa, manquant de renverser son café.

— Qu'est-ce que c'était que cette lumière, devant ?

— Quelle lumière ?

— Là-haut. La deuxième fenêtre. Je ne me rappelle pas l'avoir vue.

— Désolée, je n'ai pas fait attention. J'attendais Brass, c'est tout.

Autour d'eux, le quartier s'animait peu à peu. Si ces maisons se distinguaient à peine les unes des autres, au moins leurs modes de vie les différenciaient-elles quelque peu. Ici, une voiture qui sortait à reculons d'un garage, le conducteur lançant des regards agressifs à l'homme noir et à la femme blanche qui le regardaient de leur Tahoe. Là un homme d'une trentaine d'années qui sortait en costume trois-pièces pour ramasser son journal et en lire la première page sans jeter un coup d'œil aux occupants du quatre-quatre. Cependant, le pavillon de Hamilton ne bougeait toujours pas.

A part cette lumière.

Warrick ne la quittait plus des yeux alors que Brass venait se garer derrière eux, sortait de sa voiture et se penchait à leur fenêtre.

— Comme on s'en doutait, on doit se contenter du garage, dit-il en agitant le mandat. Je n'avais pas assez d'arguments pour obtenir la maison.

— Je me demande s'il n'y a pas quelqu'un, en fin de compte, signala Warrick en désignant le premier étage.

Brass leva les yeux dans la direction indiquée.

— Vous êtes sûr que ça n'y était pas quand vous êtes arrivé ?

— Pas trop, reconnut Warrick.

A part cette lumière, le pavillon semblait désert – rideaux tirés au premier, volets fermés au rez-de-chaussée, porte du garage close. Pas de chien, personne pour ramasser le journal du matin. Rien que cette lumière à l'étage…

— Je vais sonner pour voir, dit Brass.

Il attendit cependant que Sara et Warrick descendent du Tahoe et récupèrent leur matériel.

Tous trois s'apprêtaient à traverser la rue lorsqu'une autre lampe s'alluma au premier, jaune derrière des rideaux blancs.

Ils avancèrent et la lampe s'éteignit. Sara avait l'étrange impression que ces lampes suivaient leurs mouvements – une sorte de système de sécurité ?

Lorsqu'ils arrivèrent à proximité du pavillon, une

autre lumière s'alluma, au rez-de-chaussée, illuminant toutes les vitres qui entouraient l'entrée, comme s'il s'agissait d'intercepter les intrus.

Brass avait levé un doigt inquiet vers la sonnette mais avant qu'il ait eu le temps d'appuyer, la porte s'ouvrit brusquement sur un homme à lunettes, maigre et de haute taille, portant une barbe de trois jours, en short de jogging et T-shirt, qui recula en poussant un jappement de surprise.

Soudain, il se figea dans une posture de combat et cria quelque chose en japonais. A quoi Sara répondit non par la peur mais en portant une main à sa bouche pour ne pas éclater de rire.

Toujours dans sa pause martiale, il ajouta d'un ton nasillard, mais sans accent :

— Qu'est-ce que vous foutez là ?

— On se calme, Jackie Chan, dit Brass. Police de Las Vegas.

Il voulut montrer sa plaque mais l'homme posa un doigt sur ses lunettes.

— Je veux voir vos papiers ! lança-t-il. Sortez-les doucement.

Ce que fit Brass, tandis que Sara et Warrick montraient leurs badges portés en pendentifs. Elle remarqua que l'homme avait des tennis sans lacets qui lui auraient échappé des pieds s'il avait esquissé un mouvement de karaté.

Ce bouffon étai-il le meurtrier qu'ils recherchaient ?

Après qu'il eut soigneusement comparé les photos de leurs cartes avec leurs visages, il se détendit.

— Excusez-moi. Mais il faut faire attention de nos jours, avec tous ces malades qui traînent partout… Et puis vous m'avez surpris.

— On croyait qu'il n'y avait personne.

— Pourtant, je suis là. Mais j'ai un gros rhume. Je suis couché depuis hier matin… Ça va un peu mieux maintenant.

Ce qui expliquait pourquoi personne n'avait répondu la veille.

— Vous êtes Kyle F. Hamilton ? interrogea Brass.

— Oui. Vous savez je soutiens à fond les représentants de la loi. Je ne voulais pas vous faire peur.

Warrick se tordit la bouche pour ne pas rire et Sara se détourna en toussotant.

— En quoi puis-je vous aider, messieurs-dames les agents ?

— Votre voiture a été repérée au cours d'une enquête. C'est de la pure routine mais nous aimerions vous en parler.

— Ma voiture ? Je ne suis pas sorti depuis hier. Je suivais une installation au New York New York et c'est là que j'ai attrapé ce rhume.

Avec son visage étroit et ses pommettes hautes, ses grands yeux bleus qui allaient de l'un à l'autre de ses interlocuteurs, Hamilton avait une allure déroutante qui faisait davantage penser à une victime qu'à un prédateur. Sara y voyait surtout le genre de paranoïaque qu'elle rencontrait souvent à l'époque où elle travaillait pour la sécurité.

— Monsieur Hamilton, poursuivait Brass, pouvons-nous entrer ? Nous n'en avons pas pour plus de deux minutes.

— Bien sûr.

A l'adresse de Warrick, il ajouta :

— Pourriez-vous ramasser le journal ? Merci, c'est pour ça que je voulais sortir.

— Pas de problème.

Warrick s'exécuta avec un sourire, puis entra à la suite de Brass et de Sara.

L'entrée donnait sur un salon modeste, ne comportant qu'un simple tapis au logo yin et yang à même le parquet. Un futon blanc s'adossait au mur de droite et une petite télévision occupait une table basse, en compagnie d'un lecteur DVD et d'un magnétoscope. Une tenture ornée d'une photo de Bruce Lee couvrait le mur du fond.

— Qu'est-ce que ma voiture vient faire dans cette histoire ? demanda Hamilton.

Sur son expression semblaient passer mille évocations plus terribles les unes que les autres, nées de son imagination obsédée.

— Nous avons reçu un rapport disant que votre véhicule aurait pu se trouver sur une scène de crime au début de la semaine. Il nous est facile de vérifier. Nous désirons seulement y jeter un coup d'œil.

L'homme réfléchit un certain temps en frottant machinalement sa moustache miteuse.

— Ne le prenez pas mal. Je vous soutiens à fond mais je connais aussi mes droits. Je suis un mordu de la procédure. Il vous faut un mandat.

Brass sortit la liasse bleue de sa poche intérieure et la lui tendit :

— Le voilà.

Ecarquillant des yeux horrifiés, Hamilton recula, comme s'il s'attendait à ce que le capitaine le gifle avec.

— Je n'allais pas dire que je voulais le voir ! Je ne demande qu'à coopérer. Je voulais juste que vous sachiez que je connais mes droits. Mais je n'ai pas besoin de le lire, je vous fais confiance.

— Allons, prenez-le ! Examinez-le bien.

— Si vous voulez…

Il sourit nerveusement :

— C'est juste que… enfin… il est tôt, je suis désolé, je suis encore sous l'effet de mes médicaments contre la grippe ! Je sais que vous n'exercez pas un métier facile et je suis prêt à vous aider. Seulement, vous m'avez surpris, c'est tout.

— Parfait, dit Brass.

Hamilton étudia le document un bon moment puis se dirigea vers le fond de la maison :

— Par ici. Qu'est-ce qui vous fait croire qu'il s'agissait de ma voiture sur ce lieu du crime ?

— A cause du feu arrière cassé.

Il s'arrêta si brusquement que les trois policiers faillirent le heurter.

— Alors là ! Vous perdez votre temps.

— Pourquoi ça ? demanda Sara.

— Parce que je n'ai pas de feu arrière cassé.

— Nous voulons vérifier, insista Brass. Question de procédure.

Hochant la tête, Hamilton reprit son chemin.

— Comme ça, vous êtes de la police scientifique ? demanda-t-il à Warrick.

— En effet.

— Ce doit être un job passionnant.

— Ça arrive.

Puis il se tourna vers Sara :

— On doit rencontrer de drôles de pistolets, parfois !

— De temps en temps.

Arrivé à la cuisine, il leur ouvrit une porte donnant sur une pièce obscure, alluma, éclairant ainsi le garage.

La Monte-Carlo blanche, modèle 98, trônait au milieu. A côté pendait un lourd punching-ball de cuir accroché à une poutre, voisin d'un banc d'entraînement surmonté d'une barre d'haltères. D'un rapide regard, Sara évalua que sa charge équivalait à ce qu'elle avait l'habitude de soulever à son propre entraînement.

Hamilton les conduisit vers l'arrière de sa voiture et vérifia les feux.

— Ce n'est pas vrai ! s'exclama-t-il en découvrant le verre endommagé.

En fait, le feu arrière était presque intact. Il n'en manquait qu'un tout petit morceau, comme s'il avait heurté un objet tel que le corps de Candace Lewis, par exemple.

Après avoir bruyamment déposé sa mallette de métal sur le ciment, Warrick l'ouvrit et en sortit la pochette contenant le morceau de plastique rouge.

— Qu'est-ce que c'est ? demanda Hamilton d'une voix incertaine.

— Un morceau de feu arrière trouvé sur le lieu du crime, expliqua Sara. Nous voulons vérifier s'il correspond à votre voiture.

Pâle comme un mort, Hamilton recula comme s'il était soudain rejoint par toutes les infortunes, réelles ou imaginaires, qui avaient émaillé sa vie.

Sortant le morceau de plastique de son sac, Warrick le plaça dans le trou laissé sur le feu arrière de la Monte-Carlo.

De sa place, Hamilton ne put que constater les faits :

— Ça correspond parfaitement.

— Ouais, lâcha sèchement Warrick.

— Qu'est-ce que ça veut dire ?

Brass esquissa un sourire :

— Ça veut dire, monsieur Hamilton, que vous allez devoir répondre à beaucoup d'autres questions et que ces criminalistes vont fouiller aussi bien votre maison que la voiture.

Hamilton parut s'affaisser sur lui-même. Sara crut qu'il allait s'évanouir.

Pourtant, il se redressa et déclara :

— Je n'ai rien fait ! Vous pouvez fouiller tout ce que vous voudrez – vous n'avez pas besoin d'aller chercher un autre mandat pour la maison. Mais il n'y a rien à trouver.

Warrick désigna le feu arrière cassé :

— Vous ne vous souvenez pas quand vous avez fait ça ?

— Non. A moins que...

L'homme roula des yeux fous.

— Peut-être que quelqu'un veut me faire accuser !

— Accuser de quoi ? demanda paisiblement Brass. Si vous laissiez nos experts travailler et veniez discuter un peu avec moi ?

— D'accord, je ne demande qu'à coopérer. J'espère que vous l'avez compris.

— Parfaitement.

Sara et Warrick se mirent au travail, elle prenant la voiture tandis qu'il se chargeait du garage.

Au bout d'une heure consacrée au seul coffre, elle n'avait trouvé ni sang, ni fibres, ni cheveux, ni aucune trace d'adhésif laissé par le ruban pour conduit, ni rien. Elle sortit, les cheveux, le front et la nuque en sueur.

— On s'est trompés de voiture, Warrick, dit-elle. Il n'y a jamais eu de cadavre dans ce coffre.

— Tu crois ? demanda-t-il après avoir enjambé le banc. Ce type est un maniaque de la procédure. Il a peut-être tout nettoyé.

— Tu le trouves assez futé pour avoir pu effacer la moindre trace de preuve ? Si le corps de Candace Lewis était passé par ce coffre, il en resterait des *traces*, du sang, des fibres, un cheveu, n'importe quoi. Mais il n'y a strictement rien. Et toi, qu'est-ce que tu as trouvé ?

— Que dalle.

— Et si c'était parce qu'il n'y avait *rien* à trouver ? Je veux dire qu'on en a découvert davantage dans la maison du maire, ne serait-ce que ces cheveux qui confirmaient le passage de Candace.

— Je ne sais pas... si on allait en discuter avec Brass ?

Ils rangèrent leur matériel et rentrèrent dans le pavillon où Warrick fit signe à l'inspecteur de les rejoindre dehors.

— Qu'est-ce que vous avez trouvé ? demanda celui-ci en sortant.

Tous deux lui firent la moue.

— Ce qui veut dire ? insista Brass, inquiet.

— A moins qu'on ait affaire au docteur No ou au professeur Moriarty, Candace Lewis n'est jamais passée par ce coffre.

— Vous en êtes certains ? Pourtant le feu arrière correspondait.

— Peut-être, répondit Sara, mais ce n'est qu'une pièce du puzzle. Et à part ça, je ne trouve rien d'autre. Que dit Hamilton ?

— Il jure n'avoir jamais entendu parler de Candace Lewis avant de voir sa photo dans les journaux.

— Vous le croyez ?

L'inspecteur émit un souffle dubitatif.

— Il a un alibi pour cette nuit-là ? demanda Warrick.

— Oui… il dit qu'il était au casino All-American Jukebox.

— A jouer ?

— A installer un nouveau système de sécurité.

— Il n'est pas lui-même gardien ?

— Non. Il s'occupe des aménagements. Il travaille pour une entreprise qui a la charge de nombreux casinos.

— Des systèmes de sécurité, marmonna Warrick. Ça ne vous rappelle rien ?

Sara avait l'esprit ailleurs :

— Il devrait apparaître sur les vidéos de surveillance de la nuit du meurtre.

— Certainement, dit Brass.

— Ça peut aider, commenta Warrick.

Hamilton pointa le nez dehors puis sortit complètement, un café à la main.

— Vous avez fini ?

Les trois policiers se regardèrent et Brass finit par acquiescer de la tête.

Hamilton descendit les rejoindre, l'air intéressé :

— Alors, vous avez le droit de me dire qui a témoigné avoir vu ma voiture sur le lieu du crime ?

— Ah non ! dit Brass. Désolé.

Hamilton but un peu de café avant d'ajouter :

— Je me demandais… Ce ne serait pas David Benson ?

Leur témoin !

Qui travaillait également dans l'installation de systèmes de sécurité… Cette fois, le rapprochement paraissait clair.

Brass garda son calme :

— Pourquoi, monsieur Hamilton ?

— Oh, pardon pour mon impolitesse… qui veut du café ?

— Non, merci. Alors, Benson ?

Hamilton répondit d'un ton glacial :

— Ce petit salaud ne cesse de me menacer depuis deux ans. Tout ça parce que je travaille pour Spycoor tandis qu'il travaille pour Double-O Gadgets.

— Vous êtes concurrents ? demanda Warrick.

— Si on veut. On travaille dans le même domaine pour des boîtes différentes. On a eu plusieurs fois des prises de bec et il a essayé de me discréditer auprès de mes clients en me faisant des ennuis avec la police.

— Pourriez-vous préciser ?

— Bien sûr. Avec tous les détails que vous voudrez.

Sara glissa à l'oreille de Warrick :

— Qu'est-ce que Grissom ne cesse de nous répéter ?

Son coéquipier déglutit :

— Premier sur les lieux, premier suspect.

— Alors, on s'est fichu de nous ?

Il se pencha en murmurant pour elle seule :

— On s'est *fichu* de nous.

Brass s'entretenait toujours avec Hamilton :

— Merci de nous avoir accordé votre temps, monsieur. Je vais envoyer un inspecteur vérifier quelles… farces a pu vous faire Benson. Vous nous avez rendu un fier service.

Les yeux de l'homme dansèrent derrière ses lunettes.

— C'est vrai ? Tant mieux ! Je n'aurais pu rêver plus belle revanche.

— Pardon ?

— Si je vous ai aidés à résoudre une affaire importante tout en bottant les fesses de Benson… je me sens beaucoup mieux tout d'un coup !

Les trois policiers se précipitèrent vers le Tahoe où Sara et Warrick rangèrent leur matériel derrière le hayon. Brass s'approcha d'eux :

— Qu'en pensez-vous ?

— Qui a éliminé Benson de l'affaire ? souffla Warrick.

Ils se regardèrent.

Warrick poussa un grondement sourd.

Sara sortait son portable pour mettre Grissom au courant lorsque l'appareil se mit à sonner tout seul.

— Sara Sidle.

— Nous avons oublié un détail, annonça la voix de Grissom.

Elle regarda autour d'elle, comme s'il se cachait derrière quelque buisson.

— C'est justement ce que nous étions en train de nous dire !

— La voiture de Kyle Hamilton n'a sans douté été qu'une mauvaise piste sur laquelle le meurtrier nous aura lancés.

— C'est vrai. Le feu arrière correspond mais la voiture est plus immaculée que la cuisine de Mr Propre. Comment avez-vous deviné ?

— Je m'entretenais de leur affaire avec Nick et Catherine et il s'est avéré qu'ils avaient négligé un aspect essentiel… d'où j'ai déduit que nous avions commis la même erreur fondamentale…

En chœur, Sara et Grissom déclarèrent :

— Premier sur les lieux, premier suspect.

— Hamilton est un concurrent de Benson en matière de systèmes d'installation de sécurité.

— Nous savons maintenant pourquoi Benson était un témoin aussi précis. Rentrez immédiatement.

— Nous arrivons.

Elle sut qu'il n'avait pas entendu la réponse car il avait déjà raccroché.

Une heure après, ils avaient repris leur enquête d'un point de vue différent, tâchant de se concentrer sur David Benson. Warrick reconstituait sa vie professionnelle, Sara fouillait son passé, à la recherche d'une corrélation entre Benson et Candace Lewis. Quant à Grissom, il se partageait entre les divers laboratoires pour vérifier les différentes pièces à conviction en leur possession.

De fait, il fut le premier à annoncer un progrès en entrant dans la pièce où travaillait Sara.

— Mobley est disculpé. Greg nous fait savoir que l'ADN du shérif ne correspond à aucun de nos prélèvements.

— Et Ed Anthony ?

— En dehors du coup, lui aussi. Il aurait certes fait un suspect idéal, mais ce n'est pas notre coupable.

— Dommage. Où en est Warrick ?

— Nulle part pour le moment. Et vous ?

Elle leva la tête de son écran :

— Nous savons que Candace travaillait comme une malade et passait très peu de temps avec ses amis ou avec sa famille. Quant à Benson, il reste des plus anonymes. Il a acheté sa maison il y a deux ans, il paie ses échéances et ne fait pas d'histoires.

— Ce qui ne l'empêche pas d'être un nécrophile à ses heures ni de vouloir faire accuser faussement son concurrent. Continuez vos recherches. On va bien finir par tomber sur quelque chose.

— Vous savez, Gil, notre témoin n'est pas forcément le meurtrier pour autant. Il peut juste avoir profité de l'occasion pour mettre son rival en difficulté.

— Je ne crois pas. S'il a tendu un tel piège à Kyle Hamilton c'est qu'il a lui-même trempé dans l'affaire.

— Qu'entends-je ? demanda-t-elle innocemment. Auriez-vous une intuition ?

Il ne cilla pas mais finit par esquisser un sourire :

— D'accord, un point pour vous. Gagnez-en un autre en trouvant le lien qui existe entre Candace Lewis et David Benson.

Là-dessus, il tourna les talons.

Warrick Brown venait de faire le tour des divers emplois de Benson sans en obtenir le moindre résultat. Cependant, il n'en alla pas moins retrouver son boss au labo.

— Vous avez trouvé quelque chose, Griss ?

— Si on peut tirer un enseignement de cette affaire, c'est qu'il ne faut jamais négliger les principes fondamentaux. Donc, je suis revenu à la seule chose qui ne mente jamais.

— Les pièces à conviction, dit Warrick.

Se penchant sur l'épaule de son patron, il découvrit un morceau de ruban pour conduit étalé sur la table.

— J'ai déjà examiné le côté lisse, sans rien en obtenir. Mais je me suis dit que nous aurions peut-être plus de chance avec la partie adhésive.

— Avec du bleu de méthylène ?

— Ce qui rend le ruban pour conduit si fort ce sont les fibres qui le composent. Elles absorbent le bleu de méthylène, donc, si nous récoltions une empreinte, nous ne pourrions dire ce que c'est.

— Triste mais vrai.

— Alors je me suis souvenu de Jeff Swanson, cet inspecteur du Middle West, rencontré à une conférence voilà quelques années. Il m'avait dit qu'il comptait expérimenter un réactif à petites particules sur du ruban pour conduit. Nous n'avons pas encore eu l'occasion de l'essayer jusqu'ici.

Warrick savait que le disulfide de molybdène impliquait les minuscules particules noires adhérant aux substances graisseuses laissées par les résidus d'empreintes digitales. Bien qu'il l'ait vu fonctionner sur de nombreuses surfaces différentes – verre, métal, carton et même papier – Warrick ne l'avait jamais vu appliquer sur le ruban pour conduit.

— Ça marche ?

— Oui. J'ai photographié le ruban en l'état puis j'y ai ajouté un peu de disulfide de molybdène et tout a viré à l'anthracite. Ensuite, je l'ai rincé avec quelques gouttes d'eau du robinet et ça m'a donné l'impression de voir flotter l'empreinte. Le disulfide de molybdène a permis d'enlever les fibres et autres nuisances de fond.

Sortant son Polaroïd, Grissom prit trois photos en rafale.

— Quel genre de pellicule ? demanda Warrick.

— Six cent soixante-cinq positif-négatif.

Autrement dit imprimables en moins d'une minute. Warrick eut envie de lui tapoter l'épaule. Enfin presque.

— Swanson m'a même dit, continuait Grissom,

qu'avec une bande adhésive on peut récupérer l'empreinte si elle n'est pas saturée mais encore humide. Voilà un moment que j'avais envie d'essayer.

Son boss semblait y prendre un tel plaisir que Warrick réprima un sourire.

Lorsque Sara Sidle trouva ce dont elle avait besoin, cela lui parut tellement sauter aux yeux qu'elle faillit trébucher dessus.

Elle imprima deux pages puis courut à la recherche de Grissom et Warrick. Elle les trouva tous les deux dans le bureau du patron, apparemment épuisés, ce qui n'était pas courant dans le cas de son boss, assis à sa table, les épaules rentrées, les bras affalés devant lui. Quant à Warrick, il s'adossait à une étagère et semblait sur le point de s'endormir debout.

Au fond, il n'y avait rien d'étonnant que même des forces de la nature comme ces deux-là finissent par trahir leur fatigue : rares étaient les affaires qui avaient suscité tant d'heures supplémentaires, ces derniers temps. Mais Sara savait qu'elle apportait de quoi les réveiller…

— Tu as l'air en pleine forme, toi ! maugréa Warrick d'un ton morne.

— J'ai *trouvé* ! s'écria-t-elle en brandissant ses feuillets.

Grissom se redressa aussitôt.

— Le lien ?

— Ils ont été voisins.

Toute contente d'elle, elle prit appui sur le bureau et regarda son patron jeter un coup d'œil sur les documents.

— Qui ça ? demanda Warrick.

— Avant de s'installer dans son appartement, Candace vivait dans un immeuble, à Green Valley, là où habitait Benson quand il ne possédait pas encore son pavillon.

— Très voisins ?

— De palier.

Dans la circulation de midi, il leur fallut un certain temps pour arriver sur place, bien que Grissom ait donné carte blanche à Warrick pour la conduite.

La résidence – une tentaculaire série de bâtisses à deux étages entre Green Valley Parkway et Pebble Road – avait constitué un ensemble architectural sans précédent, vingt années plus tôt. Maintenant, c'était un domicile vieillot à l'usage de ceux qui ne pouvaient verser d'acompte pour se payer une caravane.

Le gérant – la cinquantaine, les cheveux noirs coupés courts – devait être un militaire à la retraite. Il parut content de les voir, du moins jusqu'à ce que Brass lui montre son badge.

Il occupait un bureau exigu équipé d'un climatiseur comme on n'en faisait plus depuis au moins dix ans. Howard Thomas – comme l'indiquait sa plaque de cuivre posée sur un pupitre à monter soi-même – s'assit à sa place en tambourinant la table d'un air revêche.

— Pressons ! dit-il. Je n'ai pas que ça à faire et certains de mes locataires sont allergiques à la police.

— Peut-être, rétorqua Brass, qu'ils feraient bien d'établir un poste de garde pour le cas où on leur enverrait des voitures de patrouille. Ils se sentiraient un peu plus en sécurité.

— Pas la peine d'être désagréable, en plus.

— Nous voulons vous parler au sujet de quelques-uns de vos anciens résidents.

— S'il s'agit de Candace Lewis, c'était une locataire modèle – tout le monde l'aimait bien, tout le monde s'entendait bien avec elle.

Aucun des policiers ne s'étonna que le gérant aborde immédiatement le cas de la jeune femme dans la mesure où l'affaire tournait au scandale national. Il avait dû être interrogé plus souvent qu'à son tour au sujet de la malheureuse assistante particulière du maire.

Néanmoins, il crut bon de s'en expliquer :

— Vous les flics ne vous intéressez plus qu'à elle ; idem pour la télé et les journaux, même le FBI qui vient aussi fourrer son nez partout. Le défilé n'arrête pas et je ne vois plus de candidats à la location franchir le seuil de ce bureau.

— La vie n'est pas toujours drôle, commenta Brass, philosophe. Parlons maintenant d'un autre ex-locataire : David Benson.

— Connais pas.

— Il a vécu ici deux ans, intervint Sara. Il serait parti il y a deux ans.

— Ce qui nous fait quatre ans, monsieur Thomas, conclut Grissom.

— Comment voulez-vous que je m'en souvienne ?

— Vous ne gardez pas d'archives ? demanda Brass.

Thomas désigna un classeur à tiroirs.

— Vous ne croyez pas que je vais perdre mon temps à fouiller là-dedans ?

Sara commençait à comprendre pourquoi Grissom préférait les insectes aux gens.

Un grand garçon dégingandé entra dans la pièce ; il portait un jean usé et une chemise beige qui devait représenter un vague uniforme puisque son nom y était cousu au-dessus de la poche de poitrine.

— J'ai fini le 4B, annonça-t-il sans paraître remarquer qu'il y avait du monde autour du gérant.

— Et le bidet au six ?

— Je m'en occuperai après le déjeuner.

Thomas lui fit signe de partir et « Kevin » repassa la porte. Grissom jeta un regard à ses deux collaborateurs qui emboîtèrent le pas à l'employé.

Le soleil brillait haut dans le ciel mais une brise venue de l'ouest rafraîchissait l'effet de ses rayons. Kevin se dirigea vers le parking, grimpa dans un pick-up rouge qui partait en ruines, le plateau rempli de planches en contreplaqué, de canettes de bière vides et de quelques outils. Il ne démarra cependant pas mais s'installa pour y manger son casse-croûte.

Tandis qu'il dépiautait un sandwich, Sara vint se planter à sa hauteur tandis que Warrick se penchait sur la fenêtre passager.

— Vous êtes le préposé à l'entretien ? demanda-t-elle avec un gentil sourire.

Il venait de mordre dans son pain et leva sur elle un regard peu amène, prêt à envoyer bouler la personne qui l'interrompait dans son pique-nique. Toutefois, il dut aimer ce qu'il vit car il hocha lentement la tête, sans cesser de mâcher, se donnant tout de même la peine de fermer la bouche. La galanterie n'avait pas perdu ses droits.

— Je peux vous appeler Kevin ? proposa Sara en désignant son nom sur la chemise.

Il avala et sourit.

— Vous pouvez m'appeler quand vous voulez.

Tout d'un coup, il dut sentir la présence de Warrick car il lui jeta un regard étonné et répondit à son signe de tête avant de revenir vers Sara :

— Et vous deux, qui êtes-vous ? J'ai vu que vous parliez avec Howard.

Elle souleva son badge en pendentif.

— Sara Sidle, et voici Warrick Brown. Police scientifique. On peut vous parler pendant que vous mangez ?

Si c'était Warrick qui avait posé la question, l'autre aurait certainement répondu non ; mais Kevin semblait désireux de faire plaisir à Sara.

— Ouais, si vous ne gâchez pas mon déjeuner en me montrant un truc dégueulasse de la morgue ou je ne sais quoi.

Il s'esclaffa sur ce qu'il prenait pour un mot d'esprit et Sara s'arracha un petit rire.

— Alors, de quoi vous voulez me parler ?

— De deux anciens locataires, Candace Lewis et David Benson.

— Elle était adorable. Lui c'était un enfoiré. C'est tout ?

— Ils habitaient l'un à côté de l'autre, je crois ?

— C'est ça.

— Ils s'entendaient bien ?

— Bof. Elle était aimable avec lui, comme avec tout le monde. Une vraie princesse. Mais Benson la suivait comme un petit chien. Il lui portait son linge à la buanderie, lui montait ses courses. J'ai toujours pensé qu'il lui mettrait bien la main au panier s'il le pouvait, mais elle le trouvait inoffensif.

Sara se rembrunit.

— Comment savez-vous cela, Kevin ?

— Ça se voyait. Il y a de ces enfoirés qui mangent dans la main des princesses.

Warrick sourit à l'adresse de sa coéquipière.

— Cet abruti, continuait Kevin, il en pinçait pour elle. Ça tournait au harcèlement. J'étais allé la voir pour lui dire qu'elle devrait porter plainte contre lui mais elle le trouvait « gentil ».

Lisant entre les lignes, Sara commenta :

— Et elle vous trouvait un rien… jaloux ?

Il se raidit sur son siège.

— Hé ! On se sortait pas ensemble. Mais il nous arrivait de bavarder, parce que je m'occupe de l'entretien. Je l'aidais, je lui réparais ce qui ne marchait pas chez elle.

— Et c'était une personne aimable ?

— Très ! Je veux dire, elle savait que c'était une princesse. Ces choses-là, les filles le sentent, elle savent très bien l'effet qu'elles font sur les pauvres gars qui se laissent avoir.

Sara ne sut que répondre.

— Mais elle semblait aussi un peu… naïve. Elle n'avait pas l'air de se rendre compte qu'elle jouait avec le feu. Un cinglé comme Benson, c'était dangereux de l'affrioler.

— Vous avez déjà dit ça à la police, demanda Sara, ou au FBI ?

— Au dénommé Culpepper ? Ah non ! D'ailleurs ils ne m'ont jamais interrogé sur Benson, vous êtes les premiers. Vous croyez que les tabloïds vont s'intéresser à ça ?

— C'est possible, reconnut Sara. Vous pouvez les appeler, si vous n'avez pas peur que Benson ne vous fasse un procès.

— Pas besoin de ces merdes !

— Serait-il possible de voir l'ancien appartement de Candace ? demanda Warrick.

— Non. Il y a quelqu'un d'autre qui l'habite, maintenant. Il vous faudrait leur autorisation et ils ne sont pas là.

— Et celui de Benson ? demanda Sara.

— Celui-là, je peux vous le montrer. Le locataire qui lui a succédé est parti la semaine dernière.

Le préposé à l'entretien termina vite son sandwich tandis que Sara gardait un œil sur la porte du bureau ; mais Grissom et Brass se trouvaient toujours à l'intérieur avec le gérant.

Avec Warrick, elle finit par suivre Kevin deux bâtiments plus loin, deux étages plus haut. Ils longèrent la passerelle extérieure presque jusqu'au bout de l'immeuble.

— Voilà où habitait Benson, annonça-t-il en leur montrant une porte. Et elle avait l'appartement du bout.

A l'aide d'un passe, il les fit entrer. Une moquette beige couvrait le sol sauf dans la salle de bains et la cuisine où elle était remplacée par du carrelage. Tous les murs étaient peints en blanc, la cuisine, le coin repas, le living, les deux chambres et la salle de bains, de cette épaisse peinture dont il y avait désormais tellement de couches qu'on ne devinait plus aucun revêtement.

— Ça n'a pas l'air mal, observa Warrick.

— Non, là ça va, dit Kevin. Le type qui vient de partir l'a laissé en bon état. Il a même récupéré son dépôt de garantie.

Sautant sur l'occasion, Sara demanda :

— Et Benson ? C'était moins propre ?

L'employé émit un grondement de mépris.

— Vous ne pouvez pas vous imaginer tout le temps

que j'ai passé dans ce taudis à essayer de le ravoir ! Thomas l'a mis à l'amende de plus de cent dollars.

— Pourquoi ? insista Sara.

— Parce qu'il avait fait des trous partout !

— Des trous ? Pour quoi faire ?

— Pour ses foutues étagères et son équipement de vidéo.

— Il en avait tant que ça ? demanda Warrick.

— Oui. Il avait l'air obsédé. D'ailleurs, il en vendait, alors il devait avoir des prix. Il faisait des trous dans le mur pour installer partout des planches en métal. L'appart' en était bourré.

Il alla leur montrer quelques traces restées de trous rebouchés.

Les deux experts examinèrent l'appartement et Warrick finit par appeler l'employé pour lui demander des précisions sur le mur du coin-repas, où il avait repéré un trou bouché presque à hauteur du plafond. Un trou apparemment plus gros que les autres.

— Il avait des étagères qui montaient si haut ? Ça ne devait pas être facile à atteindre.

— Non, pas si haut. Je ne sais pas ce qu'il foutait là-haut.

Sara sentit son cœur se serrer.

— Est-ce qu'il vous a fallu boucher des trous dans l'appartement de Candace ?

— Quelques traces de clous pour ses tableaux.

— Ces étagères, suggéra soudain Warrick, Benson y installait beaucoup d'équipement ou seulement des cassettes vidéo ?

— Des cassettes vidéo.

— Des trucs enregistrés, comme des films, ou des bandes d'amateur ?

— Surtout des trucs d'amateur. Des vieilles cassettes VHS dans leurs boîtes noires… Il y en avait partout, de pleines étagères, des boîtes remplies.

Sara frissonna.

— Qu'est-ce qu'il y a de l'autre côté de ce mur ? demanda Warrick.

Il désignait l'endroit où avait été creusé le plus gros trou.

— De l'autre côté ? répéta l'employé.

Il se mit à fixer le mur, tel Superman de sa vision laser.

— Que je réfléchisse… Ce devait être la salle de bains de Candace. Ouais… sa cabine de douche.

11

A la reprise, Catherine Willows et Nick Stokes passèrent le plus clair de leur temps sur un meurtre commis sur Marion Drive.

Un ivrogne avait poursuivi sa femme jusque dans la rue avant de la rattraper et de la poignarder en bordure de Stewart Place Park. Ce n'était pas vraiment le Mystère de la chambre jaune – couvert de sang, l'homme était resté sur place où il continuait d'insulter sa femme décédée, lorsque les policiers étaient arrivés.

Néanmoins, on avait établi une scène de crime et entamé le processus habituel. Il avait fallu recueillir le maximum de pièces à conviction sur les lieux et dans la maison du couple, par une nuit de printemps anormalement (en principe) chaude, sous l'éclairage tamisé des réverbères.

Assis à présent devant un petit déjeuner sur le Strip, les deux experts pouvaient se replonger dans les rapports financiers de leurs pédophiles suspectés.

Catherine examinait les fiches de paie de Janice Denard tandis que Nick étudiait celles de Roxanne Scott, sans se priver pour autant de pancakes.

Ils avaient récupéré les journaux comptables de la Newcombe-Gold pour approfondir la situation des sept employés auxquels ils s'intéressaient, ainsi que le disque sur lequel Randle prétendait avoir travaillé le samedi précédent et qu'ils avaient d'ailleurs déjà remis à Tomas Nunez.

Après avoir avalé une longue goulée de jus d'orange, Nick désigna le journal :

— Je t'avais dit que ça payait la pub.

— Oui, souffla Catherine.

Elle écarquillait les yeux sur le salaire annuel de Janice Denard.

— Roxanne Scott gagne à peu près le double de ce que se fait un agent du CSI confirmé, commentait Nick de son côté.

— Tu ne te demandes pas, parfois, si tu ne t'es pas trompé de carrière ?

— Comme la nuit passée, en dansant avec cet ivrogne ?... Ah ! Je ne saurais que faire de mon argent si j'en gagnais tant.

— Déjà, tu ne te ferais pas tirer dessus pendant les heures de travail.

— On aura au moins appris à se méfier. La plupart des gens qui meurent d'un coup de feu sur leur lieu de travail n'ont même pas été prévenus du danger.

Il regarda de nouveau les fiches de paie de Roxanne Scott.

— D'après toi, combien d'heures devrions-*nous* faire pour obtenir une prime de cinq mille dollars ?

Haussant un sourcil, Catherine examina de nouveau l'historique de Janice Denard.

— Cinq mille ?... Quand est-ce que Roxanne a obtenu cette prime ?

— Le 1er de ce mois-ci.

— C'est drôle, dit Catherine en léchant une miette

de muffin restée sur son majeur. C'est le jour où Janice Denard a touché une prime de *dix* mille dollars.

— Tiens ? Je croyais que ces deux femmes occupaient les mêmes fonctions.

— Moi aussi.

Elle lui tendit la feuille de papier.

Il l'examina un instant et commenta :

— Peut-être que Janice a travaillé plus longtemps ce mois-ci.

— Ou qu'elle est plus ancienne ? suggéra Catherine.

Cependant, elle n'aimait pas l'impression que cela lui laissait. D'un autre côté, elle travaillait depuis assez longtemps avec Grissom pour savoir qu'elle ferait mieux de ne pas trop s'y fier ; et cette affaire avait déjà amplement confirmé ce dogme. *Des preuves, pas des intuitions*...

Toutefois, c'était une chose que de se laisser influencer par des pressentiments et c'en était une autre que de tenir compte d'instincts viscéraux – développés par des années d'expérience sur le terrain autant que par la vie quotidienne.

Nick poursuivait sa réflexion :

— Tu crois que le montant d'une prime peut varier selon le bon vouloir du patron ?

— On devrait poser la question à Ian Newcombe.

— Ou peut-être à Ruben Gold – quand je pense qu'on ne lui a pas encore *parlé* à celui-là ! Quand *est-ce* que le grand chef numéro deux doit rentrer ?

— Encore une question à poser quand on retournera à l'agence.

— C'est-à-dire... ?

Elle consulta sa montre :

— Ils n'ouvrent que dans trois quarts d'heure.

— Serions-nous encore en train d'envisager des heures supplémentaires ?

— Tu vois, Nick ? Tu vas en gagner de l'argent, ce mois-ci ! Viens, on va voir où en est Nunez. Ensuite on fait un saut à la Newcombe-Gold.

— C'est parti.

Toujours installé dans son garage climatisé, Tomas Nunez semblait à jamais suspendu à son moniteur, ses cheveux plaqués en arrière tel un casque noir. Son T-shirt du jour représentait un groupe de filles – les Donnas – et, malgré la fraîcheur matinale, il transpirait déjà. Son jean noir semblait éclaté à un genou mais paraissait par ailleurs intact. Avec son ordinateur à huit mille dollars nonchalamment branché à même le sol, l'informaticien examinait une série de photos qui défilaient sur son écran.

— Salut, Tomas ! lança Catherine en lui apportant un gobelet de café.

— Salut, Catherine, et *gracias*.

Il prit le café et en but une gorgée.

— Ça va ? demanda-t-elle. La journée est bonne ?

— On a vu pire sur cette affaire. Et alors ? Pas de donuts ? ajouta-t-il en regardant Nick.

— Hé ! protesta celui-ci. Montre-nous ce que tu as fait et j'irai t'en chercher.

— Tu as trouvé quelque chose ? interrogea Catherine.

— Il y a de ça… Asseyez-vous, tous les deux.

Ils amenèrent des chaises à côté de lui et regardèrent l'écran.

— L'ordinateur portable que vous m'avez remis, j'y ai trouvé des tas d'autres photos…

Les experts se penchèrent, comme pour mieux voir.

— … les douze que vous avez vues, ainsi qu'une centaine de petites sœurs tout aussi navrantes.

— Ainsi, observa Catherine, voilà Gary qui revient dans notre collimateur.

— Sauf qu'on n'a toujours pas d'empreintes digitales, rappela Nick. Le boîtier a soigneusement été nettoyé.

— Attends, on l'a quand même trouvé chez lui !

— Hé, on se calme ! coupa Nunez. Ecoutez ce que j'ai à vous raconter avant de vous emballer.

— Aïe ! dit Nick.

— J'ai fait une recherche sur angel12.jpeg et j'ai trouvé une référence à ce fichier dans un bloc inutilisé. Devinez quelles origines indiquent ses références ?

— Un site pédophile quelconque, dit Catherine, qui porte la trace du passage de Gary Randle ?

— Si je vous disais un site situé en… Russie ?

— En *Russie* ?

— *Si*. Depuis la fin de la guerre froide, toutes sortes d'organisations criminelles prospèrent dans l'ancienne Union soviétique, au même titre que le capitalisme et bien d'autres escroqueries.

— Moins de commentaires, coupa Nick, des faits !

— Soit. J'ai pu retrouver l'adresse Internet à partir de l'adresse IP, grâce à un serveur de noms de domaines ; ensuite, j'ai traqué l'adresse IP grâce à un site d'itinéraire du net, qui envoie un message PING à l'IP et attend la réponse. Il retrace alors le chemin que le PING a pris pour rejoindre la machine destinataire et montre où se trouve celle-ci à partir de son adresse IP.

— Ouiiiiii, dit Nick. Donc, si on veut arrêter les vrais trafiquants de ces obscénités…

— … tu te rends à Moscou par Aéroflot et tu sautes dans un train, direction Aisselle Est, en Sibérie.

— Qu'est-ce qu'on vient faire dans tout ça ? demanda Catherine.

— Toi personnellement, rien du tout. Mais ça nous donne quelque chose à transmettre aux Fédéraux.

— Ce qui veut dire que Randle, ou qui que ce soit d'autre à la Newcombe-Gold, n'est *pas* un pédophile mais seulement un amateur de photos pédophiles.

— Je dois reconnaître, avoua Nick, que je n'ai jamais pu imaginer Randle armé d'un appareil en train de prendre ce genre de cliché…

— Un employé dans une agence de publicité, s'enflamma Catherine, intelligent et adroit comme lui ? Avec ses tendances sexuelles ? Avec une fille adolescente chez lui ? *Je* n'avais personnellement aucun mal à l'imaginer.

— Jusqu'à maintenant.

— Jusqu'à maintenant, reconnut-elle. Ainsi, ce n'est qu'un consommateur, pas un trafiquant. N'empêche qu'il y touche quand même.

— *Si* c'est Randle.

— Si c'est Randle, admit-elle.

— Hé, les enfants ! reprit Nunez, si vous avez fini de papoter, j'ai un petit quelque chose sur ce portable qui va vous faire sourire.

— Pas de bouffonneries, Tomas !

— Juré. J'ai utilisé mon script pour remonter l'historique Internet et aboutir à une feuille Excel où sont détaillés tous les passages sur le web, avec les dates et les heures… et le nom de l'utilisateur.

Ainsi que l'avait prédit l'informaticien, Catherine et Nick échangèrent des sourires.

— Ce site russe, poursuivait Nunez, a été visité pour la dernière fois vendredi à seize heures, heure locale. L'utilisateur référencé est un certain Randyman.

Après avoir jeté un coup d'œil à Nick qui semblait favorablement impressionné, elle demanda :

— Tu as trouvé tout ça dans le portable ?

— Comme on dit dans la publicité : *et ce n'est pas tout* ! Le portable avait le logiciel AOL. J'ai demandé à O'Riley de me procurer un mandat de perquisition pour les liaisons AOL – historique des comptes, des facturations et du site web, ainsi que de tous les mails sauvegardés. Les liaisons AOL correspondaient à l'historique Internet du portable, donc ça tient debout. De toute façon, j'ai essayé d'accéder au site mais, comme de nombreux sites pédophiles, il est protégé par un mot de passe.

— Ça signifie que Gary Randle *est* vraiment coupable ? demanda Catherine.

Elle s'efforçait de ne pas céder au vertige qui l'avait prise comme chaque fois que Nunez se lançait dans ses explications.

— Pas forcément, répondit ce dernier. Ça veut juste dire que ces douze photos que vous avez saisies à la Newcombe-Gold ont été téléchargées sur Internet à l'aide de *ce* portable.

— L'arme du crime, dit Nick.

— Mais qui l'utilisait ? demanda Catherine. Tomas, quelle est la prochaine étape ?

— Il vous faut un mandat de perquisition pour obtenir les relevés des coups de fil passés par Randle, pour voir si le numéro d'accès d'AOL a été composé à l'époque où cette machine était en ligne avec le site russe. Si ça correspond, vous tenez votre coupable.

— Est-ce que cette machine pourrait être celle qui a été branchée sur le poste de travail numéro dix-huit et utilisée pour simuler l'ordinateur de Ben Jackson ? demanda Nick.

— Non, l'adresse MAC de la carte NIC ne correspond pas aux logs du serveur.

Bras croisés, regard fixe, Catherine ne bougeait plus.

— Donc, il y a encore un ordinateur quelque part qui a envoyé ce fichier d'impression… et nous ne l'avons toujours pas trouvé.

— Vous ne l'avez pas trouvé. Mais je peux encore vous fournir une donnée du problème.

— Laquelle ?

Il retira une feuille de son imprimante et la leur tendit. Elle ne contenait qu'un paragraphe :

Dans cette optique, nous contribuerons à faire du All-American Jukebox de Doug Clennon la plus grosse attraction de Las Vegas. En lançant une vaste campagne médiatique, en utilisant nos contacts dans les publications sus-mentionnées, nous pouvons vous garantir une sensibilisation du marché rivalisant avec l'émission télé du All-American Jukebox elle-même.

— Drôle de lettre ! observa Nunez.

— Révélatrice, dit lentement Catherine. Mais où est la suite ?

— Malheureusement, l'une des photos Angel a écrasé le reste sur l'autre secteur occupé par ce fichier.

— *Qué ?* demanda Nick.

Nunez sourit :

— Un disque est divisé en secteurs. Certains fichiers en occupent un, certains deux, certains beaucoup plus – tout dépend de leur taille. Mais si un fichier s'étale sur quatre secteurs et demi, il lui en faut cinq et c'est sur ce demi-secteur inutilisé que j'ai trouvé cet extrait de lettre.

— Sur la même disquette Zip que les photos ? demanda Catherine.

— Oui.

— Et la disquette Zip sur laquelle travaillait Randle samedi dernier ?

— Les numéros de logs correspondent. On dirait qu'il faisait bien ce qu'il disait au moment où il le disait… ça ne signifie pas qu'il ne se soit pas connecté *avant*.

— D'aaaaccord ! soupira Catherine.

Elle se tourna vers Nick :

— C'est l'heure de nous séparer et de fouiller les différentes parties de cette maison hantée… Tu te charges des listes téléphoniques, moi je fais un saut à l'agence pour tâcher d'élargir les recherches au-delà de notre seul suspect.

— Très bien, mais je préférerais que tu prennes O'Riley avec toi. Il ne faut pas outrepasser nos droits.

— C'est clair, reconnut-elle.

Elle prit la feuille contenant l'extrait de lettre.

— Merci, Tomas.

Trois quarts d'heure plus tard, elle entrait dans la Newcombe-Gold en compagnie de l'inspecteur O'Riley. Ils montrèrent leurs pièces d'identité à la réceptionniste mais celle-ci leur fit signe de passer. Leur présence, quoique importune, commençait à être perçue comme une habitude. En fait, l'hôtesse leur adressa même un demi-sourire.

Tandis qu'ils longeaient le corridor en direction de la salle de conférences, Catherine se demandait si elle allait s'adresser d'abord à Janice Denard ou à Gary Randle ; elle voulait les interroger tous les deux.

Mais, en tournant à l'angle, elle jeta un regard vers le bureau de Randle et le vit au téléphone ; c'est alors que le suspect lui-même précipita sa décision.

Il raccrocha d'un geste brusque et se leva pour courir vers le corridor, le visage rouge de fureur. Mais sa rage ne s'exprima que d'un mot :

— *Vous !*

Il s'arrêta à deux doigts d'elle et Catherine – généralement plutôt décontractée en toute circonstance – en éprouva une franche frayeur.

— Ça ne vous regarde pas ! hurla-t-il aux employés qui osaient lever la tête de leur box.

Telles des marionnettes, ils disparurent aussitôt.

— C'est *votre* faute ! lâcha-t-il en tremblant de rage, les yeux pleins de larmes.

En même temps, il tendait vers Catherine un doigt qui ne s'arrêta qu'à quelques millimètres de sa poitrine.

O'Riley le saisit par le bras, fermement mais sans brutalité, et dit d'un ton tranquille :

— On ne fait pas de scène, monsieur Randle. Rentrez tout de suite dans votre bureau.

Déglutissant, le publicitaire finit par reculer, heurtant au passage l'encadrement de la porte.

Il allait regagner sa place lorsque O'Riley – fermant la porte derrière Catherine et lui – déclara :

— Monsieur, je vous conseille de vous reprendre un peu.

— Me reprendre ? glapit l'autre en faisant un doigt d'honneur à Catherine. Cette *salope* a fichu ma vie en l'air !

De nouveau, l'inspecteur tendit l'index vers lui et le publicitaire réagit comme si on pointait une arme dans sa direction : il se laissa tomber dans son fauteuil.

Catherine s'approcha prudemment de lui :

— De quoi parlez-vous, monsieur ?

Il se prit le visage dans les mains. Il pleurait.

Catherine jeta un coup d'œil vers O'Riley qui haussa les épaules d'un air impuissant.

La jeune femme prit une chaise, se rapprocha du bureau puis sortit un kleenex de son sac.

— Je vous en prie, monsieur, dites-moi ce qui ne va pas.

Il lui arracha le mouchoir des mains et s'essuya le visage avant de dire d'un ton pitoyable :

— M... merci.

— Monsieur Randle, dites-moi tout.

— Ce... c'était mon ex-femme au téléphone. Je ne sais pas comment elle s'y est prise, avec son enfoiré d'avocat, mais ils ont appris cette histoire de pédophilie et maintenant, elle redemande la garde de Heather !

Ses yeux rouges imploraient, son expression marquait la plus terrible douleur.

— Elaine... Elaine prétend que je ne suis pas un bon père. Elle a conduit en état d'ivresse avec notre fille dans la voiture, elle a failli la *tuer* et c'est moi qui suis un mauvais père ?

— Je suis désolée, assura sincèrement Catherine.

— Je vous en prie... laissez-moi seul, à présent.

— Je sais que ce n'est pas le moment, ...

— Pas le moment ! C'est vous qui dites ça ?

— ... mais nous avons encore quelques questions à vous poser.

Les yeux ravagés de Randle s'écarquillèrent :

— Au point où j'en suis ! Si je peux vous aider…

— Si vous ne voulez pas répondre, vous êtes libre, assura-t-elle. Vous ne me croirez peut-être pas, mais je comprends ce que vous ressentez… et je n'ai que deux questions à vous poser.

Il ne réagit pas, immobile comme un mort, si ce n'était un petit tremblement de sa bouche.

— Avez-vous travaillé pour le compte d'All-American Jukebox ?

La question dut lui paraître si saugrenue qu'il se calma quelque peu :

— Nous n'avons pas de compte All-American Jukebox. Ils travaillent avec l'agence Stevens, Hecht et Thompson… ou, comme nous les appelons ici : S-H-i-T. Nous avons juste démarché le Jukebox, c'est tout. Maintenant, je suis sûr que cette information vitale va vous permettre de résoudre cette affaire au plus vite. Alors allez-vous-en.

— Tout de suite. Mais nous n'en sommes pas loin. Si vous êtes coupable, vous êtes assez intelligent pour savoir que tôt ou tard nous allons vous attraper.

— Allez vous faire voir ! Cassez-vous !

— Mais si vous êtes innocent, vous êtes le premier intéressé à voir les coupables arrêtés – c'est le seul moyen de prouver votre innocence et de démontrer que vous *êtes* effectivement un père digne de ce nom.

L'idée parut pénétrer son cerveau. Du moins semblait-il y réfléchir.

Finalement, il déclara :

— Ça… ça tient debout…

— Bon. Si vous êtes vraiment innocent et que vous nous aidez, je vous promets – en tant que parent devant un autre parent, en tant que parent célibataire devant un autre – que je ferai tout mon possible pour vous aider à garder votre fille.

Leurs regards se croisèrent et il soutint longtemps le sien avant de demander :

— Combien d'enfants ?

— Comme vous, un seul. Une fille de onze ans.

Il plissa les yeux.

— C'est donc pour ça… que vous m'avez crucifié.

— Pardon ?

— Vous avez une fille de l'âge des gosses sur ces photos. Vous n'avez d'abord vu en moi qu'un pédophile et vous m'avez pendu haut et court.

Elle soutint son regard.

— Peut-être, reconnut-elle.

O'Riley en parut estomaqué.

— Merci quand même, murmura Randle. Vous avez besoin d'autre chose ?

— Vous avez démarché le All-American Jukebox ?

— Oui, grosse affaire ! J'y ai participé. Enorme déception.

Elle lui montra la feuille où s'étalait le paragraphe.

— C'est vous qui avez écrit ça ?

— Non… C'est une lettre préliminaire. Ma participation était plus précise, avec des idées plus visuelles. Je ne travaille pas comme ça, sur de simples projets. Je suis intervenu après – trop tard, en fait, pour rattraper le coup – et nous n'avons pas obtenu le compte.

— Savez-vous qui a écrit ça ?

— Ian ou Ruben, sans doute – c'est le genre de chose dont ils se chargent personnellement, au moins avec les gros clients, comme les casinos.

Catherine se leva.

— J'ai d'autres gens à voir ici. Si vous restez dans les parages, je reviendrai et je vous tiendrai au courant.

— Je reste là. J'ai beaucoup de choses à faire – téléphoner à *mon* avocat, voir ce que je peux faire à propos d'Elaine.

— Avec un peu de chance, je devrais pouvoir vous donner des arguments.

Elle lui tendit la main.

Il la regarda, la serra.

Suivie d'O'Riley, Catherine retourna dans le corridor.

— J'ai presque eu pitié de lui, confia l'inspecteur.

— C'est mon cas.

Tous deux se rendirent dans la salle de repos, vide à cette heure-là. O'Riley se laissa tomber devant une table. Il avait toujours l'air de ne pas avoir connu une seule bonne nuit de repos depuis le début du siècle.

— Il faut que je parle à Nick, dit Catherine en sortant son portable. Ensuite, nous irons voir Janice Denard.

Hochant la tête, l'inspecteur se leva et se dirigea vers le distributeur de sodas.

Nick répondit dès la deuxième sonnerie.

— S'il te plaît, commença-t-elle, dis-moi que tu as la liste des appels partis de la maison de Randle !

— Oui, et ça me semble bizarre…

— Ils ne correspondent pas.

— C'est ça !

— Nick… Je crois que Randle n'a rien fait.

— Encore une intuition, Cath ?

— Ne le dis pas à Grissom.

— J'ai plutôt l'intention de le fuir pendant au moins un mois !

Elle faisait les cent pas en parlant :

— Il va nous falloir deux mandats supplémentaires et Tomas va devoir nous faire d'autres recherches.

— Quels mandats ?

Au cours des deux minutes qui suivirent, Catherine exposa à quel point elle avait changé d'avis – y compris sur le nouveau suspect pour lequel il lui fallait ces mandats – et comment elle comptait désormais s'y prendre.

— Au fait, une dernière chose, ajouta-t-elle.

— Oui ?

— Demande à Tomas de vérifier l'ordinateur utilisé par Randle à l'agence. S'il y trouve la moindre trace d'intervention extérieure et peut déterminer ce qui semble avoir causé la panne ?

— Voilà de meilleures idées que toutes celles que j'ai eues dernièrement, admit Nick. Je m'en occupe tout de suite.

Catherine rangea son téléphone et se tourna vers O'Riley qui sirotait un Coke, l'expression aussi vide que celle de Randle. Il avait l'air d'un roi impuissant face à une foule en colère décidée à le déposer.

— Vous m'avez l'air tout revigoré, observa Catherine, moqueuse. On y va ?

— Je ne m'attendais pas à venir danser la gigue, dit-il en soulevant sa lourde carcasse.

— Ça marche.

Surprise de ne trouver personne dans le bureau de Janice Denard, Catherine vérifia sa montre : dix heures, trop tôt pour le déjeuner. Donc l'assistante ne devait pas être loin. Il suffirait de patienter un peu… L'attente ne fut pas longue : la porte du bureau de Ruben Gold s'ouvrit soudain sur la jolie femme blonde.

Sur le coup, elle parut surprise, peut-être même

contrariée, mais ne le laissa pas longtemps paraître et accueillit les policiers d'un aimable sourire :

— Madame Willows, ravie de vous revoir. Inspecteur O'Riley, bonjour ! Vous venez si souvent ici qu'on devrait vous demander vos numéros de sécurité sociale.

Catherine lui retourna un sourire poli.

— J'ai encore certains détails à vérifier.

L'assistante leur fit signe de prendre place sur les chaises disposées en face de son bureau. Catherine s'assit mais O'Riley resta debout, bras croisés, surveillant l'entrée tel un gardien de harem.

— Je n'arrive pas à croire que j'aie pu omettre la plus petite information, assura Janice Denard d'un ton quelque peu contraint.

— Je voudrais vous interroger sur la prime que vous avez reçue au début de ce mois.

Son expression se figea :

— Ce n'est pas un peu en dehors de vos attributions, tout ça ?

— D'après vous ? Votre prime s'élevait au double de la plus forte versée après la vôtre, à savoir celle de Roxanne Scott, votre homologue.

— Où voulez-vous en venir ?

Catherine poursuivait son idée :

— En fait, elle est plus élevée qu'aucune autre prime *jamais* versée dans cette agence.

Janice Denard se raidit :

— M. Gold apprécie mes services.

— C'est l'impression que ça donne, en effet.

— Je veux dire qu'il s'est montré très généreux. Ce qui n'est pas un crime, que je sache.

— Non, madame, ce n'est pas un crime. Mais vous

n'avez pas répondu à ma question, du moins pas complètement.

Visiblement agacée, Janice Denard changea de position sur son fauteuil.

— Chaque associé possède un compte discrétionnaire auquel personne d'autre n'a accès. Ils y puisent les primes en fonction d'idées qui ont rapporté de l'argent, d'un travail bien fait et de beaucoup d'autres choses.

La porte intérieure s'ouvrit de nouveau et apparut sur le seuil un homme d'une cinquantaine d'années, long et mince, les cheveux grisonnants, mais le visage encore très jeune, presque poupin par rapport à son âge. Il allait dire quelque chose mais s'interrompit en découvrant ces deux inconnus dans le bureau de son assistante.

— Excusez-moi, dit-il en souriant. Je ne savais pas que vous aviez de la compagnie.

— Ce sont les inspecteurs de police dont je vous ai parlé.

Gold portait une chemise bleu vif, assortie à ses yeux, un costume et une cravate noirs. Son regard sans cesse en mouvement, ses paupières qui se plissaient à la moindre alerte prouvaient qu'on avait affaire à un être des plus méfiants. Pas le partenaire de poker idéal.

Le copropriétaire de l'agence vint serrer la main de Catherine puis d'O'Riley :

— Ruben Gold… Ruben Gold.

Catherine se présenta ainsi que l'inspecteur.

— Je suis contente de voir que vous êtes rentré, ajouta-t-elle. Vous faites partie des personnes à qui nous voulions parler.

— Vraiment ? J'avais l'impression que ce... malheureux incident s'était produit en mon absence.

— C'est ce qu'il me semble également, renchérit Catherine, mais le fait est que Roxanne Scott et vous êtes les seules personnes dont nous n'avons pas pris la déposition ni relevé les empreintes.

— Relevé les empreintes ? répéta-t-il.

— Oui, nous avons déjà celles de tous vos employés.

— Je suis au courant, dit-il avec un petit rire intempestif. Mais pourquoi avez-vous besoin des miennes ?

Il parlait d'un ton neutre ; il aurait pu tout aussi bien lui demander de passer le beurre.

— Question de routine, assura-t-elle. Vos empreintes se trouvent forcément sur le matériel que nous avons examiné. Et je compte profiter de l'occasion pour vous poser quelques questions.

Gold se tourna vers Janice :

— Je dispose d'un peu de temps, je crois ?

L'assistante vérifia l'agenda :

— A part les coups de téléphone que vous pourriez avoir à passer, vous êtes libre jusqu'au déjeuner prévu avec Ian à midi.

— Parfait.

Et il sourit encore, de son beau sourire qui s'étirait sur des dents trop parfaites pour être honnêtes, à part peut-être leur couleur légèrement jaune : un fumeur.

— Passons dans mon bureau, voulez-vous ?

Tandis que Catherine et O'Riley entraient, il leur tint la porte. En passant devant lui, Catherine repéra son eau de toilette à base d'agrumes. Elle s'assit et le regarda prendre place devant l'imprimante où les photos avaient été trouvées.

D'un geste admiratif, elle désigna la maquette sur sa base en forme de C.

— Vous aimez les avions ? demanda-t-elle.

— C'est le moins qu'on puisse dire. En fait, celui-ci est à peu près le modèle réduit du mien.

— Celui de l'agence ?

— Oui, un Learjet.

— Où est-il basé ?

— Pardon ?

— Votre avion. Où est-il basé ?

— Oh ! A l'aéroport d'Henderson.

Pas loin de là, se dit Catherine, au sud de Las Vegas Boulevard.

— Quand êtes-vous parti pour Los Angeles ? reprit-elle.

L'expression de Gold vira instantanément au style homme d'affaires, indiquant qu'il avait compris que les bavardages étaient finis.

— Vendredi après-midi.

— Et le congrès auquel vous assistiez a commencé… ?

— Il y a d'abord eu une séance de présentations dimanche soir et la session proprement dite, lundi matin.

— Et vendredi soir ?

Un petit sourire complice :

— Un match des Giant Dodgers au Dodger stadium. Une chance de voir des joueurs qui ont débuté ici.

Catherine n'était pas une fan de base-ball mais savait que les Las Vegas 51 étaient affiliés aux Giant Dodgers de Los Angeles.

— Et samedi ?

— J'ai dormi, me suis fait servir mon petit déjeuner dans ma chambre. L'après-midi, j'ai joué au golf, puis j'ai dîné avec des amis.

— Vous avez voyagé seul ?

— Malheureusement oui.

— Pourquoi « malheureusement » ?

— C'est que… dans mon métier, on ne lie pas facilement connaissance.

— Ah ! Mais j'aurais cru que vous vous feriez accompagner de quelqu'un du métier. Pour un congrès, ça pouvait se concevoir.

— Non. Ian et moi faisons cela depuis un moment. Nous aimons travailler seuls et nous répartir les tâches, surtout en ce qui concerne les voyages d'affaires. Avec tous ces congrès, on a vite fait de perdre son temps.

— Vous avez gardé votre billet d'entrée pour le match ?

— Il doit être chez moi.

— Un reçu pour votre partie de golf ?

— Euh… oui, ma carte Visa.

— Et les noms et adresse des amis avec qui vous avez dîné, ainsi que de l'hôtel où vous êtes descendu.

Gold n'avait plus du tout l'air aussi décontracté qu'il l'aurait voulu.

— Vous me traitez comme si j'étais suspecté de quelque chose.

— Si vous l'étiez, vous nous fourniriez des alibis tout prêts.

— Je suis organisé, j'ai l'habitude de suivre un emploi du temps, même en ce qui concerne mes loisirs… Je n'apprécie pas du tout d'être traité comme un suspect potentiel. C'est ridicule et plutôt insultant.

— La pédophilie est un grave délit, lui rappela Catherine.

Gold se reprit :

— Je n'ai jamais dit le contraire.

— Alors, vous allez nous remettre les documents dont nous avons besoin ?

— Dès que possible.

— Pouvons-nous relever vos empreintes maintenant ?

— Je n'y vois aucune objection.

Catherine se leva.

— Nous ignorions que vous seriez ici aujourd'hui. C'est pourquoi je vais devoir aller chercher ma mallette dans la voiture. Le sergent O'Riley attendra ici avec vous.

— Pas de problème.

Cinq minutes plus tard, la jeune femme rentrait dans le bureau. En s'approchant de Gold, elle trébucha et faillit lui tomber sur les genoux. Le temps de se rattraper à la table, elle regarda ce qu'elle avait heurté.

— Oh ! Excusez-moi ! dit Gold en redressant la sacoche de cuir qui traînait au pied de son bureau.

— Votre ordinateur portable ? demanda Catherine d'un ton neutre.

— Oui. Le mien propre.

— Avez-vous un bloc-notes et un crayon ou un stylo que je puisse utiliser ?

Légèrement surpris, il répondit cependant :

— Certainement.

Catherine y inscrivit quelques rapides instructions et remit la feuille à O'Riley en disant :

— Pourriez-vous vous en occuper, sergent ?

Il lut ce qu'elle avait écrit et répondit :

— Tout de suite.

Il sortit et Catherine entreprit de relever les empreintes digitales de Ruben Gold, après quoi, elle lui tendit une serviette en papier pour s'essuyer les mains.

— Un rien discourtois, observa-t-il.

— Je sais. Du genre à culpabiliser le plus honnête homme. Je tiens à vous remercier pour le temps que vous nous avez accordé.

— Je ne demandais pas mieux. Je sais combien il est important de trouver la personne responsable de cette affreuse chose et Janice m'a dit combien vous avez tous été discrets en ce qui concerne les médias.

— C'est vrai qu'il y aurait là de quoi discréditer votre agence.

— De façon irrémédiable. Croyez-moi, je n'ai jamais sous-estimé l'importance de l'enjeu, que ce soit pour les enfants ainsi exploités ou… mais ceci est évidemment moins important… pour le bon fonctionnement de notre entreprise.

O'Riley entra et adressa un signe de tête à Catherine.

— Allez-y, dit-elle.

L'inspecteur traversa la pièce et tendit à Ruben Gold deux mandats de perquisition, l'un pour son portable, l'autre pour sa maison.

— Qu'est-ce que c'est que ça ? demanda l'intéressé en feuilletant furieusement les liasses.

— Votre avocat vous dira sans doute, expliqua aimablement Catherine, que votre ordinateur n'est pas couvert par le mandat général, puisque vous n'étiez pas en ville. C'est faux mais nous avons tout de même paré à cet argument en vous remettant un mandat spécialement rédigé à votre intention. Nous vous rendrons votre portable aussi vite que possible.

— Ce… ce sont des *faxes* ! Vous les avez fait faxer à l'agence !

— Oui, le juge Madsen nous les a fait envoyer ainsi, dès que l'inspecteur O'Riley lui a téléphoné pour lui expliquer la situation. Au fait, merci pour nous avoir laissés utiliser vos appareils.

Elle saisit la sacoche par sa bandoulière. Tandis qu'elle sortait, suivie d'O'Riley, Gold composait frénétiquement un numéro de téléphone.

De retour au QG, ils remirent le portable à Nunez qui se pencha aussitôt dessus tandis que Catherine et Nick s'attachaient à des activités plus prosaïques mais essentielles ; il n'était pas loin de dix-sept heures lorsque les deux experts, l'informaticien, le sergent O'Riley et deux agents en tenue refirent une apparition des plus solennelles à la Newcombe-Gold.

Leur premier arrêt fut pour le bureau de Gary Randle. Celui-ci ne se leva même pas en voyant apparaître Catherine à la tête de son cortège.

Visiblement encore choqué, il put tout juste hausser les sourcils, l'air interrogateur.

— Je voudrais vous demander quelque chose, commença-t-elle.

Il la fixait sans répondre.

— Votre ex-épouse, vous la voyez tous les combien ?

Randle se redressa, comme si on venait de lui poser la plus monstrueuse des questions.

— Jamais !

— Elle a un droit de visite pour votre fille…

— *Sous surveillance*. La dernière fois qu'Elaine et moi nous sommes retrouvés seuls dans une pièce, elle a tenté de me crever un œil avec un stylo à bille ! Depuis, à ma demande, les visites sous surveillance ont lieu en terrain neutre, une église luthérienne de Summerlin.

— Et vous ne voyez pas votre épouse à l'église ?

— Non. J'arrive à une porte avec Heather, je la laisse à l'assistante sociale et je sors. Elaine arrive dix minutes plus tard, par une autre entrée et passe son heure avec Heather. Puis elle s'en va par la même porte et je reviens, dix minutes plus tard, par la porte qui m'a été assignée.

— Ainsi… vous ne la voyez jamais. Vous ignorez tout de ce qu'elle est devenue, de qui elle fréquente.

— J'en ai quelques échos par Heather.

— Que vous a-telle appris de ses dernières fréquentations ?

— Il paraît qu'Elaine aurait un autre homme dans sa vie.

— Qui ?

— Je ne sais pas, et ça m'est égal. Heather l'ignore également, mais vous pouvez lui poser la question, si c'est vraiment nécessaire.

— Merci, monsieur Randle.

Il n'avait plus l'air d'y croire :

— C'est tout ?

— Pour le moment. Je vais revenir dans cinq minutes. Ne partez pas avant, voulez-vous ?

— Je n'ai l'intention d'aller nulle part.

— Une dernière chose.

— Oui ?

— Vous devriez fermer votre ordinateur pour la journée. Nick doit en relever les empreintes.

Elle vit son menton qui se mettait à trembler.

— Ainsi, ce n'est pas encore fini ?

— Ça ne va plus tarder. Ne vous inquiétez pas.

— C'est facile à dire.

— Monsieur Randle… Nous savons que vous êtes innocent.

Le publicitaire parut plus stupéfait que soulagé. Nick se mit au travail tandis que Catherine reprenait la tête de sa petite troupe à travers les couloirs.

Ils s'arrêtèrent devant le bureau de Janice Denard.

— M. Gold est là ?

— Oui, mais…

— Bon, alors nous allons le voir. Venez avec nous, madame.

Ce fut Catherine qui ouvrit la porte et fit passer l'assistante, suivie d'O'Riley, de Nunez et des deux agents. Elle-même entra la dernière.

Elle se dirigea droit sur Gold, provoquant chez celui-ci une expression médusée. Cependant, il n'articula pas un mot.

— J'ai voulu leur dire, se défendit l'assistante, que vous étiez occupé, monsieur…

— Ruben Gold, coupa O'Riley. Vous êtes en état d'arrestation pour pédophilie et obstruction à la justice.

Cette fois, le directeur explosa :

— *Quoi ?*

L'inspecteur se tourna ensuite vers la secrétaire :

— Janice Denard, vous êtes accusée d'obstruction à la justice.

Tandis qu'il leur récitait leurs droits, Janice, pâle comme une morte, reculait jusqu'à tomber sur une chaise.

— C'est absurde ! clama Gold. Les conséquences d'une fausse accusation contre un respectable homme d'affaires comme moi…

— Nous détenons la preuve, coupa Catherine.

— Une preuve qui n'a rien à voir avec moi.

— Oh, je ne parle pas des *fausses* preuves que vous avez semées pour nous faire croire que Gary Randle avait commis ces délits ! Je parle de la vraie preuve.

— Je dois vous demander de quitter mon bureau, tous autant que vous êtes.

Catherine se mit à rire.

— Je ne pense pas, non.

— Monsieur Gold, dit Nick qui venait d'entrer, pourriez-vous nous expliquer vos plans de vol et vos factures de carburant montrant que vous vous êtes rendu à Los Angeles vendredi *et* samedi.

Accusant le coup, Gold recula et se laissa retomber dans son fauteuil.

— Je vais aller vérifier, dit Catherine, et je suis sûre de trouver vos empreintes sur la prise Internet du box de Ben Jackson, laissées quand vous avez déconnecté sa machine pour brancher la vôtre.

Bouche bée, Gold ne disait rien.

— Nous avons quand même calé sur un détail, reprit Nick : comment avez-vous saboté l'ordinateur de Randle ? Tomas n'a pas pu le déterminer malgré son matériel spécialisé.

Face à Gold, Nunez, les bras croisés, crut bon de déclarer :

— C'est à peu près la seule chose que vous ayez réussie.

— Mais le bon vieux matériel de base a fait l'affaire, ajouta Nick. Les empreintes digitales.

Il se tourna vers une Janice Denard interdite :

— Oui, madame, vos empreintes se trouvaient sous le couvercle du portable de votre patron et, aussi bien les vôtres que celles de M. Gold correspondaient à celles que j'ai relevées sur la carte réseau de Gary Randle. *Voilà* donc comment vous avez provoqué la panne de son ordinateur, samedi dernier : en desserrant la carte réseau. Ni plus ni moins.

Janice jeta un coup d'œil à son patron mais il ne voulut, ou peut-être ne put, la regarder. Tous deux étaient pâles comme la mort.

— Tu as fait vite, Nicky, observa Catherine non sans admiration.

— Warrick s'était installé devant l'ordinateur et attendait mon appel. Il a tout de suite fait ressortir les concordances. Monsieur Gold, votre agence possède un fax express ; et ça bombe !

Gold s'appuya sur un coude pour se prendre la tête entre les mains.

A son tour, Nunez intervint :

— L'adresse MAC de votre portable correspond à celle qui a envoyé les fichiers d'impression des photos porno. Votre adresse correspond également au site russe où ces saletés ont été téléchargées.

Maintenant, Gold se couvrait complètement le visage. Sans doute pleurait-il mais Catherine ne l'aurait pas juré. Il ne faisait en réalité que se cacher.

Impitoyable, Nunez continuait :

— Vous avez également laissé sur votre disque dur une lettre envoyée à la All-American Jukebox. Elle correspondait à l'extrait retrouvé sur la disquette Zip d'où provenaient les photos porno.

Gold leva sur eux des yeux hagards :

— Mais j'avais tout effacé !

Le sourire de Nunez tenait de la gargouille vengeresse :

— Quoi ? Effacé comme votre courrier électronique ? Désolé, je l'ai également fait ressortir.

Gold se statufia.

Catherine reprit la parole :

— Vous avez échangé de nombreux e-mails avec votre nouvelle amie, *Elaine Randle*. A moins que ce ne soit une ancienne liaison tout d'un coup ranimée ?

— Elle n'a rien à voir dans cette histoire, balbutia Gold.

— Elle a tout à voir, au contraire. Nous avons déjà perquisitionné sa maison et la liste de ses appels. Je crois que c'est son portable que nous avons en notre possession, celui qu'elle avait glissé dans le living de son ex-époux afin qu'il nous tombe sous la main.

Catherine lui exposa l'histoire telle qu'elle la voyait.

Vendredi, vous partez pour Los Angeles à bord de votre jet privé, vous forgeant ainsi le meilleur des alibis. Puis vous revenez en douce à Henderson, samedi à l'aube, et prenez votre voiture entre l'aéroport et l'agence. Vous branchez votre ordinateur dans le box de Ben Jackson et simulez sa machine. Ensuite, à l'aide de votre disquette Zip, vous prenez les fichiers que vous avez chargés sur Internet et les envoyez à votre ordinateur pour les imprimer.

Avant de quitter le bureau, cependant, vous allez ouvrir l'ordinateur de Randle, en détachez la carte réseau, juste assez pour la déloger un peu, si bien que, lorsque Randle tente de se connecter, il échoue. Ensuite, vous repartez pour l'aéroport, redécollez en direction de Los Angeles, regagnez votre chambre d'hôtel et vous commandez un petit déjeuner au lit, histoire de laisser croire que vous avez fait la grasse matinée.

Janice, arrivée tôt à l'agence, ce samedi matin, prend les photos restées sur votre imprimante, pour le cas où quelqu'un se pointerait dans votre bureau, et les enferme dans un tiroir jusqu'au lundi. Entre-temps, Randle vient travailler et, comme tout le monde sait que Ben Jackson a pris son week-end et qu'il laisse traîner son mot de passe, tout naturellement, Randle se sert de sa machine, laissant ses empreintes sur le clavier, ce que nous ne manquerons pas de découvrir.

Le lundi matin, Janice arrive, ouvre la machine de Randle et replace correctement la carte réseau, puis remet les photos sur l'imprimante et appelle la police.

Alors nous rappliquons et jouons à la perfection le rôle que vous nous avez assigné. Nous trouvons les photos et accusons Randle, comme il se doit. Elaine le poursuit pour récupérer la garde de sa fille.

Gold semblait complètement anéanti.

— Ai-je oublié quelque chose ? demanda Catherine.

— Le chargement des photos, articula Gold d'un ton monocorde. Elaine… c'est Elaine qui a fait ça. Elle s'est servie de son portable et aussi du mien.

Il partit d'un rire mécanique, vide de toute gaieté, comme un éternuement.

— Quand j'y pense, elle l'a peut-être fait exprès pour me couler par la même occasion.

— J'aurais dû m'en douter dès le début, admit Catherine. Si je ne m'étais pas laissé aveugler par ma propre horreur de la pédophilie, il y a belle lurette que je vous aurais épinglé.

Gold se crispa :

— Pourquoi ?

— Le seul fait que Janice ait appelé la police… ça aurait dû me mettre la puce à l'oreille.

L'assistante se redressa. Apparemment, elle avait préparé un petit speech et trouvait maintenant le moment de le sortir :

— Je n'ai rien à voir dans cette histoire. Je suis arrivée et j'ai trouvé ces photos, alors j'ai fait ce que j'avais à faire.

Catherine la toisa d'un sourire cinglant :

— Certainement pas ! Si vous aviez fait ce que vous aviez à faire, vous auriez appelé votre patron, pas la police.

— Je ne comprends pas ce que vous racontez ! Je ne sais même pas ce que vous…

— Mais si ! Une grande agence comme celle-ci n'aurait jamais exposé ce genre de vicissitude en public.

— J'estimais que c'était mon devoir.

— Votre devoir consistait à prévenir M. Gold. Et à mériter ces dix mille dollars de prime qu'il vous avait versés pour lui donner un coup de main.

Sur un geste de Catherine, les agents vinrent passer les menottes à Gold et à son assistante.

Puis ils les emmenèrent, à travers les couloirs, devant les boxes et les bureaux et les publicités encadrés sur les murs.

Nick et Nunez avaient encore à ratisser la scène du crime.

Catherine retourna dans le bureau de Randle. La voyant entrer, celui-ci se dressa d'un bond.

— Ruben ? Janice ? Vous *les* avez arrêtés ? J'ai vu vos gars les emmener menottes aux poignets ! Comment avez-vous…

— Je vais tout vous raconter, assura-t-elle en s'asseyant face à lui.

Et elle le mit au courant, sans lui épargner le moindre détail.

Randle ne se fâcha pas. Il semblait au-delà de la fureur, presque aussi abattu que Ruben Gold.

— Alors vous allez également arrêter Elaine, conclut-il soudain.

— Si ce n'est déjà fait.

— Pourquoi… pourquoi est-ce que je ne me sens pas soulagé, mais seulement vidé ?

— Vous allez pourtant conserver la garde de votre fille. C'est une bonne nouvelle, ça !

— Pourquoi, il y en a de mauvaises ?

Catherine hocha sombrement la tête :

— Les journaux vont l'apprendre. Votre agence va en pâtir. Newcombe est innocent, mais ce ne sera pas facile à surmonter.

Il eut un geste évasif :

— Je suis reconnu dans la profession. Alors je me fiche que cette agence se casse la figure ou non. S'il le faut, je trouverai du travail ailleurs. L'important, c'est ma fille. Quand je pense qu'Elaine n'avait rien trouvé de mieux, pour pouvoir passer un peu plus de temps avec sa fille, que de bousiller la vie du père de la gamine !

— Personne n'est parfait, conclut Catherine en se levant.

12

Moins d'une heure après que Sara eut informé Grissom de leurs inquiétantes découvertes dans l'ancien appartement de David Benson, un Tahoe du CSI et la Taurus de Brass faisaient une descente dans la résidence actuelle de Benson, sur Roby Grey Way. Ils se garèrent dans la rue, l'avant des véhicules face à la maison, bloquant le passage.

Sautant à terre, Warrick Brownt se dirigea vers l'arrière du véhicule. Le soleil brillait haut dans le ciel, à présent, beaucoup trop chaud pour un jour de printemps, et les résidents qui n'étaient pas partis travailler mirent un nez à la fenêtre quand ils ne descendirent pas voir de plus près ce qui se passait.

Avec l'argument du trou dans le mur à partir duquel il aurait filmé sa voisine, Candace Lewis, à sa toilette, les experts n'avaient eu aucun mal à obtenir le mandat de perquisition pour la maison et la voiture de Benson – ce témoin qui avait « découvert » le corps.

De plain-pied, son pavillon ressemblait à toutes les maisons de la classe moyenne aisée de Las Vegas, dans le style de celui qu'habitait Kyle Hamilton à quelques kilomètres de là ; à cette différence près que la pelouse de Benson achevait de se dessécher tandis que celle de Kyle prospérait.

Tout comme celle d'Hamilton, sa maison semblait vide. Mais, forte de sa récente expérience, l'équipe ne s'y fia pas. A la suite de Brass, Warrick, Sara et Grissom s'en approchèrent, leurs mallettes à la main.

Sur le perron de ciment, l'inspecteur sortit son neuf millimètres. Nul ne s'en étonna : si David Benson était ce nécrophile assassin que les pièces à conviction semblaient accuser, une telle précaution semblait prudente. D'un autre côté, ils n'avaient pas appelé de renforts : il ne s'agissait que d'un suspect et les policiers étaient tous armés.

Personne ne répondit au coup de sonnette ; la tension et l'ennui qui pesaient toujours sur ce genre d'affaire s'emparèrent de chacun.

— Warrick, proposa Brass, si on allait vérifier à l'arrière ? Gil, je vous conseille de sortir votre pistolet, d'accord ?

L'expression de Grissom vira au renfrogné mais il s'exécuta en faisant passer sa mallette dans sa main gauche.

Warrick et Brass contournèrent le pavillon en partant chacun d'un côté, Brass à droite, Warrick derrière le garage à double porte. Une fenêtre latérale, couverte d'un rideau crème, empêchait de rien voir à l'intérieur. L'expert retrouva Brass à l'arrière, grimpé sur une sorte de véranda et qui tâchait de regarder à travers les rideaux.

Sans mot dire, ils repartirent vers l'avant.

— Je ne crois pas que notre homme soit là, annonça l'inspecteur.

— On dirait qu'il est parti depuis plusieurs jours,

ajouta Warrick en désignant la boîte à lettres qui débordait. Ce *type-là* n'est pas au lit avec un rhume.

Sara partit d'un petit rire crispé.

— Je préfère ne pas imaginer avec qui ou quoi il est au lit.

— A nous de jouer, dit Grissom.

Brass n'eut pas besoin d'un autre signal. C'était lui qui avait obtenu les mandats auprès du juge, au vu des preuves qu'il avait apportées.

— Warrick, voulez-vous aller chercher le bélier ?… Dans le coffre.

Il lui envoya les clefs de la Taurus.

— Gil, reprit Brass, vous nous couvrez.

— Vous couvrir ?

— Couvrez-nous.

— Avec mon arme.

— C'est ça.

Peu après Warrick revenait armé du bélier. C'était un tuyau de métal noir à la tête aplatie et au double manche légèrement recourbé. Warrick l'avait toujours trouvé commode d'utilisation.

Il en prit une poignée et Brass l'autre, tandis que Grissom et Sara se réfugiaient au bord du perron. S'alignant sur le verrou, Warrick regarda Brass et tous deux éloignèrent le bélier de la porte, pour lui donner de l'élan, puis le projetèrent de toutes leurs forces en avant…

La tête heurta le panneau dans un craquement sonore, le choc renvoyant les bras de Warrick droit sur son corps tandis que la porte s'enfonçait, faisant éclater le chambranle.

Brass laissa Warrick remporter le bélier dans la

Taurus tandis qu'il restait sur le seuil du pavillon, son arme à la main, examinant prudemment l'intérieur.

Lorsque Warrick revint, il entendit Grissom déclarer :

— Je range mon arme.

— C'est cela, dit Brass.

Il se tourna vers les experts avec un petit sourire chiffonné :

— La maison ouvre à toute heure.

Il conseilla cependant à Warrick de sortir son pistolet et tous deux s'en allèrent inspecter chaque pièce afin de s'assurer qu'il n'y avait effectivement personne à l'intérieur.

Lorsque l'inspecteur eut déclaré la maison vide, ce fut le tour des experts de la ratisser, ouvrant les tiroirs, les placards, les tuyaux, soulevant les moquettes, partout où ils pouvaient regarder. Deux heures durant, ils retournèrent le moindre élément susceptible de leur fournir un indice et, lorsqu'ils eurent terminé, ils se retrouvèrent dans l'entrée, parmi les restes de la porte enfoncée.

— Qu'a-t-on trouvé de positif ? demanda Grissom.

Sara lâcha d'un ton narquois :

— La seule preuve d'un délit dans cette maison ? Il semblerait qu'on ait tenté d'en forcer la porte.

Ce qui ne fit pas rire Grissom.

— En tout cas, observa Warrick, cet endroit est encore plus propre que la maison du maire ou celle d'Hamilton.

— Pas de sang, pas de cheveux, rien, renchérit Sara. Et les cassettes vidéo, vous n'en avez pas trouvé ?

Grissom lui montra une pochette sortie de sa mallette :

— Juste trois enregistrements maison, titrés : *New*

York Police Blues, *Without a Trace*, et *Lexx*. Tout le reste ne sont que des DVD pré-enregistrés, surtout des films d'horreur.

— Du porno ? demanda Warrick.

— Non, rien d'interdit aux moins de 16 ans… Nous allons visionner ces vidéos au labo, mais ça ne m'a pas l'air très concluant.

Plutôt découragés, ils emportèrent leur matériel et leur maigre butin dans le Tahoe. Sara, Brass et Grissom se rassemblèrent près du véhicule pendant que Warrick disposait des rubans jaunes de police devant la porte enfoncée.

En revenant vers eux, Warrick entendit Brass déclarer :

— Je prends ça sur mon dos. Mobley sera furieux d'apprendre qu'on s'est peut-être trompés du tout au tout et qu'on a pénétré dans le domicile d'un innocent. Surtout si Benson entreprend de poursuivre la brigade.

— J'ai dans l'idée, ajouta Grissom, que c'est le genre d'affaire qui va inciter Brian à nous rogner encore nos crédits.

Sentant un mouvement plus encore qu'il ne l'entendit, Warrick se tourna pour apercevoir un couple d'une quarantaine d'années qui s'éloignait d'un pas nonchalant de la maison voisine.

En short et T-shirt, l'homme était grand, légèrement barbu et perdait ses cheveux mais conservait une allure d'ancien footballeur, encore que sa bedaine trahît plutôt une pratique du sport essentiellement axée devant la télé, ces derniers temps. Sa femme, une petite brune souriante, portait une robe jaune à fines bretelles. Ils s'approchèrent d'eux avec une rassurante tranquillité, ce qui changeait l'équipe de la tendance de plus en plus répandue des témoins de se défiler devant les forces de police.

— C'est notre voisin que vous cherchez ? demanda l'homme.

Grissom vint à leur rencontre :

— Oui. Savez-vous où il est ?

— Il travaille sans arrêt, dit la femme. On ne le voit pas beaucoup. Il est dans l'installation d'équipements de sécurité.

— Je me présente : Gil Grissom, de la police scientifique. Et vous ?

— Judy et Gary Meyers, dit l'épouse tandis que son mari lui plaçait un bras sur l'épaule. Nous habitons ici depuis cinq ans. David, lui, n'est là que depuis deux ans…

— Alors vous pensez qu'il est au travail, en ce moment ?

— Je ne crois pas, répondit Gary. Voilà plusieurs jours que nous ne l'avons pas vu. Il doit être parti passer quelques jours dans sa cabane.

Il vérifia auprès de sa femme :

— Tu ne crois pas, chérie ?

— Il *appelle* ça une cabane, quant à moi je dirais plutôt qu'il s'agit d'une résidence secondaire. Vraiment *très* jolie.

— Il a toutes sortes d'équipements sophistiqués là-dedans, renchérit le mari.

Warrick jeta un coup d'œil à Grissom mais celui-ci ne s'occupait que du couple.

Brass vint les rejoindre, se présenta et demanda s'il pouvait prendre quelques notes, ce que le couple accepta volontiers.

— Si je comprends bien, dit Grissom, vous y êtes allés.

— Oui, une seule fois seulement. Il nous a invités parce que Judy fait de la photo, ce que David avait l'air de trouver très intéressant. Il paraît qu'il s'y adonne lui aussi. Il nous a parlé d'oiseaux du désert et de petits mammifères qu'elle serait sûrement contente de pouvoir fixer sur la pellicule.

— C'était juste après son arrivée, précisa Judy. Mais nous avons dû commettre une gaffe.

— Pourquoi dites-vous ça ? demanda Grissom en dressant l'oreille.

— Parce qu'il ne nous a jamais plus réinvités, répondit la femme.

— On avait repéré son installation vidéo, renchérit Gary. Quand j'ai voulu lui en parler, il s'est refermé sur lui-même en disant que ce n'était rien du tout. D'habitude, les gens qui ont une passion aiment bien en parler. Moi, par exemple, quand je commence avec les Dodgers…

Grissom sourit.

— J'ai toujours suivi leurs exploits… je vois ce que vous voulez dire.

Warrick et Sara échangèrent un regard ; Grissom en train de communiquer avec un humain. Le spectacle avait quelque chose de fascinant.

— Pourriez-vous nous dire où se trouve cette cabane ? ajoutait celui-ci.

— Malheureusement, soupira Judy, je n'ai aucun sens de l'orientation. Tu t'en souviens, toi, Gary ?

— Nous n'y sommes allés qu'une fois. Mais je crois… si vous promettez de ne pas me jeter en prison si je vous induis en erreur…

Brass nota ses indications.

— J'espère que David n'a pas d'ennuis, reprit Judy. Il est gentil et discret.

Tiens donc, songea Warrick, *le pur tueur en série honnête et gentil décrit par le voisinage…*

Cependant, Gary vint mettre un bémol à ces compliments :

— C'est vrai, ma chérie, mais pour tout dire, il a un côté parfois surprenant. Je dirais que c'est un original. Rien de répréhensible à ça, je sais. Pourquoi ? Il a fait quelque chose ?

— Nous ne savons pas encore, assura Brass. Nous suivons une piste, c'est tout.

— Et quelle piste ! observa Gary. Vous avez massacré sa porte.

— Merci pour votre aide, coupa Grissom avec un sourire.

Sans plus de courbettes, il lui tourna carrément le dos.

Ainsi renvoyé dans ses buts, le couple repartit et les experts, accompagnés de l'inspecteur, remontèrent la rue. Brass prit son téléphone pour demander qu'on envoie une voiture de patrouille afin de surveiller le pavillon de Benson tandis qu'ils allaient se rendre en excursion dans la campagne alentour.

— Si nous ne prenions qu'un véhicule ? suggéra-t-il ensuite.

Warrick ouvrit la portière avant, côté passager.

— Il y a toujours de la place pour vous, capitaine.

— Attendez, rétorqua celui-ci en tendant la main pour prendre les clefs, c'est moi qui conduis. J'ai noté les indications.

— Vous m'orienterez.

— Warrick, je connais vos exploits au volant.

Ce dernier n'insista pas et monta à l'arrière, auprès de Sara.

Ils se trouvaient au nord de la ville, la cabane de Benson au sud-est, sur Blue Diamond Road, presque à la limite du comté. Après un passage par le tribunal pour s'y faire délivrer un nouveau mandat de perquisition, il leur fallut encore une bonne heure pour arriver à destination. Heure qu'ils employèrent à téléphoner, chacun sur son portable.

Grissom s'entretint avec le cadastre et apprit ainsi que Benson avait recherché en même temps sa maison et sa cabane. Cela leur permit également de se procurer une adresse exacte qui semblait correspondre aux indications des voisins.

De sa place, Warrick demanda :

— Comment ce type a-t-il soudain trouvé tout cet argent, Griss ?

— Voyez ce que vous pouvez nous trouver à ce sujet, Sara.

Celle-ci finit par joindre un stagiaire de l'équipe de jour qui accepta d'examiner les fichiers informatiques où apparaissait Benson pour trouver ce qu'ils avaient pu laisser passer. Ainsi apprirent-ils que la tante de Benson était décédée en lui laissant un petit magot, ce qui expliquait son soudain déménagement d'un immeuble de location vers une résidence en multipropriété.

Warrick appela l'entreprise où travaillait leur suspect, Double-O Gadgets, et s'entretint avec une hôtesse qui parut enchantée de pouvoir parler de lui, du moins tant qu'elle prit son interlocuteur pour un client désireux de se faire installer un système de sécurité.

Après avoir raccroché, Warrick ajouta :

— Cette semaine, il est en vacances et personne ne sait où il les passe.

— Dans sa cabane ? suggéra Sara.

— Ils l'ignorent. Ce pourrait aussi bien être aux Bahamas ou à Cleveland.

— Ou en cavale, ajouta Brass aigrement.

— Nous n'avons aucune raison de croire qu'il ait déjà pu nous échapper, commenta Grissom.

Brass donna un coup de volant sur la gauche, faisant pencher le véhicule et ses occupants vers un chemin de terre plus accidenté qu'il n'en avait l'air sur la carte. Le Tahoe sursauta dans un nuage de poussière qui dut annoncer leur arrivée jusqu'en Arizona.

— On ne peut pas dire qu'on va arriver incognito, marmonna Warrick.

Encore vexé des appréciations diverses de ses petits camarades sur sa façon de conduire.

Lui décochant un demi-sourire dans le rétroviseur, l'inspecteur rétorqua :

— Il nous reste plusieurs kilomètres avant d'avoir seulement de quoi nous inquiéter.

— Considérez ceci comme une démonstration, renchérit Grissom, de ce que peuvent ressentir les passagers d'un fou du volant.

Brass ne parut apprécier que modérément cette observation.

Cependant, toutes ces critiques n'empêchèrent pas l'inspecteur de leur infliger quelques autres cahots avant de s'engager dans un nouveau sentier encore plus accidenté. Cette fois, il prit quand même la précaution de rouler moins vite.

Ils progressaient maintenant le long des collines et – malgré ce que les voisins de Benson avaient dit sur cette « résidence secondaire » – Warrick commençait à se demander s'ils n'étaient pas lancés à la poursuite d'un fugitif coincé dans ses derniers retranchements.

Cependant, lorsque, au détour d'un virage, ils aperçurent enfin la « cabane » de Benson dans le lointain, Warrick comprit que le couple n'avait pas exagéré. La maison perchée sur une colline ressemblait davantage à un ranch avec sa toiture de tuiles typique de la région.

— Beaucoup de gens s'achètent une cabane pour s'offrir de salutaires « retours à la nature », observa Grissom, pourquoi Benson aurait-il besoin de deux maisons à peu près semblables à quelques dizaines de kilomètres l'une de l'autre ?

— Est-ce qu'on sait ? soupira Sara.

— Il est loin de tout cours d'eau, continua son boss, donc ce n'est pas la pêche qui l'intéresse. Il n'y a rien, dans ce coin, qui incite à prendre racine, si ce n'est son…

— Splendide isolement ? proposa Warrick.

Grissom hocha la tête.

Un seul chemin menait aux collines, ce sentier accidenté qui – malgré une vitesse désormais des plus modérées – allait permettre à Benson de les voir largement arriver. Pourtant, Brass s'efforçait de remuer le moins de poussière possible. Mais si leur client était là, il ne pouvait que les avoir repérés.

Ils s'arrêtèrent devant le ranch, sur une petite zone de gravier entre le garage à l'ouverture béante et la maison. Un réservoir de propane se dressait à côté de la bâtisse, flanqué d'un énorme générateur qui expédiait vers le ciel de petites volutes de fumée.

— D'accord, observa Grissom comme pour lui-même. Nous avons donc affaire à un trappeur ; ce qui expliquerait pourquoi il s'est offert cette deuxième maison en pleine cambrousse...

Ils sortirent du véhicule et personne n'esquissa un mouvement pour récupérer sa mallette. S'emparant de son arme, Brass jeta à ses collègues un regard que tous – même Grissom – interprétèrent comme une invitation à en faire autant.

Même si David Benson n'était pas le nécrophile assassin auquel ils s'attendaient, c'était un solitaire spécialisé en systèmes de sécurité, qui avait l'habitude de vivre seul en pleine nature ; en général, lorsque les flics se présentaient, ce genre d'individu avait de ces réactions... excessives.

L'inspecteur en tête, suivi de Warrick, ils s'approchèrent de la porte également précédée d'un perron de ciment.

Brass tâcha d'apercevoir quelque chose derrière les rideaux de la première fenêtre mais ne vit rien et adressa une moue impuissante à son jeune compagnon.

Alors il se dirigea vers la porte d'entrée, Sara et Grissom demeurant au pied du petit escalier, et fit signe à Warrick de passer par-derrière.

Ce dernier s'exécuta, son arme à la main. Pas de pelouse dans cette région, juste une étendue désertique qui crissait sous les semelles comme du verre pilé, faisant du sol lui-même un excellent signal d'alarme. De la main gauche, il essuya les gouttes de sueur qui lui tombaient dans les yeux. Trois fenêtres de son côté – toutes également masquées par d'épais rideaux.

A l'arrière, l'espace courait droit jusqu'au pied des collines voisines. Quatre autres fenêtres entouraient une porte masquée par un grillage.

Warrick frappa bruyamment mais ne reçut pas de

réponse et put seulement constater que le panneau était fermé à clef.

En guise de jardin, il repéra trois petits buissons desséchés... et se rendit compte qu'il venait d'identifier les feuilles écrasées trouvées dans la moquette qui enveloppait le corps de Candace Lewis.

Il ignorait si Brass et les autres se trouvaient encore loin de lui ou pas mais se dit que Benson ne pouvait qu'être à l'intérieur et que s'il voulait s'enfuir le suspect passerait par là... aussi Warrick décida-t-il de ne pas bouger de place.

Tous les nerfs tendus, il avait l'impression de sentir chaque molécule de vent qui le traversait. Son arme lui semblait plus lourde que rassurante et il eût volontiers cédé à la tentation de laisser tomber ses bras le long du corps mais s'en abstint et garda son canon dressé vers le ciel.

S'il l'abaissait, ce ne serait que pour tirer.

Il s'installa non loin de la porte de sortie, prêt à tout, le dos moite de transpiration, collé à la paroi dont les aspérités lui picotaient la peau, lui rappelant qu'il était vivant.

Rien d'autre à faire qu'attendre.

C'est alors que son portable retentit, le faisant sursauter – encore heureux que personne ne l'ait vu ! Il arracha l'appareil de sa ceinture, prêt à l'éteindre lorsqu'il reconnut le numéro de Brass.

— Oui ?

— Nous pensons qu'il n'est pas là, lâcha l'inspecteur sans préambule.

— Il se cache peut-être à l'intérieur, à guetter le bon moment pour nous sauter dessus.

— Il y a une voiture ou un quelconque véhicule derrière ?

Warrick considéra la question et se sentit tout bête de ne pas y avoir songé plus tôt : pas de véhicule sur le devant, pas de véhicule derrière, le garage vide… personne ne venait à pied jusque-là…

Pas de Benson.

— Non, répondit-il seulement.

— Revenez, dit Brass. Nous allons enfoncer cette porte et, pendant que vous examinerez l'intérieur avec vos collègues, je rangerai le Tahoe à l'arrière. Il y a assez de place… ?

— Tout ce qu'il faut.

Warrick alla retrouver Brass à l'avant et tous deux s'emparèrent du bélier pour recommencer ce qu'ils avaient si bien entrepris sur l'autre maison. Cette porte s'avéra mieux gardée et il leur fallut un second coup pour l'enfoncer, dans un déluge d'éclats de bois et de fragments de métal.

Après avoir rangé le bélier contre le mur, Brass dit à Grissom et à Sara de rester devant le perron pour surveiller un éventuel retour de Benson.

Leurs armes à la main, l'inspecteur entra le premier à l'intérieur, suivi de Warrick, qui brandissait également une torche Maglite.

La fenêtre aux rideaux fermés voilait toute la pièce mais laissait passer assez de lumière pour que le faisceau créât d'abord un faux jour auquel il leur fut difficile de s'adapter, au point de ne pas tout de suite reconnaître les objets les plus identifiables.

Il y faisait frais. La climatisation fonctionnait bien, ce qui expliquait la présence du générateur même en l'absence de tout occupant. Warrick se rappela l'observation du Dr Robbins expliquant que le corps de Candace Lewis avait été conservé quelque temps et il frissonna, sans pouvoir jurer que ce n'était que de froid.

Brass alluma la seule lampe de la pièce, révélant un petit living à la fois encombré et spartiate : au beau milieu trônaient les seuls meubles, grand fauteuil club et petite table ronde avec dessous-de-verre et télécommande, face à un énorme écran de télévision rétroprojecteur. Quant au mur de droite il disparaissait derrière des étagères bourrées de matériel électronique : magnétoscopes, lecteurs de DVD, de CD, caméras et appareils photo. Dans le bas s'alignaient des centaines de cassettes vidéo, toutes étiquetées de blanc.

Même du fond de la pièce, Warrick repéra celles qui étaient marquées CANDY, volume un, deux, trois et suivants…

Il se tourna en frémissant vers les autres murs. Pas la moindre décoration, pas de portraits, pas d'images pieuses, pas même un poster de John Wayne…

Cependant, l'inspecteur se dirigeait vers une salle à manger meublée d'une table de bois à l'ancienne et de deux chaises à haut dossier dont l'une, près de Warrick, portait des traces blanchâtres. Se pouvait-il que Candace y ait été attachée pour que son ravisseur puisse la nourrir ?

Au fond, la salle à manger s'ouvrait sur la cuisine mais Warrick ne pouvait s'y rendre sans se mettre à découvert. Brass lui fit signe qu'il allait s'en charger tandis que Warrick s'occuperait du corridor.

Il n'avait pas avancé de trois pas lorsqu'il entendit l'inspecteur murmurer :

— Cuisine vide.

Les deux premières portes du corridor se faisaient face.

Comme la première fois, Brass prit celle de droite, Warrick celle de gauche. Il entra dans une pièce récemment repeinte à en croire l'odeur qui y régnait. Sans doute une chambre à l'origine, elle venait d'être transformée en une sorte de bureau, sans meubles à part un fauteuil face à un téléviseur posé sur une petite desserte. Un câble parti de l'écran grimpait le long du mur pour disparaître dans une espèce de placard aux portes cadenassées.

Warrick sentit de nouveau la présence de Brass derrière lui.

— La salle de bains, annonça l'inspecteur à mi-voix. Vide.

— C'est ce que nous allons voir, assura Warrick.

— Je veux dire, déserte.

Ils échangèrent un sourire qui détendit quelque peu Warrick.

Il se dirigeait vers le placard lorsque Brass le prit par la manche :

— Attendez. Pour le moment on finit d'inspecter la maison.

— D'accord.

Brass ouvrit la porte d'une autre chambre, sur la droite, celle-ci, toujours aussi sommairement meublée : fauteuil, téléviseur, câble aboutissant à un autre placard. Mais celle-ci ne sentait pas la peinture fraîche.

La troisième chambre, au bout du couloir, ressemblait au moins à une chambre à coucher : un lit tendu de beige, encore des étagères pleines de cassettes vidéo et un combi téléviseur/magnétoscope sur une coiffeuse. Cette fois, la porte du placard n'était pas cadenassée et, lorsque Warrick l'ouvrit, ce fut pour n'y trouver que des vêtements d'homme. Le lit était large mais la pièce offrait encore moins de fantaisie qu'une chambre de motel. Pas le moindre tableau aux murs. Si on voulait des images, dans cette maison, il fallait aller les chercher sur un écran de télévision.

— Accueillant ! commenta Warrick.

— La maison de mes rêves, lança Brass du corridor.

— Vous avez vérifié le garage ?

— Oui. Vide, comme tout le reste.

Brass rengaina son arme, aussitôt imité de Warrick.

— Avertissez vos collègues que vous pouvez vous mettre au travail. Je vais ranger le Tahoe avant le retour du Prince Charmant.

Warrick, Sara et Grissom déchargèrent leur équipement et se partagèrent l'inspection de la bâtisse tandis que Brass garait le véhicule derrière. Ensuite, il descendit vers les buissons et se cacha parmi la végétation afin d'y surveiller l'éventuelle arrivée de leur suspect. Ils avaient décidé de communiquer par leurs portables si besoin était.

Dans le living, Sara s'arrêta devant le mur tapissé de cassettes puis s'approcha de celles marquées CANDY.

— Pas de danger que je regarde ça ! marmonna-t-elle.

Grissom haussa un sourcil :

— Ça ne vaut sans doute pas un bon vieux Marlon Brando ou un Peter Sellers. Je prends la chambre de Benson. Sara, la cuisine.

— Comme il sied aux femmes ? demanda celle-ci malicieusement.

— Pas dans cette maison, répondit sombrement Warrick. Je me charge de la première salle de télévision.

La petite pièce sentait l'antiseptique – elle était non seulement repeinte mais lessivée. Warrick s'empara de ses outils de cambrioleur – une barre de chrome creusée de rainures pour permettre une bonne prise en main, avec une extrémité en pied-de-biche pour forcer les fenêtres et l'autre en pointe pour casser cadenas et serrures. Pinces à métaux. Il ne lui fallut pas une minute pour venir à bout de la porte du placard…

S'attendant plus ou moins à recevoir un cadavre desséché sur les bras, il tira une porte grinçante comme dans un film d'horreur et promena le faisceau de sa lampe à l'intérieur. Apparemment, les lieux avaient subi le même lessivage et la même peinture blanche.

Warrick reposa ses outils pour sortir un autre jouet de son sac à malices : une lampe à intensités variables et durée de vie à peu près éternelle, qui fonctionnait sans fil. Nouveauté prêtée par son fabricant.

Il entra dans le placard et promena son faisceau sur les murs blancs qui parurent instantanément se maculer d'énormes taches noires entourées de dizaines d'autres, beaucoup plus petites…

… du sang.

Benson avait eu beau nettoyer et repeindre les lieux, il ne pouvait cacher le sang de Candace à la lumière noire. S'il subsistait le moindre doute sur sa culpabilité, celui-ci venait de disparaître à l'éclatante lumière de la vérité.

Avec sa Maglite, Warrick éclaira le haut du placard et découvrit le petit objectif de la caméra fixé au bout du câble provenant de la pièce voisine.

L'enfoiré de malade…

Il lui fallut un certain temps pour revenir à des pensées plus professionnelles et se remettre au travail.

Dans la deuxième salle, il força l'autre placard et trouva un rouleau de moquette adossé au mur. Sur le moment, il crut qu'il venait de tomber sur un deuxième cadavre mais, en soupesant le tapis, il comprit que rien n'y était caché.

Cependant, il jurerait que ce coupon correspondait parfaitement à celui qu'ils conservaient dans la salle des scellés. Il en prit une photo puis passa les murs au luminol. Pas de trace de sang ici.

Cependant, cette deuxième pièce semblait exactement équipée comme la première, avec sa caméra cachée au bout du câble. Et si Benson préparait les lieux pour une deuxième victime ?

Surpris par un bruit d'explosion, Warrick n'alla pas plus loin dans ses pensées…

… *un coup de feu* !

Il fonça vers la porte d'entrée où il arriva en même temps que Grissom et Sara.

— On a tiré ?… demanda celle-ci.

Ils entendirent deux autres coups de feu et Warrick ouvrit la porte pour se précipiter au-dehors, constatant au passage que la nuit tombait. Dans le crépuscule bleuté, il aperçut une voiture qui remontait le chemin, une Corolla bleu foncé. Benson. Cependant, le véhicule semblait pencher sur le côté, les quatre pneus éclatés.

La portière du conducteur s'ouvrit soudain et une mince silhouette en émergea, Benson, en T-shirt bleu, jean noir et baskets, qui s'enfuyait à toutes jambes vers la maison. Brass jaillit de son buisson en lui criant de s'arrêter.

Warrick se lança lui aussi à la poursuite du suspect. Il pouvait certes sortir son arme mais Benson avait les mains vides et il n'était pas question de tirer sur un homme désarmé. D'autant que l'autre remuait dans tous les sens et qu'il risquait avant tout de le rater. Cependant, Brass venait de se cacher derrière la voiture abandonnée par son propriétaire mais Warrick n'était pas certain que l'inspecteur puisse l'atteindre à cette distance.

Benson devait assez bien connaître les lieux pour leur échapper, du moins un certain temps ; il ne fallait pas le laisser filer.

Ces pensées s'étaient succédé dans la tête de Warrick Brown, alors qu'il tentait de prendre le suspect à revers. Sur ce terrain accidenté, on risquait à tout instant de se tordre une cheville, mais Warrick ne songeait qu'à empêcher cette ordure de s'en tirer. Il accéléra le pas, raccourcissant la distance qui les séparait.

A peine soixante-dix mètres et Benson semblait déjà ralentir, le souffle court. Warrick se rapprochait, soixante mètres, cinquante, vingt, dix, un mètre…

… il entendait la respiration saccadée du fuyard. Soudain, Benson prit une autre direction, aussitôt imité de Warrick qui le rejoignit en trois enjambées.

Il plongea et le plaqua en le retenant à la ceinture. Tous deux tombèrent sur le sol et roulèrent sur les cailloux et la terre sèche. Les lunettes du meurtrier sautèrent de son visage pour disparaître sous un buisson, laissant apparaître de grands yeux traqués.

Warrick crut le tenir mais, fin et souple comme une anguille, l'autre se débattait tellement qu'il finit par se dégager d'un coup de coude en plein sur la tempe de son agresseur. Warrick en vit de toutes les couleurs et s'affala dans la poussière.

Il perdit conscience un court instant et, quand il rouvrit les yeux, il se trouvait sur le dos, Benson sur lui, soudain armé d'un couteau qu'il s'apprêtait à lui plonger dans la poitrine.

Et Warrick ne pouvait plus bouger, ni même échapper à la lame qui le menaçait… c'était la fin, il allait terminer ainsi, étendu dans le désert, saigné par un fou furieux.

Au cours des deux secondes les plus longues de son existence, Warrick s'attendit à voir se dérouler sa vie mais n'aperçut qu'une tache rouge qui vint s'éclore sur le cœur de Benson.

La bouche du meurtrier s'ouvrit dans un cri de surprise qu'il n'articula jamais et ses yeux tombèrent sur Warrick, comme pour implorer sa pitié.

— Non ! cria ce dernier.

La mince silhouette tombait à la renverse à côté de lui, les paupières grandes ouvertes sur des prunelles déjà vides.

Le souffle court, Warrick se redressa, s'agenouilla, encore tout surpris d'être en vie. Il regarda Benson qui tenait toujours son couteau mais ne le serrait plus.

Brass arriva en courant, le pistolet braqué sur le suspect. Il envoya valser le couteau d'un coup de pied, haletant à peu près aussi fort que Warrick.

— Vous l'avez abattu, observa ce dernier.

— Ça vous embête ?

Warrick s'appuya sur l'épaule de l'inspecteur.

— Vous… vous n'êtes pas si mauvais que ça, capitaine.

— Je me défends. Ça va ?

— Oui. Et vous ?

Brass considéra le cadavre d'un regard méprisant.

— Très bien. Et ce n'est pas celui-là qui me fera perdre une minute de sommeil.

Warrick se releva lentement.

— Qu'est-ce qui s'est passé ?

— Ce salaud nous avait repérés. Il allait faire demi-tour et filer. Mais ça risquait d'être difficile avec les quatre pneus crevés.

— Hé ! lança Grissom depuis la voiture de Benson. Par ici !

Brass et Warrick se précipitèrent vers la Corolla, rejoints par Sara qui arrivait de la maison.

— Ouvrez-moi ce coffre, voulez-vous, Jim ?

Brass se pencha vers le volant pour faire ce que lui demandait Grissom.

Soulevant le capot, les trois experts découvrirent le visage terrifié d'une jeune femme bâillonnée au ruban adhésif pour conduit, les poignets et les chevilles liés par des cordes de nylon noir. Agée d'une vingtaine d'années, c'était une jolie brune qui ressemblait quelque peu à Candace Lewis.

Ils l'aidèrent à sortir du coffre, coupèrent ses liens, arrachèrent son bâillon et mirent de côté toutes ces pièces à conviction. Sara emmena dans le Tahoe la malheureuse, encore très choquée, afin de vérifier si elle n'était pas blessée et de l'interroger.

— La nouvelle petite amie, dit Brass.

— Super, commenta Grissom, les bras croisés.

— Pardon ?

Il tourna son regard angélique vers l'inspecteur :

— Ça ne nous arrive pas si souvent de découvrir un

corps sur une scène de crime… surtout quand il respire aussi bien.

Brass partit d'un petit rire.

Observant de loin la femme qui venait d'échapper au terrible destin de Candace Lewis, Warrick Brown observa :

— C'est super, Griss. Super d'avoir pu en sauver une. Pour une fois.

Achevé d'imprimer sur les presses de

BUSSIÈRE

GROUPE CPI

à Saint-Amand-Montrond (Cher)
en février 2004

FLEUVE NOIR
12, avenue d'Italie
75627 Paris Cedex 13
Tél. : 01-44-16-05-00

— N° d'imp. : 41015. —
Dépôt légal : mars 2004.

Imprimé en France